If You Desire
by Kresley Cole

# かりそめの蜜月

クレスリー・コール
水山葉月［訳］

ライムブックス

# かりそめの蜜月

主要登場人物

ジェーン（ジェイニー、シアナ）・ウェイランド……ウェイランド家の娘
ヒュー・マッカリック……暗殺者
イーサン・マッカリック……ヒューの兄
コートランド（コート）・マッカリック……ヒューの弟
アナリア……コートランドの妻
エドワード・ウェイランド……ジェーンの父
クイントン（クイン）……ジェーンのいとこ
フレデリック（フレディー）・ビッドワース……ホワイティング伯爵。ジェーンの求婚者
デービス・グレイ……ヒューの元同僚
モーラグ・マックラーティー……村の娘

# プロローグ

一八四六年
北アフリカ　モロッコ

「ヒュー、やってみろ！」デービス・グレイがまた言った。口調は荒々しいが声は低いので、アトラス山脈高所のひとけのない崖《がけ》に隠れているふたりに気づく者はいないだろう。

ヒューはグレイを無視した。人を殺すのはこれが初めてだ。一度手を染めてしまえば、もうあと戻りできないことはわかっている。まだ二二歳の身には重い決断だった。

覚悟ができてからやるつもりだ。

ヒューは望遠鏡から目を離し、片手でライフルを取ると、もう一方の腕で、針のように目を刺す砂と汗を拭《ふ》いた。季節は夏で、空は雲ひとつなく、嘘《うそ》のような青さがどこまでも続いている。彼は目を細めて、白く揺らめく太陽を見上げた。

「何をためらっているんだ？」グレイが言った。「もう昼だぞ」太陽が真上にあって、影が一日のうちでもっとも短くなる時間だ。影は、標的を定めるときの邪魔になる。

ヒューは、師とも言える年上のグレイを失望させたくなかった。グレイはヒューにとって、マッカリックの一族《クラン》を除けば唯一の友人であり、兄弟を除けば唯一の、一緒に時を過ごしたいと思える相手だった。兄弟ともうひとり、ヒューが恋い焦がれる赤褐色の髪をした娘を除けば。ヒューは苦笑すると、ライフルを肩に当てて構えた。

殺しをするのは彼女のためだと言えなくもない。

知らない相手を冷酷に始末できれば、これまでとは別の世界に足を踏み入れることになる。ヒューの望みはそれだった。

「おい、ヒュー」グレイが、革のホルスターから自分のライフルと照準器を取り出して組み合わせた。「今を逃したら、こんな機会はあと四週間はめぐってこないぞ」

そのとおりだった。標的となる男は、自分の裏切り行為のせいで命を狙《ねら》われていることを知っており、一カ月のあいだ逃げまわったあげくに、今ヒューたちのはるか眼下にある荒果てたベルベル人の農場の小屋に立てこもっている。このあたりでは、あんなふうに打ち捨てられた平屋根の小屋にさえ、私設のオアシスとして中庭が備わっている。男はその中庭で、ひとつだけある入り口を向いて座っていた。膝にはピストル、横にはショットガンを置いているが、上方からの攻撃はまったく警戒していない。

狙いを妨げるものは何もないが、グレイの腕では、あんなに遠い標的を撃つことはできない。彼はナイフを使うのを得意としている。それに対してヒューのほうは、ライフルを持ち上げられる年齢になったころから狩猟や射撃遊びをしてきた。それに彼は、標的がひとりでいるうちにさっさと行動したかった。「おれがやる」ヒューはそう言って、横目でグレイをうかがった。彼の顔に喜びが浮かんだような気がしたが、間違いであってほしい。こんな汚い仕事をグレイが楽しむはずがない。

ヒューは再び狙いをつけた。風は弱いが、標的とは四〇〇メートル以上離れている。ぎらぎらと照りつける太陽のせいで、長さが一二〇センチ近くある銃身も、薬室にひとつだけ入っている銃弾も熱くなっていた。そういったことを計算に入れて照準を合わせる。

人差し指を慎重に引き金にかけ、ヒューはいつも撃つ前に半ば無意識のうちに行う儀式を始めた。もう一方の手で木製の銃床の前部をつかみ、親指で二度さする。それから、息を途中まで吐いて止めた。

引き金は滑らかだった。銃声はまるで大砲のそれのようで、なぜかこれまで狩猟のたびに耳にしてきたよりも大きく響いた。

男は額を貫かれ、地面に倒れた。後頭部から血が染み出て地面の砂利を濡《ぬ》らし、脚が痙攣《けいれん》してほこりを巻き上げる。

終わった。

とうとうやったのだ。

再び、グレイの目に喜びらしきものが浮かんだ。「おまえほど射撃の腕が立つ男は見たことがない」彼はヒューの背中を叩《たた》くと、肌身離さず持っている瓶から酒をひと口あおって、男が倒れているほうに笑顔を向けた。

ヒューが覚えたのは、嫌悪感と奇妙な安堵《あんど》感だけだった。

彼とグレイはすばやく馬に乗ると、曲がりくねった山道を全速力で下った。一時間後に谷に着き、村のそばで速度を落とした。

「ロンドンに帰ったら、もうおまえもひとりで仕事ができるとウェイランドに言ってやる」まだ興奮冷めやらぬ様子のグレイがうれしそうに言った。

上機嫌な彼に対する違和感がヒューの顔に出てしまったらしく、グレイが続けた。

「そんな目でおれを見るな。おまえだって、おれと同じぐらいの経験を積んだら、きっとこれが好きになる」

好きになるだって？　ヒューはかぶりを振って静かに言った。「これは仕事だ。それ以上のものじゃない」

「おれを信じろ」グレイは訳知り顔でほほえんだ。「それ以上のものになるさ。これがおまえにとってのすべてになれば」

# 1

一八五六年
イングランド　ロンドン

一途《いちず》な思いを一〇年間押し殺してきた冷淡な暗殺者。

それが、〝ジェーンの命が危ない〟という謎《なぞ》めいたメッセージひとつで、エドワード・ウェイランドが娘の人生に呼び戻した男だった。

二日前にフランスでウェイランドの手紙を受け取ってからというもの、ヒューは指が白くなるほど力を込めてそれを握り、何度も何度も読み返した。

彼女を傷つけようとする者がいるなら……。

悪魔に追われているかのごとく夜も昼も馬を走らせ続け、ヒューはやっとのことでウェイランドの屋敷にたどり着いた。長時間馬の背にまたがっていたため、鞍《くら》から下りると脚がもつれて転びそうになった。馬は汗びっしょりで胴体を引きつらせながら、ヒューに負けないほど息を切らしている。

いつも使う通用口に向かうと、ウェイランドの甥《おい》で、ヒューと同様ウェイランドのもとで働いているクイントンが階段に座っていた。

「ジェーンはどこだ？」ヒューは挨拶《あいさつ》もなしに尋ねた。

「二階だ」クインは何かに気を取られているのか、放心したように答えた。「仕度をしているよ。夜の外出のね」

「無事なのか？」クインがうわの空でうなずき、ヒューはほっとした。ひとりで馬を走らせるあいだ、悪い想像が次から次へと浮かんできた。ジェーンが怪我《けが》をしていないこと、自分の到着が遅すぎないことを祈り続けた。彼女の無事が確認できた今、二日間無視してきた空腹感と喉の渇きがヒューを苦しめ始めた。「今は誰が見張っているんだ？」

「ロリーが中にいる。夜はぼくが尾行することになっている」

ロリーはエドワード・ウェイランドの執事だ。排他的なピカデリー界隈《かいわい》では、経験の豊富さと仕える家の歴史の長さを体現するかのような、年かさで威厳を備えた執事が多い。その中にあってロリーはまだ三〇代半ば、体は細いが強靭《きょうじん》で、鼻は何度もつぶされたせいで変形している。しょっちゅう鋼鉄のナックルを使うので、指は傷だらけだ。彼はジェーンのためなら命も投げ出すだろう。

「ウェイランドはいるのか？」ヒューは尋ねた。

クインが首を振った。「今日は遅くなる。もしおまえが今日中に着いたら、明日の朝、詳しいことを話すと伝えるよう言われている」

「中に入るぞ」

「ぼくだったら入らないな」

「なぜだ？」

「まず、おまえの服は泥だらけだし、顔はひどいありさまだ」

ヒューは袖《そで》で頬をこすり、今さらながら醜い切り傷のことを思い出した。

「それにもうひとつ、ジェーンがおまえに会いたがっているかどうか、ぼくにはわからない」

休みなく馬を走らせてきたおかげで全身の筋肉がこわばり、古傷が痛む。頭にも傷がある。また彼女の近くに行ける——その思いだけでヒューはここまで来た。「それはおかしいな。彼女とは友人だったんだ」

クインは妙な顔をした。「ジェーンは……昔と違う。すっかり変わってしまったし、手に負えなくなった」彼はヒューの目を見つめた。「ぼくはあとひと晩だって我慢できるかどうかわからない」力を込めて首を振る。「もうたくさんだ。昨夜あんなことをしでかして——」

「誰の話だ？　何をしでかした？」

「〝八人娘〟だよ。厳密に言えばその中の三人だが。しかも、うちふたりはぼくの妹だ！」

社交界でも悪名高い〝ウェイランドの八人娘〟といえば、ジェーンと七人のいとこたちを指す。いとこたちがジェーンをそそのかしてやらせたことを思い出し、ヒューはいらだちが募るのを感じた。

「だが、おれが呼ばれたのはそのためじゃないんだろう？」怪我をした弟のコートランドをフランスに置き去りにし、仕事の報酬にともらった優秀な牡馬《ぼば》を酷使してここまで来たのだ。「ジェーンの手綱を引く人間が必要だったからではないよな？」

そんなことのためにウェイランドがヒューを呼び戻すわけがない。もちろん彼はヒューがどういう人間かわかっている。上司として、国のためにヒューに人殺しをさせているのはウェイランドなのだから。だが、ヒューがどれほど深く、そしてどれほど長くジェーンに恋い焦がれているかまでは知らない。

一〇年間のおれのひたむきな思いまでは……。

ヒューは頭を振った。ウェイランドの手紙はけっして大げさではないはずだ。

「何があったか、ウェイランドから聞いていないのか？」クインが眉根を寄せた。「おまえに手紙を送ったと思っていたが」

「たいしたことは書かれていなかった。いったい何が――」

「くそっ」ロリーが戸口から飛び出してきた。「くそったれめ！　クイン！　彼女を見たか？」

「ロリー？」クインはあわてて立ち上がった。「ジェーンが出かけるまで見張っているはずじゃなかったのか？」

ロリーが顔をしかめた。「言っただろう？　彼女は尾行に気づいていると。メイドに自分の部屋であれこれ服を着替えさせておいて、その隙《すき》に窓から出ていったに違いない」

「彼女が消えたのか？」ヒューはロリーに詰め寄ってシャツをつかんだ。「誰とどこへ行ったんだ？」

「舞踏会だ」ロリーは答えたが、すぐにクインをちらりと見た。

ヒューは鋼鉄のナックルで殴られるのを覚悟でロリーを揺さぶった。

「話してやれ」クインが言った。「ヒューにはどうせ、ウェイランドが全部話すだろう」

「クインの妹たちやその友人と一緒に、仮面舞踏会へ出かけたんだ」

「どんな仮面舞踏会だ？」ヒューは尋ねたものの、察しはついていた。

「放蕩者《ほうとうもの》と娼婦が集まるようなやつさ。会場はヘイマーケット通りの倉庫だ」

ヒューは悪態をついてロリーを放し、言うことを聞けと脚に命じながら馬のもとへ向かった。馬は、まだ走らされるのかという面持ちで彼を見た。こわばった筋肉をもどかしく思いつつ、ヒューは馬にまたがった。

「ジェーンを追うのか？」ロリーが尋ねた。「おれたちが尾行することになっている。ウェイランドはまだ彼女に気づかれたくないんだ」

「ヒュー、ちょっと休め」クインが言った。「ジェーンたちは一頭立て馬車で出かけたはずだ。道は混《こ》んでいるから、これからぼくが馬の用意をしても充分に時間はある。馬車より先に着けるだろう」

「じゃあ、そうすればいい。おれは今行く」ヒューは馬の向きを変えた。「おれが何を相手にすることになるのか、白状したほうがいいぞ」

クインの深刻な顔を見て、ヒューは手綱を強く握り直した。

「何を、というより、誰を相手にしているのかときくべきだな。ウェイランドは、デービス・グレイがジェーンを殺しに来ると考えているんだ」

# 2

ほぼ一〇年ぶりにジェーンの姿を見たとたん、ヒューは呼吸のしかたを忘れた。体の痛みも、空腹感も、疲れも、すっかり吹き飛んでしまった。

急いで近づき、一行が馬車を降りてヘイマーケット通りを歩き始めると、それと平行する路地を歩いて尾行した。

グレイの名を聞いた瞬間、ヒューはジェーンをこの街から連れ出そうと心に決めていた。

突然、大きな手が彼の肩をつかんで後ろに引いた。「この一〇分のあいだに、その気になれば一〇回以上はおまえにナイフを突き立てられたぞ」低い声が背後から聞こえた。「何か気になっているのか？」

「イーサン？」ヒューは兄の手を振り払い、不機嫌な顔で向き合った。「いったいここで何を――」

「おい、その顔はどうした？」

「爆発のせいだ。岩が落ちてきたんだよ」数日前、アンドラでの戦いの最中、粘板岩の破片を浴びたのだ。同じ戦いで、コートランドは脚を失いかけた。「おれの質問に答えてくれ」

「ウェイランドの屋敷に寄ったら、ちょうど出かけようとしていたクインを見つけたんだ。話は聞いた。こんなところで油断するとはおまえらしくない。何を考えていたんだ？」

「ジェーンを連れ帰ることだ」

「ウェイランドは尾行を命じただけだぞ。そんなふうに首を振るな。グレイはまだ英国に入国していない」ヒューがなおも納得のいかない顔をしていると、イーサンはさらに言った。「それに、生きてここまでたどり着くこともないだろう。だから落ち着いて、男らしく子守役を引き受けろ」

「おれが呼ばれたのはそのためなのか？　ウェイランドはなぜおれを呼んだんだ？」

「おれの子守ではジェーンが怖がると考えたんだろう」イーサンはさりげなく言った。「彼の顔の傷跡は女たちを怯《おび》えさせる。「クインにいたっては、できるのは、外国のレディーたちから重大な秘密を聞き出すことぐらいだからな。ウェイランドが求めているのは銃の使い手だ。それに、おまえはグレイを誰よりもよく知っている」

ヒューはジェーンに注意を戻した。今、彼女はヒューが身を隠して立っている十字路を通り抜けようとしている。すぐ近くを歩いているので、ハスキーで官能的な声が聞こえてくるが、何を言っているかまではわからない。胸元の広く開いたグリーンの贅沢《ぜいたく》なドレスは石膏《せっこう》のように白い肩をあらわにしており、彼女の体つきが以前と比べて女らしい丸みを帯びたのがよくわかる。顔は、翼さながらに左右に広がる濃いグリーンの羽根がついた仮面により、半ば隠されていた。

ドレスと仮面のせいで、みだらな女に見える。

額に冷たい汗が浮かんだが、ヒューは驚かなかった。昔から、ジェーンに対してはいつも体が反応してしまう。彼女とともに過ごした最後の夏、さまざまな反応に必死で耐えたものだ。心臓は雷鳴のようにとどろき、口は乾いて一分のあいだに何度もつばをのみ込まなければならなかった。彼女に軽く触れられただけで、喜びに体が震えそうになった。

そして、耳元でそっとささやかれた言葉に、うめき声を抑えなければならなかった……。

「コートランドも一緒にロンドンへ帰ってきたのか？」イーサンがきいた。

ジェーンを見つめたままヒューは答えた。「コートは置いてくるしかなかった。脚を怪我して、馬を走らせるのが難しかったから」

「どこに置いてきた？　彼女の近くではないだろうな？」

ヒューは、コートを英国に連れ帰るだけでなく、弟が愛するアナリア・ジョレンテのもとに戻らないよう監視する役目も負っていた。「フランスだ。コートは彼女のもとには戻らない。自分が戻れば彼女の身に何が起きるかわかっているからな」自信たっぷりに答えたが、実は半信半疑だった。コートは誰の目にもわかるほど、アナリアに夢中だったからだ。しかしジェーンの身が危険だと知ってしまったヒューには、弟を置いてくる以外の選択肢はなかった。「グレイの件を聞いたが、どういうことなんだ？」ヒューは尋ねた。つい二年ほど前までは友人だと思っていた男だ。

「ウェイランドはグレイを危険な任務につかせたんだ。それが失敗に終わった」

ヒューはジェーンから目を離してイーサンを見た。「兄さんもかかわったのか？」ときどき、いや、頻繁に、ヒューはイーサンが自分と一緒にウェイランドに雇われなければよかったと考えていた。

イーサンは顔に走る白い傷跡をゆがませて、ぞっとするような笑みを浮かべた。自分がかかわっていれば失敗などしなかったと言いたげな笑みだ。「いいや。だが、グレイの始末は任せてほしいと申し出た。ウェイランドはおれとやつは個人的なつながりが強すぎると思ったらしく、その申し出を退けたが」

「申し出た、か」ヒューは吐き捨てるように言った。

イーサンは意に介さぬ様子で肩をすくめた。「仕事を続けろ。尾行の邪魔はしたくないからな。もう一度正面から彼女を見たいんだろう？」

ヒューは顔をしかめたが、ジェーンに対する彼の思いはイーサンもよく知っているので、否定してもしかたがない。「彼女にはもう何年も会っていない」脇道《わきみち》を歩きながら、あとをついてくるイーサンに言い訳がましく言った。「だから興味があるんだ」

「まるで、災難が近づいてくるのが目に見えるようだな」イーサンがつぶやいた。「最初にコート、次はおまえ。しかも相手は、またしてもジェーンだ。ありがたいことに、おれはまだ災難を免れている」

ヒューは兄の言葉を無視し、再び暗がりを見つけて身を隠した。「ウェイランドはなぜ、グレイがジェーンを狙うと確信しているんだ？」

「復讐《ふくしゅう》をもくろむからには、グレイはウェイランドにとって何よりも大事なものを破壊しようとするに決まっている」

そのときジェーンがいとこの言葉に笑い声をあげ、ヒューは彼女に視線を戻した。ジェーンは昔からよく笑った。ヒューとはまるで違っていたが、そこが魅力的だった。一度、彼女がほっそりした手でヒューの顔を挟み、真剣な表情で見上げながら言ったことがある。〝必要とあらば、わたしがふたり分笑うわ〟と。

「だから、グレイはジェーンを殺そうとしているんだ」イーサンが肩越しに言った。「これまでほかの女たちにしてきたように、ジェーンの喉をかき切ろうとしている。今ではそのやり方がすっかり気に入っているらしい。わざと苦しみを長引かせて喜んでいるそうだ」

「もうたくさんだ」ヒューはジェーンのやわらかな笑みを見つめながら言った。これまで、そうするしかないと頭ではわかっていても、グレイをこの世から消さなければならないことに納得がいかなかった。しかし、もうためらいはない。

「グレイを始末するというおれの申し出を、ウェイランドが受け入れていればよかったと思っているんだろう？」イーサンはあっさりヒューの心を読んだ。「だが心配するな。今度はウェイランドもだめとは言わないさ。娘を守るためなら、なんだってするだろうから」

イーサンはジェーンを顎で指し示してからヒューを見て、再び娘たちのほうに顔を戻した。何かに興味を引かれたのかイーサンの目が光り、続いてぎらぎらと輝いた。ふだん絶対にないことなので、ヒューは不安を覚えた。興味を引かれた？　いつもはいっさい感情を見せない兄が？

たちまちヒューのこぶしに力が入る。イーサンの物欲しげな視線はジェーンに向けられているのか？

ヒューは自分でも気づかぬうちにイーサンを建物の壁に押しつけ、喉を腕で押さえていた。若いときは年中喧嘩《けんか》をしてきたふたりだが、力が強くなってきてこのままでは互いに相手を殺しかねないと思ってからは、争いは控えている。

ところが今、ヒューの中に兄に対する敵意がよみがえりかけていた。

今にも飛びかかってきそうなヒューの様子をものともせずに、イーサンはうんざりした顔で弟を見た。「落ち着け。おまえの大事なジェーンに目をつけたりはしないから」

長く間を置いたのち、ヒューは腕を離した。イーサンの言葉は信じたが、ジェーンに欲望を感じない男がいることについて理解できなかった。「それなら何が気になってるんだ？」

イーサンはまだヒューの肩越しに娘たちを見ている。ヒューは兄の視線を追った。「クローディアか？　赤い仮面の？」彼女ならイーサンに合うだろう。ジェーンが昔、クローディアには荒っぽくて意地悪なところがあると言っていたのを覚えている。

イーサンが返事をしないので、ヒューは振り返った。「ベリンダか？　背の高いブルネットだが」

イーサンはゆっくり首を振ったが、そのあいだも視線は三人目の娘から離れなかった。背の低いブロンドで、青い仮面をつけている。ヒューには見覚えのない娘だった。

顔に傷を負って以来、イーサンは多くのことに興味を失ったように見えた。かつては盛んに女の尻を追いかけていたが、それもやめてしまった。それが今、長年抑えてきた何か――なんらかの欲求――が一気に噴出してきたかのようだ。

どうやらイーサンも、災難を免れてはいないらしい。

ヒューには意外なことだった。「知らない顔だけど、ジェーンの友人だろう。ずいぶん若そうだ。二〇歳にもなっていないんじゃないか？　兄さんには若すぎるよ」イーサンはもう三三歳なのだ。

「もしおれが、おまえやコートやクランのみんなが考えているとおりの悪いやつだったら、その若さゆえに彼女に惹《ひ》かれるのもおかしな話ではないだろう？」イーサンは不意に手を伸ばして、ちょうど通りかかった舞踏会に向かう途中らしき者から仮面をはぎ取った。相手は文句を言おうと口を開きかけたが、イーサンの険悪な顔を見たとたん逃げていった。

「彼女をもてあそぶな」

「おまえとジェーンの仲に影響するからか？」イーサンは仮面をつけた。「こんなことは言いたくないが、おまえとジェーンのあいだにはなんの見込みもない。おまえたちが出会う前からな。それを証明する本があるじゃないか」

〝彼らは、死とともに歩む……〟

「兄さんだっておれと同じ運命だろう」ヒューは言った。「それなのに女の尻を追いかけようとしている」

「ああ、だがおれの場合は彼女に惚《ほ》れる心配はない」イーサンは仮面舞踏会の会場へ向かいながら、肩越しに言った。「だからおれがもてあそんだからといって、彼女が命を落とすことにはならないさ」

ヒューは歯ぎしりをしながら、兄のあとを追った。

# 3

ヘイマーケット通りを歩くときは、手提げかばん《レティキュール》に忍ばせた煉瓦《れんが》が欠かせない。それはジェーン・ウェイランドも承知していたが、重いレティキュールの引き紐《ひも》は手首にきつく食い込んで痛かった。

怖いもの知らずのいとこふたりとその友人とともに、ヘイマーケットの倉庫への入場を待つ列に並びながら、ジェーンはレティキュールをもう一方の手に持ち替えた。

ジェーンたちがロンドンの暗部をひやかしに来るのは、これが初めてではない。イーストエンドの賭博場《とばくじょう》にいかがわしいショー、毎年ロシアからやってくるみだらな曲芸と、いろいろなところに顔を出してきたが、そのジェーンでさえ、自分たちを迎えた扇情的な光景に思わず足を止めた。

倉庫の前には高級娼婦の一群が、まるで顔に彩色を施した攻撃的な戦士のようにたむろしていた。株での大儲《おおもう》けや先祖から受け継いだ富を象徴する服に身を包み、仮面をつけた客たちが、女たちを値踏みして同伴する相手を決めている。

「ジェイニー、なぜここへ来る気になったのか聞かせてもらってないわね」いとこのクローディアが、みんなの緊張を解こうと軽い口調で言った。「まあ、わたしには自分なりの理由があるのよ」彼女はほかの三人が帰ると言い出すのを恐れているのだ。深紅の仮面をつけた黒髪のクローディアは、この手の冒険が大のお気に入りだった。

「聞かせてよ」クローディアの姉のベリンダが言った。妹とはコインの表と裏みたいに正反対のベリンダは、美しくて性格はまじめだ。今夜は文字どおり〝研究〟のために来た。彼女は〝超絶なる社会の格差〟を暴くつもりでいて、自分たちの社会とは対極に位置する社会の問題を描き出したいと考えている。すでに改革という観点で、クリーム色の仮面の奥から目の前の光景を見つめているに違いない。

「わたしたちがここへ来たのは、これが娼婦たちの集う舞踏会だから」そう言ったのは、謎めいたマデレン・バン・ローウェンだった。「ほかに理由なんていらないでしょう？」姉妹の古くからの知り合いで、数週間の予定で遊びに来ているマディは、生まれは英国だが今はパリに住んでいる。噂《うわさ》が本当なら、住まいはパリのいかがわしい界隈らしい。

マディが旧交を温めるためと称してロンドンまで来た本当の目的は、クローディアたちの兄、クインを誘惑することではないかとジェーンは思っている。それならそれでかまわないじゃない。もしマディがクインとの結婚まで持ち込めたなら、それは彼女がクインとその財産を手に入れるのにふさわしかったということだわ。

ジェーンは、自分たち三人の中に入っても違和感のないマディが好きだった。冒険といたずらと浮かれ騒ぎを好むことで有名な〝ウェイランドの八人娘〟の中で、ロンドンで生まれ育ったのはジェーンとベリンダとクローディアの三人だけだ。三人は若く裕福なほかのロンドンっ子たち同様、この狂騒の街で見いだせる最新の快楽と、今も提供されている昔ながらの罪悪を、昼夜を問わず常識の範囲内で追い求めている。

ジェーンもいとこたちも、裕福だが貴族階級ではない。品よく育てられたわりには抜け目なく、レディーらしいわりには遊び好きだ。ジェーンたちと同じくマディも自分の身の守り方を知っているし、この危険な香りのする仮面舞踏会を前にしても動じる様子は見られない。

クローディアが重大な秘密を明かすように言った。「ジェーンはついに、あのフレデリック・ビッドワースの求婚を受けることにしたのよ」

ジェーンは罪の意識で真っ赤になり、それを隠すためにエメラルドグリーンの仮面の位置を直した。「わたしのことはなんでも知っているのね、クローディア」ジェーンとフレディー・ビッドワースの仲は噂になっていて、誰もがいずれふたりは結婚すると思っている。当のフレディーもそうだ。けれどもジェーンはまだ、このハンサムで裕福な貴族の求婚を受け入れる気になっていない。

一生、そんな気になれないかもしれない。

今夜、舞踏会に出ようと思ったのはそのせいだった。目の前にある難題を忘れたかったのだ。二七歳の自分には、フレディーのような求婚者はこれから減っていく一方だろう。もし彼と結婚しなかったら、誰と結婚するというの？　汽車が駅を出発しようとしているのはわかっていたが、ジェーンはそれに乗れずにいた。

いとこたちには、結婚に踏みきれないのはフレディーの母親と妹が意地悪だからということにしてある。でも本当の理由は、誠実な父を除けば男というものを信用できないせいだ。

この二年ほどで、ジェーンは自分がだめになったとわかってきた。社会的にではない。〝ウェイランドの八人娘〟がどんなにはめを外そうと、反乱を成功させることはできそうになかった。一介の実業家にすぎない実直なジェーンの父が、どういうわけか貴族や政府の有力者に強い影響力を持っているためだ。ジェーンたちが当惑して首を振っても、社交界からの招待状は届き続けた。

違う。わたしをだめにしたのは、低くかすれた声と情熱的な目を持つ黒髪のスコットランド人だ。どんなにこちらから誘っても、触れてくれたこともキスをしてくれたこともなかったけれど。

ベリンダが眉をひそめてジェーンを見た。「ビッドワース家の人たちと折り合いがついたの？」

「ええ、まあ」ジェーンは慎重に答えた。「大事なことだから、ゆっくり進めているの」ゆっくりどころか、フレディーから初めて求婚されたのはかれこれ一年近くも前だ。

「じゃあ、結婚前にせいぜい放蕩の限りを尽くそうと思っているということ？」マディが尋ねた。パリの上品とは言えない界隈から来た女性にとって、これは放蕩と呼べるのかしら？こうして冒険を求めてジェーンたちとともに夜出歩いているとき、マディはまるで退屈しているように見えることがある。「遊びおさめというわけね？」

「わたしたちがここへ来たのは、これが娼婦たちの集う舞踏会だからよ。ほかに理由なんていらないでしょう？」ジェーンは皮肉を込めて、先ほどのマディの言葉を繰り返した。

だが運よく倉庫の狭い入り口まで列が進んだので、この話は立ち消えになった。入り口では、豚の仮面をつけ、頭のてっぺんを光らせている体格のいい案内係が、法外な入場料を徴収していた。四人は人込みの中でスカートを汚されないよう注意して進み、ジェーンはひとり一ギニーの入場料を四人分まとめて払った。それは主に、マディのプライドを傷つけずに彼女の分を払うためだった。

サファイア色のドレスこそ贅沢だが、クローディアの部屋で見たマディの旅行かばんには、何度も繕い直したストッキングや下着が入っていた。宝石は人造石だ。フランスの邸宅や優雅なパーティーのことを話してくれるマディだが、実はお金に困っているのではないかとジェーンは思っている。彼女にはどこか、追いつめられているような雰囲気が感じられるのだ。

案内係が手を振って通してくれると、ジェーンは三人を引き連れて中に入った。倉庫の内部は、中央のダンスフロアのまわりで香水のにおいをぷんぷんさせながらうごめく人々や、七人編成の楽団が奏でる軽快な音楽に合わせて踊る人々でごった返していた。法的に言うと、ここは〝無認可の舞踏場〟と呼ばれる部類に属する。

事情通のあいだでは、〈蜂の巣《ハイブ》〉の名で通っていた。

〈ハイブ〉は無骨で目立たない外観に反し、中は贅沢な造りになっている。壁紙はシルクで、高級そうな香りのする煙が人々の頭上を漂っていた。壁には大きな絵画が並んでいる。よく光る真鍮《しんちゅう》の鎖で吊《つ》り下げられたその絵画には、きわどい姿勢をとるニンフやサテュロスが描かれていた。絵の下にはペルシャ絨毯《じゅうたん》が敷かれ、クッションがばらまかれていて、女たちが好色な男たちにキスをしながら半ズボン《ブリーチズ》の上から巧みな愛撫《あいぶ》をしたり、お返しに愛撫を受けたりしている。

後ろに並んだドアの向こうでは、さらにその先の行為が繰り広げられているのだろう。幸せな結婚をしているベリンダがささやいた。「あの人たち、お金を稼ぐためにあんなことをしなければならないなんて」

「お金？」クローディアがとぼけてささやき返した。「あれで稼げるってこと？　わたしったら、今まで硬貨の一枚すらもらっていなかったわ！」

ベリンダがクローディアをにらんだ。二八歳のクローディアは、自分の家の馬丁と情熱的な関係を続けているのだ。「クローディア、結婚してから稼いでみるといいわ」

そのとき目の前に現れた光景に一同は沈黙し、毎度おなじみの姉妹喧嘩もそこで終わった。全身をきれいに剃《そ》って粘土で覆った数人の男女が、彫像のようにポーズをとっていた。賞賛の目で眺める客たちに体の一部を触られても微動だにしない。

「来たかいがあったわね」クローディアが眉を上げて言った。目は、立派な一物を持つ筋骨隆々の男たちに釘《くぎ》づけになっている。

ジェーンも同感だった。生きた裸の彫像を見ていれば、結婚のこと、刻々と過ぎゆく時間のこと、そして、ひと言もなく姿を消した低い声のスコットランド人のことを忘れられる。

だが、この光景をゆっくり楽しむことはできなかった。倉庫の入り口を抜けてきた群集が後ろから押してくるのだ。四人は、狐《きつね》の仮面をつけた半裸の男がカクテルを配っているテーブルを通り過ぎながら嬉々《きき》としてグラスを受け取り、人の流れを外れて壁際へ向かった。

ジェーンはごくりと酒を飲んだ。「男も女も腰から上を隠すかどうか自由に選べるなんて、誰も教えてくれなかったわね」半裸の女性がまたひとり、胸を揺らし、こちらに媚《こ》びるような笑みを投げかけて歩いていった。ジェーンは色っぽいウインクを返した。「知っていたら、もっと胸の開いた胴着《ボディス》と大きな煉瓦を選んだのに」

マディが物知り顔で酒のにおいをかいだのち、口に含んだ。クローディアもグラスを掲げて言った。「お酒を足さずにすむカクテルが出る舞踏会でうれしいわ」兄のクインがカクテルに酒を足してばか騒ぎをするのを見てからというもの、クローディアは退屈な集まりには必ず酒の瓶を持って参加する。

中年の男がペルシャ絨毯の上の女たちの前で全裸になって彼女たちを笑わせるのを見て、ベリンダは咳払《せきばら》いをした。そしてジェーンにグラスを預け、ひそかにメモを取った。ジェーンは肩をすくめ、飲み終わった自分のグラスをトレーにのせてベリンダのグラスに口をつけた。

最後のひと口を飲み込もうとしてむせた。長くて黒い仮装衣《ドミノ》を着て仮面をつけた長身の男が、人込みをかき分けて誰かを探しているのが目に入ったからだ。体格、歩き方、仮面につけたベールの下の攻撃的な印象を与える唇――すべてがヒューを彷彿《ほうふつ》させる。でも、ヒューのはずはない。彼はロンドンにいないのだから。

だけど、本当にヒューだったらどうする？　彼もいずれはロンドンに帰ってこなければならないだろうし、ばったり会うこともあるかもしれない。あの絨毯の上で膝を広げ、とろんとした目つきで女性の愛撫を受けている彼を見ることになるかも。ジェーンは思わずベリンダの酒をあおった。「カクテルをもっと取ってくるわ」不意に、人々の体が発する熱気から逃げたくなって、ジェーンは言った。

「わたしたちの分も、もらってきて」クローディアが声をかける。

「わたしはダブルで」マディが心ここにあらずといった様子で言った。彼女も人込みをかき分けている男を見つめていた。

カクテルのテーブルへ向かいながら、ジェーンはおなかのあたりにいつも感じるざわつきが急に強くなるのを感じた。いつのころからか、何か大事なものを逃しているような、もっと自分に合う場所があるのに間違ったところにいるような、そんな不安感が常につきまとっている。あらゆることに焦りを感じてしまう。

ヒューによく似た男性に目を引かれ、その男がほかの女性に愛撫されている場面を想像したせいで、新鮮な空気が吸いたくてたまらなくなった。早くしないと、飲んだばかりのカクテルを吐いてしまいそうだ。

グラスを手にすると、ジェーンはいとこたちのもとに戻って、外へ出ようと言いかけた。だが、マディがいない。

「振り向いたら、いなくなっていたの」クローディアはたいして心配していないようだ。マディは気分次第でどこかに消えてしまうことがよくある。そんなことが続くうち、彼女が〈ハイブ〉のような場所に気おくれしていないことがジェーンにもわかってきた。

「ダンスフロアを探しましょうか？」ジェーンはため息をついて言った。

三人は人々のあいだを縫ってマディを探し始めた。マディは背が低いので、うまい具合に人込みに溶け込んでしまう。三〇分たっても、彼女を見つけることはできなかった。

突然、空気を切り裂くような甲高い笛の音が響いた。ジェーンははっとして顔を上げた。楽団の演奏の音が小さくなる。

「警察だ！」誰かが叫んだと同時に、周囲を取り巻くように複数の笛が鳴った。「おまわりが来たぞ！」

「そんなはずないわ」ジェーンは言った。こういった舞踏場は必ず警察に賄賂《わいろ》を渡しているはずなのに！　まさか払い忘れたのかしら？

たちまち、人々が悲鳴をあげながら、波が押し寄せるように裏口へ向かい始めた。一瞬にして、〈ハイブ〉は上を下への大騒ぎとなった。建物全体を揺らすほどの勢いで逃げ出そうとする人々にぶつかり、ジェーンはいとこたちと引き離されてしまった。

ふたりのほうに向かおうとしても押し戻されてしまう。裏口を指差すベリンダに向かって、ジェーンは首を激しく横に振った。裏口は人が殺到している。押しつぶされてしまうだろう。それで死ぬぐらいなら、つかまって『タイムズ』紙に名前が載るほうがましだ。

ついにいとこたちの姿が見えなくなると、彼女は呆然《ぼうぜん》として壁際に下がった。人の波は次第にふくらんでいき、しまいにはジェーンもその波にのみ込まれてしまった。波から抜け出せないまま、彼女は周囲の世界がもはや誰にも制御しきれなくなっていくのを感じた。

ふたつの手がジェーンの背中を前に押しやった。彼女は煉瓦の入ったレティキュールを振りながら後ろを向いた。けれどもレティキュールは誰にも当たらず、勢いで手から離れた。なくしてしまった。お金も武器も。

再び背中を押されたときはもう驚かなかったが、誰かにドレスの裾《すそ》を踏まれていたため、両手をばたつかせながら前に転んでしまった。

すぐ立ち上がろうとしたものの、床に広がったスカートが蝶《ちょう》の標本のように人々の足で留めつけられている。何度もがいても、そのたびに新たな足がスカートを踏んだ。

ジェーンは手を伸ばして必死にスカートを引っ張ろうとした。

人の波にもまれて息苦しくなってきた。なんてひどい夜になってしまったのかしら。

誰かの足がジェーンの頭にまっすぐ向かってきた。それをよけるために壁のほうへ転がったとき、金属がきしむ不愉快な音が耳に入った。

ぎょっとして見上げると、頭上にかかっている絵のひとつが激しく揺れていた。絵の重みに耐えかねて、真鍮の鎖の輪のひとつが伸びかけている。

鋭い音をたててその輪がはじけ、鎖が鞭《むち》のように跳ねた。そして、絵が落ちてきた。

# 4

阿片《あへん》を吸うとき、デービス・グレイは夢を見ない。

阿片が作り出す靄《もや》の中で、体の痛みは次第に和らぎ、自分がこれまでに殺してきた男や女や子供の顔も浮かばなくなる。

グレイは疲れきったため息をつきながら、イーストエンドのさびれた屋根裏部屋の、塗装がはがれた天井を見つめた。

以前なら、阿片の煙が心の中の怒りを抑えてくれた。だがついに、復讐への執念が阿片の甘い誘いに勝つようになった。

グレイは汗で湿ったベッドからそろそろと立ち上がると、洗面台へ向かい、顔に勢いよく水をかけた。そして洗面台の鏡に映る裸の自分を見つめた。

青白い上半身に残る四つの弾痕《だんこん》を見るたびに、自分が殺されかけたことを思い出す。グレイはこれまでエドワード・ウェイランドに忠実に仕え、その指示に従って人を殺してきた。そのウェイランドに、自らの破滅へとつながる仕事に送り込まれたのは六カ月前のことだ。いまだにそのときの傷は完全には癒《い》えていない。半年過ぎてもなお、ウェイランドの指示によって送り込まれた、自分より若く貪欲《どんよく》なウェイランドの部下三人から銃弾を受けたことが忘れられなかった。

グレイはなんとか生き延びた。筋肉はだいぶ落ちたが、計画を実行するだけの力はまだ失われていない。

指先を胸に当てて下へ向かって滑らせ、途中の傷跡をうっとりしながらなでた。おれを殺すなら、ウェイランドは一番優秀な男をよこすべきだった。だがウェイランドがヒュー・マッカリックを使うのは、人格まで変えてしまうような大きな仕事だけだ。

そういった仕事は本来グレイとヒューで分担するべきなのに、ウェイランドは慎重に任務を振り分けた。ヒューに与えられるのは正真正銘の悪人を殺す仕事。それに対し、グレイに与えられるのはそのときどきで違う、さほど重要ではない仕事だった。最後のころには、子供がかかわってくるような仕事になると失敗することも出てきた。

夢の中で、グレイは何も見えないガラス玉みたいな子供たちの目を見る。

ウェイランドのやつ、おれを殺そうというのにヒューを送り込んでこなかった。

それが何よりも悔しくて、はらわたが煮えくり返る思いがした。

近いうちに仕返しをするつもりだ。ウェイランドには、この世にひとつだけ大事にしているものがある。娘のジェーンだ。そしてヒューは、昔から彼女に恋心を抱いている。ジェーンを殺せば、一生立ち直れないほどの打撃をふたりに与えられるだろう。

行動を起こそうとしていることは、ウェイランドとその情報提供者に知らしめてある。さらにちょっとした細工と殺しを施し、今はまだグレイが大陸にいるように思わせている。ウェイランドはすでに、大切な娘を守るため、最高の腕を持つ銃の名手を呼び寄せているはずだ。

上出来だ。ジェーンの命を奪うところをヒューにしかと見せつけてやることができる。ヒューもウェイランドも、胸が張り裂けんばかりの悲しみを知るはめになるだろう。失うものがない人間は強い。

おまえは無慈悲だから、この仕事に向いている――何年も前、ウェイランドにそう言われたことがあるが、その時点では彼は間違っていた。あのころのおれだったら、嬉々としてジェーンの美しい喉を切り裂いたりはしないだろう。しかし今、ウェイランドの言葉は真実となった。

ジェーンは悲鳴をあげて横に転がった。次の瞬間、落ちてきた絵画の角が彼女のすぐ横の床にぶつかった。危機一髪だったことに呆然とする暇もなく、さらに大勢の人々が押し寄せてきた。息ができない。彼女は泣きながら頭を下げて顔を腕で覆った。

だがすぐに、眉根を寄せて腕を下ろした。

人々はジェーンを踏まずによけていた。

やがて周囲にいくらかの空間ができて、なんとか動けそうになった。

興味本位で見物しに来ただけなのに、こんなことで命を落とすなんてまっぴらよ！　スカートの裾をたぐり寄せ、よろよろと立ち上がる。向きを変えて前に走りだそうとした。自由になったわ！

しかし、そうではなかった。すぐに動きを封じられ、ジェーンは音をたてて前に倒れた。肘をついて這《は》おうとしたが、前に進むことができない。スカートの裾がまだ何かにとらえられているのだ。さらに大勢がこちらへ突進してきて……。

さっき見かけた中年の男が、すぐ隣に倒れ込んできた。血の出ている鼻を押さえ、恐怖に満ちた目で後ろを見上げている。驚いているうちに、今度は別の男がジェーンの上を飛び越えて、あおむけに床に落ちた。

不意にスカートがまくり上げられ、ごつごつした熱い手が腿を押さえた。ジェーンは仰天した。もう一方の手がペチコートをつかんで引き裂く。

「な……何するの？」ジェーンは叫び、振り返った。仮面がゆがんでいるうえに乱れた髪が顔にかかっているため、相手の男の姿は人々の脚のあいだからぼんやり見えるだけだった。

「今すぐ手を離して！」彼女は男に押さえられている脚を揺すった。

手の甲で髪を払い、もう一度男を見る。不気味な唇のあいだから白い歯がのぞいていた。頬に傷が三本走っていて、顔は汚れている。

目には激しい怒りの炎が燃えていた。

男は立ち上がり、新たに近づいてきた客を投げ飛ばしてから、再びジェーンの横にひざまずいた。男はペチコートを裂きながら、ときおりこぶしを突き上げた。

男がペチコートを裂くのをやめたとわかったのは、男に肩の上へ担がれたときだった。「どういうつもりよ！」ジェーンは男の広い背中をこぶしで叩いた。そういえばこの人、襟の糸くずを取るみたいにやすやすとわたしを抱え上げたわ。まるで熊《くま》みたい。体は大柄で、彼女を押さえつけている腕は頑丈だ。指を広げた手はジェーンのヒップがすっぽりおさまるほど大きい。

「そっちに行かないで！　下ろしてちょうだい！」ジェーンは言った。「わたしをつかまえて下着を破るなんて、なんのつもりなの？」そう叫ぶと同時に、ニンフに覆いかぶさっている陽気なサテュロスを描いた絵の下に、自分のペチコートの残骸《ざんがい》が挟まっているのが目に入った。彼女は顔を赤らめた。

男は空いているほうの腕で押し寄せてくる客たちを払った。「前もおれに見せたことがあるじゃないか」

「なんですって？」ジェーンはあっけにとられた。ヒュー・マッカリックなの？　この危険な雰囲気を持つ男が、あのやさしかった大男のスコットランド人？

彼が一〇年ぶりに戻ってきたというの？

「おれを忘れたか？」

もちろん覚えている。そして一〇年前、このハイランド人とかかわりがあったころ自分がしたことを考えると、酔っ払いの群れに踏みつけられたほうがましだったかもしれないという気がしてきた。

# 5

外に出ると、ヒューはヘイマーケット通りを進む人々の流れから外れてすぐさま安酒場の裏手の路地へ入り、ジェーンを下ろした。

そして彼女が口を開く前に体に手を触れた。「怪我はないか？」ジェーンが早口で文句を言うあいだに、彼は再びスカートをまくり上げて脚を調べたのち、腕をつかみ、肘から手首、指へと手のひらを滑らせて、骨折や突き指がないかを調べた。どういうわけか彼女はいやな気がしなかった。

「ジェーン、何か言ってくれ」

「ヒュー……」わたしを助けに来てくれた。ひと目見ただけでは彼と気づかなかったけれど。目の前にいるのはヒューだがヒューではない。「だ……大丈夫よ」すぐ……すぐわれに返って、彼を見つめるのをやめられるはず。

長い年月を経たあとの再会を、何度夢見たことだろう。結婚を申し込んでくるヒューを、冷ややかなため息とともに拒む自分の姿をずっと思い描いてきた。彼はひと言も告げずにジェーンを捨てていったことを謝り、許しを請うはずだった。

それなのに現実はまったく違った。ジェーンは酔っていて、ただ黙って彼を見つめることしかできない。警察の手入れから間一髪で逃れただけでなく、すんでのところで踏みつぶされて命を落とすところだった。

ヒューはジェーンの曲がった仮面を直すと、ゆっくり息を吐いた。「こんなところに来るなんて、いったいどういうつもりだ？」見た目は変わっても声は変わっていない。かつて彼女の心を溶かした、低い声と訛《なま》りのある話し方は昔のままだ。

気持ちを落ち着かせようとジェーンは彼から離れ、破れたスカートを払った。「お店がちゃんと賄賂を渡していれば、なんの危険もなかったはずよ」

「そうだろうか？」

「そうよ」ジェーンは力を込めてうなずいた。「経営者に手紙を書くわ」ヒューは彼女が本気で言っているのかどうか決めかねているようだ。ジェーンには、ふざけている場合ではないときに冗談を言う癖があった。

ジェーンが仮面を外そうとすると彼が言った。「まだつけておけ。辻馬車《つじばしゃ》に乗るまでは――」

再び笛の音が響き、警察の馬車の到着を告げる警笛が鳴った。ヒューはジェーンの手を取り、急いで倉庫から――そして彼女の仲間から――離れた。

「ヒュー、止まって。戻らなければならないの！」

彼は耳を貸さなかった。

ジェーンは抵抗しようとしたが、ヒューはものともせずに彼女を引っ張った。「ヒュー！　いとこと友だちがまだあそこにいるのよ」

「彼女たちは大丈夫だ。今のきみが戻ったら逮捕されてしまう」

「今のわたし？」

「酔ってるじゃないか」

「お言葉ですけど、今のわたしは仲間を助けに戻らなければならないと思っているし、実際助けられると思うわ」

「だめだ」

路地を出ると、ふたりは馬車乗り場に着いた。ヒューは馬車を拾ってわたしを家まで送らせるつもりなのね。それなら好都合だわ。一ブロックだけ走らせたら、馬車を降りて店まで戻ればいい。

御者たちは競って運賃の安さを売り込み始めた。だがヒューは、この威勢のいい集団をも黙らせるような険しい顔で指を一本立て、もっとも見栄えのする馬車を指差した。選ばれた御者は愛想よく自分の馬車を引っ張ってきた。

ヒューはジェーンを馬車に乗せ、その先の通りで待っている自分の馬を御者に示した。彼も同行するつもりだと悟った瞬間、ジェーンは反対側のドアを開け、深く考えもせずに降りようとした。

「おい、ジェーン」ヒューがあわてて馬車のこちら側まで来て、彼女のウエストに腕をまわした。

ジェーンは再び抱え上げられ、酔った目を仮面の下でしばたたくことしかできなかった。

「きみの仲間は大丈夫だ」ヒューは再度ジェーンを馬車に乗せながらまた言った。彼女のスカートをつかんだまま、自らも馬車に乗り込む。まず自分の側のドアを閉めてから、身を乗り出して彼女の側のドアも閉めた。馬車が動き始めると、彼はようやく緊張をいくらか解いた。

倉庫の中でジェーンを見つけたと思ったら、その彼女が人の波にのまれるところが目に飛び込んできた。あの光景は一生忘れられないだろう。

「どうして大丈夫だと言いきれるの？」

「おれが中へ入る少し前にクインが入っていった。クインなら、たとえきみを探すためだとしても、妹たちをあそこにぐずぐずさせておくはずがない」

ジェーンはいぶかしげな顔になった。「彼はどうしてあんなところにいたの？」

「妹たちがいるものと踏んでいたのさ」

ジェーンは眉根を寄せ、窓から倉庫のほうを見た。「本当に？」

疑っているのだ。今夜、自分の部屋の窓から抜け出して来たことを後ろめたく思っているのだろう。

彼女が不意に息をのんでヒューの顔を見た。「で……でも、わたしたち、マディとはぐれてしまったのよ！」

「青いドレスを着ていたブロンドのことか？」

「目ざといのね。あなたがブロンド好きとは知らなかったわ」

その言い方にヒューは顔をしかめた。「ブロンド好きはおれの兄貴だ。イーサンが彼女に目をつけて、店の中に入った。話をするためにな」ヒューは後ろからついていって止めたが、兄は意に介さなかった。「きみの友人のそのマディは――」

「マデレン。マデレン・バン・ローウェンよ」

バン・ローウェン。その名前には心当たりがあった。イーサンが彼女に惹かれるのはまずい。彼女の父親の名前を知ったら、イーサンは何をしでかすかわからない。

「彼女も大丈夫だ」少なくとも群集と警察に関しては。「イーサンがついていれば、彼女に怪我などさせないからな」自分以外の人間に手出しはさせないだろう。「だが、今度彼女に会ったら、イーサンに気をつけるよう伝えたほうがいい。けっして褒められた男ではないから」

ずいぶん控えめな表現だった。できれば、顔に傷を負って以来イーサンは変わってしまったと言いたいところだ。あるいは、婚約者が結婚式前夜に死んでから変わってしまったと。しかし実際は、イーサンはその前から粗野で悪党のようだった。感情というものにひどく無《む》頓着《とんちゃく》で、若かったことを考慮してもなお、人との交流が少なすぎた。

「そう」ジェーンが眉をひそめた。「あなたのほうも、お兄さんに彼女のことを注意しておいたほうがいいわ。マディは見た目ほど無邪気じゃないし、弱くもないのよ。イーサンのほうが心配なくらい」ヒューは疑いの目を向けたが、彼女はそれを無視してさらに言った。「つまり、クインもあなたのお兄さんもあそこにいたわけね。それで、あなたは何をしていたのかしら？」彼が答えずにただ肩をすくめると、ジェーンは口を引き結んだ。「答えなくていいわ。想像がつくから。ただ、わたしがあそこにいたことをなぜ怒らないのかと思って」

怒ってほしいのだろうか？　もちろんジェーンにはあんな危険なところに行ってほしくない。「おれはきみが何をしても驚かない」

「わたしのふるまいに対して意見しないの？」

「きみはもう立派なおとなの女性だ。そうだろう？」

「ヒュー、わたしを家まで送るために夜のお楽しみを中断することはないのよ」ジェーンは皮肉めいた口調で言った。「この近くに〈ハイブ〉みたいなお店がもう一軒あるわ。場所を教えてあげる。男の人が楽しめるところよ」

「そんなことのために来たわけじゃない」ヒューは静かに応《こた》えた。

「じゃあ、なんのために来たの？」

彼はジェーンの側の窓から外を見ながら言った。「きみがいると聞いたからだ」彼女をちらりと見る。ジェーンの顔に突然浮かんだ笑みは謎めいていて、ヒューは圧倒された。彼女は、ヒューの目を見つめたまま仮面の紐を外した。その些細《ささい》な動きが、まるで彼ひとりのために服を脱いでいるかのように官能的だった。

欲望で全身の筋肉がこわばる。離れろという本能の声に背き、ヒューは彼女のほうへ身を乗り出した。

ジェーンが仮面を外し、彼は呪《のろ》いの言葉をのみ込んだ。前から美しかったが、ますます磨きがかかっている。これまで、自分は記憶の中の彼女を美化しすぎているのだろうと思っていた。あのころの若さは失われ、気性の激しさも落ち着いていると思っていた。だが再会してみて、ジェーンのそういった資質はけっして色あせていないことがわかった。

これまで何度も自らに投げかけてきた疑問がまた浮かんだ。ジェーンと出会わないほうがよかったのではないか？

今この瞬間の答えは、イエスだった。出会わないほうがよかった。それなのに彼女を見たくてたまらない。じっくりと、むさぼるように顔を見たい。

ジェーンの瞳はよく色調が変わる美しいグリーンだ。頬骨は高く、鼻は細くてとがっている。顔や肩にかかる巻き毛は車内の明滅する明かりの中ではほとんど黒に見えるが、実際は濃い赤褐色だった。唇はふっくらしていて、ヒューは以前、一度だけその唇を親指でなでてみて、やわらかさに驚いたことがある。

「合格かしら？」ジェーンが息を殺してささやいた。彼女が浮かべた笑みに、ヒューは心臓をわしづかみにされた気がした。

「以前どおりにね」ジェーンの頬をかすめる巻き毛に手を触れたいのをこらえる。

「あなたのほうはずいぶん汚れているわね」彼女はあきれたようにヒューの服を見た。「顔には切り傷ができているし」先ほどよりも、ろれつがまわらなくなっているようだ。「ヒュー、いったい何があったの?」

「何日もぶっ通しで馬を走らせてきた」ジェーンの身に危険が迫っていると思ったから、傷が癒えるまで待たず、体を洗うために馬を止めもしなかった。本当は、せっかく富を手にしたのだから成功しているように見せたかった。どんな男だって、愛する女性の前では裕福で強い人間に見られたいものだ。それなのにおれは怪我をしているし、服は旅の汚れに覆われている。

成功しているどころか、清潔に見えるだけでも充分だったのに。

「なんのためにロンドンへ来たの?」

〝きみのためだ。きみに会えることになったからだ〟かつてジェーンに嘘をついたことはない。しかし最後に彼女に会ったときのヒューは今より一〇歳若く、まだ道義心があった。今は違う。

彼は口を開きかけた。だが、用意していた安易な嘘は出てこなかった。ヒューは真実を伝えた。「きみのお父さんに呼ばれたんだ」

「大事な仕事なのね?」ジェーンはわかっていると言いたげな顔で彼を見た。

ヒューは彼女を見つめて言葉を探し、ようやく言った。「ああ、きみには想像もつかないほどに」

ヒューが〈ハイブ〉で楽しんだと思うと、そしてマディに関心を持っているらしいと知ると、ジェーンは体が震えるほどの嫉妬《しっと》を覚えた。マディが金目当てで、ウェイランド家唯一の若い男性であるクインにちょっかいを出すことはなんとも思わない。

けれどもヒューと一緒にいるところを想像すると、マディの目玉をくり抜いてやりたくなる。

そのとき、彼が静かに言った。「気分はどうだ、シアナ？」その言葉に気持ちが和らぎ、ジェーンは警戒を緩めた。

〝ジェーン〟をゲール語読みにするとシアナになる。ヒュー自身は気づいていないようだが、昔から彼がシアナと呼ぶと、まるで愛情表現みたいに聞こえたものだ。今、彼の口からその名が転がり出すのを聞き、ジェーンはうっとりと目をつぶりかけた。ヒューのスコットランド訛りには弱いのだ。

「震えているのか？」

「あまりにいろいろなことがあったから」ジェーンはそう答えたが、体の震えはそれが原因でないことは自分でもわかっていた。群集に踏みつぶされそうになったのも怖かったし、ヒューとの再会にも驚いた。でもこんなふうに震えるのは、彼の母国語で名前を呼ばれたせいだ。

「ヒュー、ちゃんと手当てをしてもらわなければだめよ」なんの気なしに、指で彼の顔についた三本の傷にそっと触れた。ヒューは火をつけられたみたいに身をすくめた。

「痛かった？」彼女がヒューの腕に手をのせたところ、彼はゆっくりと腕を引いた。「ごめんなさい」

「気にするな」

それならどうして、わたしからできるだけ離れて、黙ったまま顔をそむけるの？　何かを探すように窓から外の通りに目を走らせているヒューを、ジェーンはここぞとばかりに観察した。

長い年月が彼に恩恵を与えたのか与えなかったのか、ジェーンにはわからなかった。二二歳のころよりも体が大きくなっている。当時でさえ立派な体つきだったことを考えれば、それは何かを暗示しているのではないだろうか。身長は昔と変わらず二メートル近くあり、一七〇センチ足らずの彼女から見るとそびえるように高い。全身の筋肉は一〇年前よりも増えているようだ。年月によって力強さが増し、まさに男盛りと言っていい時期を迎えている。たくましく、男らしくて、粗野。かつてヒューのそんなところにジェーンは惹かれたが、今そのすべてに磨きがかかっている。今夜の勇敢な行動が証拠だ。

しかし、体は経た年月の恩恵をこうむっているとしても、顔のほうはそうとは言えない。頬には三本の長い傷が、そして眉間《みけん》にはくっきりした皺《しわ》が刻み込まれている。首筋には盛り上がった傷跡があった。茶色だった瞳はほとんど黒に近いほど色濃くなっていて、ジェーンがその昔うっとりと見つめたあたたかみのある琥珀色《こはくいろ》の光は失われてしまった。

今夜、雑踏の中で気づいたのは、ヒューが危険な男に見えることだった。かつての落ち着いてまじめな彼は、緊張感の漂う、人を不安にさせる男に変わっていた。

それと同時に、ひどく不幸そうに見える。この一〇年間どこにいたのかは知らないけれど、幸せではなかったようだ。わたしが近くにいれば、この陰気なハイランド人を幸せにしてあげられたのに。ずっとそうしたかった。機会さえあれば。

「おれはどうだ？　合格か？」ヒューがこちらを見て静かにきいた。

ジェーンは失礼にならないよう用心しながら答えた。「変わっていないわね」

「いや、そんなことはない。きみだってわかっているはずだ」彼女を見つめるヒューの視線が揺らいだ。「だが、きみは変わっていない」

うれしくて顔がほてり、ジェーンはあわてた。ありがたいことに、ちょうどそのとき馬車がヒューの馬の横で止まったので、彼女は応えずにすんだ。馬はヒュー同様に旅の疲れを感じさせるが、全身を覆うほこりの下にはたぐいまれな体格と毛並みが隠れていることが見て取れた。

ヒューは馬を馬車の後ろにつなぐと、再びジェーンの隣に座った。「盗まれなくてよかったわね。どうしてこの先にある馬小屋に預けなかったの？」

「時間が……」彼はいらだったように言葉を切った。「別に理由はない」

「そう」ジェーンは眉をひそめた。しばらく沈黙が続いたのち、彼女は思いきって話しかけた。家まではあとわずか一五分の距離だったが、かつては気軽におしゃべりをしたふたりなのにぎこちない会話しか続かず、ジェーンにはその一五分が果てしなく思われた。

ようやく家に着いた。彼女の腰を支えて馬車から降ろしたあと、ヒューは手を離すのをしばらくためらったみたいだった。彼はジェーンの背中に手を当てたまま玄関へ向かった。

「鍵《かぎ》がないわ」彼女はポケットの中を探るようにスカートを叩いた。「レティキュールをなくしたの」

「ロリーが起きているだろう」ヒューはそう言ったものの、ドアをノックしようとはしなかった。何か言いたそうにしているが、ジェーンの瞳に宿る何かを見て黙ってしまった。

ふたりはドアの前で、互いに何かを待つように向かい合った。ヒューに謝ってほしい。そうでなければせめて説明してほしい。そんなわたしの思いを彼はわかっているのかしら？ただ時間だけが延々と流れていく。

〝ヒュー、わたしとの関係を修復したいなら、今がそのときよ〟だが、彼はそうしようとはしなかった。代わりにいっそう真剣な目つきになり、眉根を寄せた。

キスしようとしているんだわ！　ジェーンの息遣いが浅くなった。この期に及んで、初めてのキスをしようというの？

彼女の中でめらめらと怒りが燃えあがった。ヒューにはわたしとキスする資格なんてない。この一〇年、彼は数えきれないほどキスをしてきたはずよ。

ヒューが体を近づけてきた。

謝りもせずにキスをするつもり？　手が今にも彼をひっぱたきそうになる。

しかし、最後の最後で玄関のドアが開いた。「何か聞こえた気がしてね」ロリーが緊張した様子で立っていた。

ヒューはジェーンから離れ、口にこぶしを当てて咳払いしてから彼女に言った。「家に入るんだ。明日の朝、また会いに来る」

「会いに来る？」ジェーンはとまどって彼を見上げた。「なんのために？」

# 6

ジェーンのいとこたちは、彼のことを〝涙と時間の〟ヒュー・マッカリックと呼ぶ。彼のために、ジェーンがその両方を大量に浪費してきたからだ。

ヒューとの再会がもたらした衝撃と、思いのほか強いカクテルの酔いが醒《さ》めてくると、ジェーンは風呂上がりの髪を櫛《くし》で梳《す》きながら、化粧台の鏡を食い入るように見つめた。鏡に映った瞳が光り、自分がさらに無駄な涙を流そうとしていることを悟る。彼女は、みんな無事に家に帰り着いたというクローディアからのメモの隣に櫛を置き、両手に顔をうずめ、手のひらのつけねを目に押し当てて涙を止めた。

ヒューのために毎晩のように涙を流し、長い月日を無駄にしてきた。時間の大切さを知っているはずのわたしが。

ジェーンがまだ六歳のとき、母が肺炎で亡くなった。それ以来、彼女は満足感を覚えたことがない。ほんの一瞬の時間でさえ、あってあたりまえだとは考えていないため、常にじっとしていられないのだろう。もしかしたら、心から満足することができないよう生まれついているのかもしれない。

知らない土地を旅したくてたまらない。それは旅に対する憧《あこが》れだろうか？　あるいは、自分がいない場所に行きたいという思いからなのだろうか？　一〇年前、ヒューが隣にいたときは旅への切望は弱まり、自分でも忘れかけたほどだった。なぜなのか理由はわからない。

その後、ヒューは何も言わずに去っていった。

ジェーンは嘆き悲しみ、彼を懐かしむことでこれまでの人生の三分の一以上を無駄にした。もうやめよう。そう自分に言い聞かせても、再びヒューとの思い出を振り返り、自分のどこがいけなくて彼が離れていったのか、答えを見つけようとしてしまう……。

「あのスコットランド人はわたしのものよ」

ヒューを初めて見た瞬間、ジェーンはいとこたちにそう宣言した。胸がどきどきした。そのとき、彼があんなに暗い目をせずにすむよう、自分が幸せにしてあげようと心に決めた。ジェーンが一三歳、ヒューが一八歳のときのことだ。

ヒューと彼の兄弟たちは、湖畔の別荘で夏を過ごすためにスコットランドから来ていた。ロス・クリーグと呼ばれる彼らの別荘は、ウェイランド家の別荘、バインランドと入り江を挟んで向かい合っている。ジェーンが自己紹介しようとヒューに近づくと、彼はジェーンの顎をつかんで〝お嬢ちゃん〟と呼んだ。彼のスコットランド訛りは、とてもすてきな響きだった。ヒューはいつでもやさしく、ジェーンは彼のあとをついてまわった。

ジェーンにせがまれて、父もマッカリック家を訪ね、人づき合いの苦手な三兄弟と親しくなった。兄弟は、ジェーンと父を除くウェイランド一族の陽気な面々とは距離を置きたがっているようだったが、父の説得で、翌年の夏バインランドを訪ねてきて彼女を喜ばせた。息子のいない父は、自分の営んでいる輸入業に彼らを雇うつもりだった。

湖畔での二年目の夏が終わるころには、ジェーンは蜂《はち》に刺されたり棘《とげ》が刺さったりするたびに、ひとりでヒューのもとへ行くようになっていた。

彼女が一五歳の夏、一家は再び別荘におもむいた。だがこの年のヒューは、難しい顔でジェーンを見ることが多かった。どう接したらいいのかとまどっているようだった。ジェーンが一六歳になり体にふくらみが出てくると、ヒューは完全に彼女を避けるようになった。彼はジェーンの父のもとで働くことを決め、父とともにロス・クリーグにこもって仕事の話ばかりして過ごした。

ジェーンは大柄でいかめしいスコットランド人が恋しくて泣いた。いとこたちは、男性ならほかにいくらでもいるのだから、〝あの粗野なマッカリック〟に固執することはないと言い聞かせた。だがジェーンがあきらめようとしないのがわかると、汚い手を使うようアドバイスした。やり方はみんなよく知っていた。「男の人はみな、〝ウェイランドの八人娘〟の前ではお辞儀をするものよ。彼がそれをしないっていうんなら、ひざまずかせてやりましょう」それがいとこたちの意見だった。

クローディアは言った。「作戦を練りましょう、ジェイニー。来年の夏までに胸元の開いたドレスを用意して、シルクみたいにやわらかい手と――」彼女はそこでいたずらっぽく笑った。「それに大胆さを自分のものにしておくの。あのハイランド人、びっくりするわよ」

それなのに翌年の夏、ヒューは別荘を訪れなかった。ジェーンはすっかり気落ちしてしまった。ところがある晩、運が彼女に向いて、ヒューが急ぎの用で父に会いに来た。骨董品《こっとうひん》を扱う仕事にいったいどんな急用が起こりうるのか、ジェーンには想像もつかなかった。

ヒューが帰ってしまわないうちに、ジェーンは彼の前に姿を見せた。ヒューはすぐには彼女だとわからなかったらしく、呆然と見つめた。ひと晩の滞在の予定がふた晩、そして三晩と延びたが、それでも彼はもっとジェーンと過ごしたいようだった。

年上のいとこたちから前年にいろいろ教わっていたので、ジェーンはヒューの滞在中、いなかったあいだの分も含めて彼をからかい、苦しめた。

耳元でささやけば、ヒューは目を閉じ、口を半開きにする。抱きつきながら髪に指を通せば、彼は鋭く息を吸う。ジェーンは機会を見つけては、一緒に泳ごうと彼を誘った。初めて誘ったときには、ヒューはシャツを脱ぐ途中で凍りついたように手を止め、ジェーンがスカートとブラウスを脱ぎ、ストッキングとガーターとシュミーズだけになるまで見ていた。泳ぎ終わると、慎み深さなど持ち合わせない彼女は、薄い布が体に張りついているのもおかまいなしに水から出た。ヒューはむさぼるように見つめたあと、顔をそむけた。「ヒュー、透けて見える？」

彼が振り向いて暗い目でゆっくりうなずくと、ジェーンは言った。「あなたになら見られてもいいわ」その日、ヒューはずいぶん時間がたつまで水から出てこられなかった。

最後となった午後、ふたりは牧草地で隣り合って寝転んだ。ジェーンはヒューの上にのってくすぐった。いつもだと、彼はいやがってしばらく不機嫌になり、ふたりのあいだに緊迫した険悪な空気が流れるのが常だった。

だが、そのときのヒューは振り払う代わりに手を伸ばし、ジェーンのリボンを引っ張って髪をほどいた。「きれいだ」彼女の下唇を親指でなぞりながらつぶやく。「自分でもよくわかっているだろうが」

ジェーンはキスをしようと顔を近づけた。ささやきかけるとき、じらすように唇を耳につけたり、うなじに軽く唇で触れたりすることはふだんからしていたが、そのとき彼女がしたかったのは初めての本物のキスだった。

けれどもヒューは、ジェーンの肩をつかんで押しやった。「きみはまだ子供だ」

「もうすぐ一八よ。あなたより年上の人たちから結婚の申し込みだって来ているわ」

彼は顔をしかめて首を振った。「シアナ、おれはもうすぐここからいなくなる」

ジェーンは悲しげにほほえんだ。「わかってる。夏が終わればいつもスコットランドに帰っていくんですものね。わたしは毎年冬のあいだ、また夏が来てあなたがここへ戻ってくるのを楽しみにしているの」

ヒューは彼女の顔を記憶に刻みつけるかのように見つめた。

それ以来、ジェーンは彼に会っていなかったし、連絡もとっていなかった。今夜までは。

彼女はヒューと結婚するものと思い込み、彼におとなとして見てもらえるようになる日を指折り数えて待っていた。ヒューを心から信じ、一緒になると決めてかかっていた。だが彼のほうは、仕事で外国へ行くこと、そのためにジェーンを置いていかなければならないことをあの時点で知っていたのだ。ヒューは自分の意思で決め、その理由を話してくれることもなかった。

待っていてくれとも言わなかったし、彼を幸せにする機会を与えてもくれなかった。

そして一〇年たった今、ジェーンは鏡をのぞき、こぼれ落ちる涙を見つめている……。

今夜、仮面舞踏会で見た女たちは、虚勢を張ったり媚《こび》を売ったりしながらも、その目は厳しかった。ベリンダは社会や経済のせいだと嘆いていたが、理由はそれだけではない。

あの厳しい目つきをした女たちは男に傷つけられたのだ。

ジェーンにははっきりとわかった。今、この鏡に映っている自分の目が、日増しにあの女たちの目と似てきているから。ようやくそれが自覚できるようになった。

あの女たちみたいな運命を避けるためならなんでもしよう。彼女たちの苦しみは言ってみれば終身刑のようなものだが、その気になれば回避することができる。

ジェーンは涙を拭いた。泣くのはこれでおしまい。

明日の朝になったら、フレディーの求婚を受け入れよう。

# 7

翌朝、ウェイランド家の通用口は鍵がかかっていなかった。

ヒューははっとして、静まり返った家の中に滑り込み、ジェーンを探して二階に向かった。絨毯敷きの階段を駆け上がりながら、ホルスターからピストルを抜く。昨夜、ウェイランドは帰宅したのだろうか？

廊下の先の部屋から何かが動く音が聞こえ、ヒューは急いでそちらに向かった。開いたドアの先に、ジェーンが膝をついて、ベッドの下を手探りしているのが見えた。

ヒューは深く息を吸って自制心をかき集めると、上着の下の背中側につけたホルスターにピストルを戻した。

我慢できずに部屋へ入り、ジェーンにそっと近づいて、シルクのナイトドレスだけをまとった体を見下ろす。彼女がゆっくり顔を上げてヒューと目を合わせた。

「わたしの寝室で何をしているの？」ジェーンは尋ね、立ち上がった。体の曲線を隠すどころかむしろ目立たせるような薄いナイトドレス姿なのに、気取った様子でヒューの脇を通り、探し物を続けている。

シルクの下から胸の先端が透けて見え、彼はごくりとつばをのみ込んだ。年を重ねても慎み深くはなっていないようだ。これほど恥じらいを知らない女性には会ったことがない。だが考えてみれば、ジェーンと最後に過ごした夏のあいだ彼女がヒューと一緒に泳いでも、彼は一度も文句を言わなかったのだ。

「なんの用なの、ヒュー？」

「お父さんはこんな朝早くからどこへ行った？」

ジェーンが肩をすくめると、糸のように細いドレスの肩紐が滑り落ちた。引っ張り上げようともしないところが、いかにも彼女らしい。「知らないわ。書斎を見てみた？ 最近、お父さまは一日のうち二〇時間は書斎で過ごしているのよ」

今朝のジェーンはどこか違う。昨夜、キスしたいのを我慢して別れたときよりも態度がよそよそしい。それは間違いない。

「いなかった。通用口のドアは開いているし、ロリーはどこにもいない」

「じゃあ、わたしもわからないわ。もう一度見てきたらどう？」彼女はヒューを追い払うように背を向けた。

「きみも一緒に来るんだ。ローブを着ろ」

ジェーンが無視したので、ヒューは何か羽織れるものを探して室内を見まわした。彼女が探し物をするのも無理はない。靴、ストッキング、レース、それに光沢のあるコルセットが、部屋中に散らばっている。ドレス類は脱いだところにそのまま丸まっていた。とにかく乱雑だ。ヒューは乱雑なのが嫌いで、生活のすべてをその逆にしたいと思っている。

　やっとのことで、羽織れそうなものを見つけた。「これを着ろ」

「ちゃんと服を着るまでは階下《した》に行かないわよ。約束にだって、いつも遅れて行くようにしているんだから」ジェーンは自分にしかわからない冗談のように笑った。

「それは困った」ことによると、ウェイランドとロリーは殺されてしまったのかもしれない。

「おれはきみから目を離すつもりがないからな」

「なぜ？」

「この屋敷にはほかに誰もいなくて、通用口の鍵が開いていた」

「階下に声をかけてごらんなさいよ」

　ヒューは戸口まで行って叫んだ。「ウェイランド」返事はない。「ローブを着るんだ、ジェーン」

「うるさいわね」

　なぜか彼女だけは、脅して言うとおりにさせることができない。

「仕度ができたら行くと言ったでしょう」

「じゃあ、服を着ろ」

「部屋から出ていって」

「だめだ」

「それならあっちを向いて」彼が動かずにいると、ジェーンは自分の頬を叩いて言った。

「そうそう、あなたは昔もしっかり盗み見していたんだったわね」

彼女の変わりように面食らいながら、ヒューは歯ぎしりをした。「昨夜も言ったように、きみはなんでもおれにさらけ出したからな」

ジェーンの目が怒りに燃えた。「でも、あなたが変わったようにわたしも変わったのよ」

肩をそびやかし、髪を後ろになでつける。自分が昔以上に魅力的になったことを意識しているのだろう。

言ってはいけないことを言ってしまいそうで、ヒューは口元を手でさすった。「いいから着ろ」そう告げてジェーンに背中を向けると、洗面台の鏡に映る自分の姿が目に入り、顔をしかめた。年月の恩恵をこうむっていないことがよくわかった。

昨夜はよく眠れなかったので疲れは取れていないし、傷のせいでこの三日間、ひげも剃っていない。

戦いのさなかにいて人を殺してから、たった三日しかたっていないのか？

ふと、ジェーンが鏡に映っていることに気づいた。ヒューが見守る中、彼女は優美な足をスツールにのせ、長い脚に沿ってストッキングを上げ……。

ジェーンがナイトドレスをまくって、見たことのないほどセクシーなガーターを巻くのを、ヒューはぽかんと口を開けて見つめた。彼女がガーターを蝶結びにするのを見ながら、大理石が割れそうなほどきつく洗面台の縁を握りしめる。

あの最後の夏、ジェーンはいつもガーターを高い位置につけていた。というのも、シュミーズがとても短かったから……。

ヒューは無理やり目をそらした。かたい布地のこすれ合う音が聞こえてくると、彼は尋ねた。「まだか?」自分の声ではないみたいだった。

「辛抱して」何度この言葉を聞かされたことだろう?

彼は息を吐いてから、昔のように応えた。「努力するよ」ほかのことを考えよう。ヒューは戸口のそばに立てかけてある弓をちらりと見て、中身の詰まった矢筒の底にまだ新しい草がついているのに気づいた。ジェーンが弓の腕を磨き続けているのを知ってうれしくなった。

彼女に初めての弓を買ってやったのはヒューだった。的の狙い方を教えると、その夏が終わるころには、ジェーンは一〇〇歩離れたところから枝を射ることができるようになっていた。まるでそのために生まれてきたかのように弓に夢中になった。

実際、そのために生まれてきたのかもしれない。純情ぶったほほえみを見せたり、やさしい言葉をかけたり触れたりしてヒューを苦しめているときを除けば、彼女はかなり猛々《たけだけ》しかったから。

化粧台に視線をやると、『淑女見習い』という題名の本が置いてあった。ジェーンが読んでいるぐらいだから、痛烈な諷刺《ふうし》文学だろう。だが手に取ったところカバーは見せかけで、中は別の本だった。眉をひそめて何ページかめくってみると、すぐにどういう内容かわかった。少し目を通したが、これまでヒューが読んだこともないほどみだらな本のようだ。

ジェーンがこういったものを読んでいると知っても怒りは覚えなかった。むしろ、目に入る一語一語に刺激されて、体内の血がすべて下腹部に流れていくような気がした。二回つばをのみ込んでから、彼は言った。「どこでこういう本を見つけるんだ？」ジェーンのほうを振り向かずに、本を肩の上に掲げる。

彼女はぶっきらぼうに答えた。「ホリウェル通りの出版社なら、どこでも扱っているわ」

「最近の若いレディーたちはこんなものを読むのか？」

「そうよ。女性たちがたくさん買うおかげで、わたしたちのお気に入りの業者は、不潔なホリウェル通りの店から毎晩郊外の大邸宅に戻ることができるの。どんなに頑張っても印刷が間に合わないくらい売れるのよ。まだこっちを向かないで」

向けるわけがない。

高ぶった下腹部をなんとか落ち着かせたあとで、ヒューは振り返った。ジェーンがネックレスを差し出していた。「お願い」

ヒューがネックレスを受け取ると、彼女は背中を向けた。濃い赤褐色の巻き毛が白い首によく映えている。彼はそこに唇を押しつけたくてたまらなかった。これほど強く何かをしたいと思ったのは生まれて初めてだ。もう少しで実行に移すところだったが、代わりに彼女の香水のにおいを吸い込んだ。かすかだがスパイスのきいた香りだった。

いつもは器用なのにジェーンの前だと言うことを聞かなくなる大きな手が、ぎこちなくネックレスを留めた。そこで誘惑に負け、彼は滑らかでやわらかいうなじを指の背でなでた。ジェーンが身震いし、彼は一瞬目を閉じた。

「ヒュー、今わたしに触った？」官能的な声だった。彼が黙っていると、ジェーンは振り返って見上げた。彼女の呼吸は浅く、ヒューのほうは自分が息をしているのかどうかすらわからなかった。

彼の視線がすばやくジェーンの唇に向かい、彼女にもそれを気づかれた。

「触った？」

「ネックレスを留めるときには、どうしたって触れてしまう。そうだろう？」

ジェーンがとまどうように眉根を寄せたが、ヒューは彼女の答えを待たずに手をつかんで引っ張ると、廊下を進んで階段を下りた。

エドワード・ウェイランドは無事だった。彼は書斎で亡き妻の肖像画を見つめ、ぼんやりと手紙を筒状に丸めていた。表面には出さなくても、娘のジェーンにそっくりの美しかった妻をウェイランドがどれほど恋しがっているか、ヒューはよく知っている。ウェイランドは振り向いて笑顔を作ったが、疲れているようだった。数カ月前に会ったときより、二〇歳は老けて見える。

「ヒュー、会えてうれしいよ」

ヒューはまだジェーンの手を握っていたので、握手はしなかった。「おれもですよ」

「お父さま」ジェーンが彼に握られた手を引き抜いて言った。「なぜヒューはわたしの着替え中に部屋へ入ってくることが許されているの？　教えて」

ウェイランドが白髪まじりの眉を上げ、ヒューは彼女をにらんだ。「誰もいなくて、ドアの鍵もかかっていなかった。何かおかしいと思ったんです」

「ああ、ロリーとふたりで厩舎に行っていたのだ。炭商人が、また量をごまかそうとしていたんでな」まるで、ふだんからそんな些細なことに自らがかかわっているとでもいうようだ。

「ジェーン、しばらく部屋の外で待っていてくれないか」

「だめよ、お父さま。ハイド・パークでフレディーと会う約束をしているの」ジェーンが軽やかに言った。

ヒューは胃をつかまれたような気がした。フレディーだと？

「フレデリックによろしく伝えてくれ」

いったい、誰なんだ？　そのフレデリックというのは？

ジェーンはうなずき、ヒューを振り返りもせずに部屋を出ていった。

ヒューは言った。「ほかに誰もいないなら、おれがついていきます」

「クインが了解している。あの子はちょっとそこまで行くだけだ」ウェイランドは安心させるように言ったが、ヒューは彼女の後ろ姿を目で追い続けた。「ジェーンのまわりの男たちは、みんなあの子のことを〝平凡なジェーン〟と呼ぶ」ウェイランドはくすくす笑った。

「最近の若者は皮肉を言うのが気がきいていると思っているのだろう。若い者にはついていけないよ。わたしがフレデリック・ビッドワースのことを覚えたのは、単に誰よりも長く続いた相手だからというだけだ」

ヒューはドアをにらんだ。男たち、だって？　そのフレディーとやらとはどのぐらい続いたんだ？

「おまえの副業のほうはうまくいったんだな？」

ヒューは不機嫌な顔で振り返った。ウェイランドが彼の頬の傷を指し示す。

「ああ、うまくいきましたよ」そう答えたが、内心は怒りで震えていた。ただの求婚者だ。公園で会うだけのこと。それなのに、なぜおれはこんなに心を乱されているんだ？

「グレイの件について詳しく知りたいだろう？」ヒューがうなずくと、ウェイランドは続けた。「以前からあいつがおかしくなっていたのはおまえも知っているだろうが、とうとう手に負えなくなってしまった。そこでわたしたちは始末しようとした。ところがしたたかな男でな、逃げ延びたのだ。そして今度はその報復に、われわれの集団に属するメンバーの名前を載せたリストを公表すると言いだした。すでに公表したかもしれない」

ヒューはこぶしを握りしめた。「全員のですか？」

「おまえが来たとき、ちょうど使者からの伝言を受け取ったところだった。どうやら〈組織《ネットワーク》〉の全員の名前のようだ。リストが公表されたら、おまえはこの仕事を続けられなくなる」

長年続けてきた仕事をこんな形で辞めることは考えもしなかった。「ジェーンは何か知っているんですか？」動揺を悟られないよう注意しながら、ヒューは尋ねた。「おれがどういう人間なのか」

「いいや。あの子は今でも、おまえがわたしの事業を手伝っていると思っている。リストが公表されたとはっきりするまでは、あの子に真実を話さないつもりだ。公表されてしまえば隠しても意味がなくなる。誰もが知るところになるのだからな」

ヒューはため息をついた。「ご自分が危険な状況に置かれていることはおわかりですよね？　相手はグレイだけじゃない」

「わかっている」ウェイランドは重々しくうなずいた。「国中を探しても、わたしほど多くの人間から死を望まれている人間はいないだろう。わたしの死だけではない。望まれているのは、情報、秘密、政治犯の名前……。大混乱になる。だから、おまえにジェーンを連れて、しばらくどこかへ行ってもらいたいのだ」

「あなたはどうするんです？」ヒューにとって、ウェイランドは今や父親のような存在だった。彼が傷つくのを黙って見ているわけにはいかない。「あなたを狼《おおかみ》たちの前に置き去りにしていくわけにはいきません」

「これはわが〈ネットワーク〉始まって以来の最大の危機だ。わたしが逃げるわけにはいかない。だが、助けを求めるつもりだ。運がよければ、グレイをおびき寄せることもできるだろう。頭を振るのはやめろ、ヒュー。イーサンはグレイを手にかけようと手ぐすね引いて待っている。クインとロリーも戦うのを心待ちにしている。しかし、ジェーンはここにいてはいけないのだ」

イーサンがかかわっていることを思い出すと、ヒューの緊張はいくらか解けた。

「おまえにはまず、ジェーンと結婚してもらう。そのためにここへ来てもらった」

# 8

ジェーンが婚約しようとしている相手は、ヒューとは対照的だった。

フレディー・ビッドワースの青い瞳を見つめながら、彼はなんて完璧《かんぺき》な人だろうとジェーンは思った。美しい顔をした、非の打ちどころのない青年。彼が通りかかると、若い娘たちはみなため息をつく。彼のブロンドの髪が太陽の光を受ければ、みな卒倒しそうになる。

フレディーはよく笑うのだが、そのときブロンドの頭を後ろに倒して心から笑う。ヒューが陰気で孤独を愛する男なら、フレディーは陽気で誰とでも仲よくなれる男だ。社交界は彼を愛し、彼も社交界を愛している。

心を乱すヒューとの再会のあとだったが、フレディーがこれまでずっと待っていてくれたことを思うと、思わず笑みがこぼれた。彼は、〝平凡なジェーン〟を手なずける騎士になろうと冗談を言った。生涯のパートナーになろうと言って、実際そのように彼女に接し、幸せにすると約束した。ありのままのジェーンを受け入れ、その荒っぽさを楽しんでさえいるようだ。フレディー自身は安全を好む性格だった。

それに言うまでもなく、彼はホワイティング伯爵の称号を持っている。

「フレディー、一緒にどこかへ行きましょう」ジェーンはささやいた。ヒューはこのままロンドンに残るらしい。それなら、わたしは街を出たほうがいいだろう。「しばらくロンドンを出て、みんなから離れましょうよ」

「きみは手に負えない人だ。自分でわかっているかい？」フレディーはため息をついた。

「きみを連れてどこかに消えるわけにはいかない」

「誰にも言わなければいいわ。それにあなたは、手に負えないわたしが好きなんでしょう？」

「ああ、たしかに」フレディーは彼女の鼻をつついた。「だが、きみの態度について意見しようと思っていたところだよ。母から、もう少し慎重にふるまうよう、きみに言い聞かせろと言われているんだ。きみとぼくが結婚するのは周知のことだから、きみの行動がうちの家族の評判にかかわると」

「言い聞かせるですって？」ジェーンは重い口調になった。

「ラビニアが結婚するまでのことだよ」

あの、唇の突き出たフレディーの妹が結婚？　意地悪で聖人ぶった堅物を妻にしたい人なんているかしら。

ラビニアにはまったく共感を持てない。彼女とその母である伯爵夫人が、正気とは思えぬ許しがたいことをしていると知ってからはなおさらだ。

彼女たちは、ウェイランド一族の大半の人間が迷惑をこうむっている〈悪徳抑制協会〉に寄付をしているのだ。

ジェーンがしょっちゅういやがらせの手紙を書いている協会に。

新しいホワイティング伯爵夫人が〝悪徳促進協会〟を作ったら、人はなんて言うかしら？

「もしぼくの妻になってくれるというのなら――」フレディーは続けた。「伯爵夫人というのは、ときに犠牲を払わなければならないこともある。ほんのいっときのことだ」

ほんのいっとき？ いいえ、ずっと続くはずだわ。世の男性が、手厳しい女性を見て震える限りは。ジェーンは暗い顔になった。自分を棚に上げてはいけない。手厳しいのはジェーン自身だ。「ラビニアはしばらく結婚しないかもしれないわよ」彼女は言葉を選んだ。

「するさ！」フレディーは屈託なく言った。「ぼくのためにやってみてくれるかい、がみがみお嬢さん？」

ジェーンはこわばった笑みを浮かべた。〝がみがみお嬢さん〟と呼ばれるのがいやでたまらなかった。昨夜、神のような肉体を持つスコットランド人に〝ジアナ〟と呼ばれたばかりだ。彼女の血を熱くしたヒューの訛りのある低い声と比べると、フレディーの歯切れのよい〝がみがみお嬢さん〟という言葉はあまりに味気なかった。

わたしったら、いまだにすべての男性をヒューと比べる気？

「キスして」ジェーンは突然言うと、フレディーの胸に両手を置いた。「すてきなキスをしてちょうだい、フレディー」彼女は必死だった。フレディーとはこれまで何度もキスを交わしたが、このキスは人生でもっとも重要なものになるはずだ。

彼を忘れさせてほしい。

「なんですって?」聞き違いだ。そうに決まっている。「言っておきますが、おれは誰とも結婚しませんよ。絶対に」

「ジェーンと結婚するんだ」ウェイランドは言った。「リストが公になったら、最低でも数カ月はジェーンをロンドンから遠ざけておかなければならない。あの子を醜聞と危険から守るのだ。おまえは夫としてジェーンを連れて逃げてくれ」

「それなら別に結婚しなくてもできますよ」

「いいや、ヒュー、どうしても――」

「おれのことはご存じでしょう。そして、おれが何をしてきたかも」おれは殺し屋だ。体は傷だらけで、両手は他人の血で染まっている。ウェイランドが、そんな男を自分の娘と結婚させたいと考えるわけがない。「なぜおれを選んだんです? そんな仕事に」

「おまえのことを知っていて、何をしてきたかも知っているからだ。だからこそ、おまえでなければならないのだよ。ジェーンを傷つけようとしている人間にとって、この結婚がどんな意味を持つかわかるか? あの子はマッカリック家の一員になるのだぞ。たとえ敵がおまえの評判に恐れをなして逃げ出さないにしても、イーサンの評判ならどうだ? ジェーンはイーサンの義理の妹になる。それにコートランドの義理の姉にもなる。マッカリック家の唯一の花嫁だ。おまえの家族の怒りを買う危険を冒してまで、誰があの子を傷つけようとするというんだ？」

ヒューの頭は万力で締めつけられたように痛んだ。「おれが結婚を望んでいないと考えたことはないんですか？　おれは初めて人を殺《あや》めたときに、けっして結婚はしないと——」

「〈ネットワーク〉には結婚しているメンバーもいる」

「そして彼らは、そのために家族の命を危険にさらしています」

「ジェーンの命はすでに危険にさらされている」

ヒューはもどかしげに鼻を鳴らした。「じゃあ、おれがとりわけジェーンとは結婚したくないと思っているとしたら？」

「それは考えたこともなかったな」ウェイランドは同情するような笑みを浮かべた。

ヒューは驚きを隠した。いや、隠しきれていないかもしれない。昔の彼はジェーンへの思いを隠すことができていなかったようだから。

ウェイランドがさらに続けた。「おまえは自分で選べるときはいつもロンドンから離れた場所での仕事を選んだし、ジェーンが街を出ているときしかこの家に来なかった。おまえがあの子に近づかないようにしている証拠だ」

ヒューは否定できなかった。

「気持ちよく引き受けてくれると思っていたが、本当にいやならば、すべてが終わってから結婚を無効にすればいい」

「だめです」ヒューは言った。「結婚はしません」

「そういうわけにはいかない。安心してジェーンを託せるのはおまえしかいないのだ」それでもヒューが断ったので、ウェイランドは頭を抱えた。「わたしは疲れてしまった。これから一世一代の戦いに挑もうとしているのだ。弱みを抱えながらでは、この世でもっとも危険でもっとも腕の立つ敵に勝つことはできない」

このうえなく美しく、厄介ごとが好きな未婚の娘。ウェイランドが疲れきった様子なのも無理はない。「あなたはわかっていない」おれが人と交わるのが苦手で気難しいのを忘れたのか？　おれといても、ジェーンは死ぬほど退屈するだろう。「おれではジェーンを幸せにできません」

「幸せなんかどうでもいい！」ウェイランドは机にこぶしを叩きつけた。「ジェーンを死なせたくないのだ」

ヒューはウェイランドの激しい口調にもひるまなかった。「筋書きを考えましょう。一番うまくいきそうなのは、あなたがグレイをつかまえ、一部にいる危険な連中はイーサンが攻撃することです。残りの連中はおじけづいて逃げていくでしょう。すべてはもとどおりになる。ただひとつ、彼女を連れて数カ月身をひそめているだけでよかったところを、過剰反応して結婚などしてしまったことを除けば。ジェーンとおれは、互いに縛りつけられたまま残りの人生を送ることになります」

「その場合は、すべてがおさまったら結婚を無効にすればいい。おまえたちふたりがそんなにいやだというのなら、本当の結婚をしなければいいのだ」ヒューは首を振ったが、ウェイランドはさえぎるように続けた。「こういう筋書きもあるぞ。わたしはこの戦いを生き延びることができないかもしれない」ヒューが口を開こうとすると、ウェイランドは手を上げて黙らせた。「死ぬ前にわたしは、娘が結婚していて、最高に強い男に守られているのだと安心できる。ジェーンの身に何が起きるのかと心配しながら死にたくない。あの子がおまえと一緒にいて安全だとわかっていることが、わたしにとってどんなにありがたいかわかるか？ようやくあの子の身をかためさせられることがどんなにありがたいか。わたしのためにやってくれないか？」

「おれに何を頼んでいるのか、ご自分でもわかってないんですよ。おれと一緒にいないほうがジェーンは安全です」

「こんな話を持ち出すつもりはなかったが、グレイがジェーンを狙っているのはわたしだけが原因ではない。昔、おまえがグレイとやり合って勝ったのは知っている。ジェーンをめぐってのことだろう」ヒューは歯ぎしりすることしかできなかった。ウェイランドは続けた。「グレイはおまえにも復讐しようとしているのだ。わたしはジェーンを逃がす。おまえもジェーンを守るためにすべきことをしなければならない。わたしもおまえもそうする義務がある。わたしたちが犠牲を払わないと、ジェーンがその報いを受けることになるのだ」

ヒューは髪をかき上げた。「あなたの考えにはひとつ大きな穴がある。ジェーンが承知しないに決まってます」おれは一七歳の娘にとって夏のあいだの気晴らしにすぎなかったのだ。ついさっきだって、階上《うえ》でおれといるのをひどくいやがっていたではないか。

「では取引をしよう。もしジェーンが承知したら、結婚して、すべてがおさまるまであの子を連れて隠れてくれ。ジェーンがいやだと言ったら、結婚せずにあの子を連れていけ。よくても醜聞は免れないだろうし、最悪の場合は危険が増すだろうが」

ヒューは顔をしかめたが、頑固に言い張った。「ジェーンは承知しませんよ」今、彼女は誰よりも長く続いている取り巻きと一緒にいるのだ。

ジェーンはそのビッドワースという男を愛しているのだろうか？　そうかもしれないと考えるだけでつらかった。

「取引成立だな、ヒュー」物思いにふけっているうちにウェイランドが言った。

ジェーンは断るに決まっている。ヒューはウェイランドに向かってうなずいた。

「よし、それなら早いほうがいい。今すぐに始めよう」

「そんなに急に結婚許可証を取ることは……」ウェイランドの顔にいらだちが浮かぶのを見て、それ以上続けられなかった。

「すべてが簡単にいけばいいのだが」ウェイランドが言った。「公園に行って、わたしが今すぐ話をしたがっているとあの子に伝えろ。噴水のそばのあずまやにいることが多い」

そこへ行って、ジェーンをビッドワースから引き離したい。

「それから、ジェーンが帰ってくる前に言わせてくれ。突然のことにあの子は怒るだろうが、結婚指輪を渡せば怒りを静めるのにいくらか役立つかもしれない」

ヒューはウェイランドをにらんだ。「指輪なんて、どこでどうやって買えばいいか知りませんよ」

「女に指輪を買ってやったことがないのか?」

「ありません」

「ピカデリーに〈ライダーゲート〉という店がある。そこがジェーンの指輪のサイズを控えているから、あとで帰りに寄るといい」

ヒューは眉を上げた。彼でさえ名前を聞いたことのある高級な宝飾店だった。「おれ自身よりも、おれの経済状況をよくご存じのようですね」

「金のないふりなどするな。おまえが今ではすっかり金持ちになっていることはわかっている」

ヒューは肩をすくめた。

「そのうえおまえは未来の妻と家族のために貯金してきたはずだ」

「それは知りませんでしたよ」ヒューはつぶやいて部屋を出た。

外に出たとき、心臓が激しく打っていることに気づいた。数時間後にはジェーンと結婚しているかもしれないのだ。

だめだ。結婚したら——誓いの言葉を唱えて署名をしたら——ジェーンをおれの呪われた運命に巻き込んでしまう。

結婚はせずに彼女を連れて逃げることもできる。ジェーンが予想どおり結婚話を一笑に付したら、すぐさまウェイランドを説き伏せて、結婚しないまま逃げる許しをもらおう。ウェイランドは、おれと結婚するとジェーンに危険が及ぶことを知らない。グレイに狙われるよりも大きな危険かもしれない。結婚などしたら……。

何を考えているんだ？　ジェーンは断るに決まっているじゃないか。

だが、もし断らなかったら？

公園に着くと、クインが漆喰《しっくい》のあずまやの脇にあるベンチに座り、日光を浴びて散歩する若い女性たちを観賞していた。「おはよう、ヒュー」彼はそう言い、あずまやに続く道をふさぐように立った。

「昨夜は倉庫で何かあったか？」ヒューは尋ねた。

「クローディアの友人のマディとはぐれた」

まったく、イーサンのやつ。

「妹たちを家に帰らせてからぼくひとりで探したが、見つからなかった。先に帰っているかもしれないと思って家に戻ったところで、ちょうど彼女が帰ってきたんだ。真っ青になって震えていたが、怪我はなかった。ひどく怯えていた様子から察するに、何か学んだのだと思う」クインは深々とため息をついた。「うちの妹たちは懲りていないがね」

イーサンが彼女のあとを追ったからといって、取り返しのつかないことが起きたわけではなさそうだ。ヒューはほっとした。イーサンは彼女を滞在中の家まで送ったに違いない。

「ウェイランドの女たちは、疑うことを知らないアメリカ人とでも結婚したほうがよさそうだ」クインはぼやいた。「それで、おまえは朝早くからこんなところで何をしているんだ？」

「ウェイランドに言われてジェーンを連れに来た」

「ぼくがすぐに連れて帰る」クインがすかさず言った。

「いいや、おれが連れていく」

クインの目に哀れみの念がよぎった。「ジェーンは男と会っている」

ヒューはすぐにふたつの事実を悟った。第一に、クインはおれがジェーンに惹かれていることを知っている。そしてもうひとつ、ジェーンはフレディーとキスを――あるいはそれ以上のことを――しているかもしれない。

ヒューはクインを押しのけたが、クインはついてきた。

「なぜ知っているんだ、クイン？」ヒューは怒りに燃えながら尋ねた。

クインはしらばくれたりしなかった。「グレイから聞いた。おまえがジェーンを愛していると」

グレイはほかには誰に話したのだろう？　ほかに誰が、美しいジェーンに執着している大男のスコットランド人を哀れんでいるんだ？

ヒューは乱暴な足取りであずまやに向かった。

# 9

「ここでかい、ジェーン？」あたりを見まわしてフレディーは言った。声が震えている。

「ここでキスしてほしいのかい？」

ジェーンはうなずいて彼に体を寄せた。「誰も見ていないわ」彼の首に手をまわし、引き寄せる。ようやくフレディーが軽く唇を重ねた。

彼とのキスは初めてではない。初めてなのは、フレディーのキスは誰かにやさしく頬をなでられるのと同じようなものだと悟ったことだ。昨夜、ヒューの大きくて熱い手のひらに手を包まれたときの興奮は、今のキスよりも大きかった。

ジェーンはとまどいを覚え、さらにしっかりとフレディーの肩をつかんで激しくキスをした。このキスに満足して残りの人生を生きていけると自分に言い聞かせたかった。唇を重ねているあいだも、これまでに読んだ猥褻《わいせつ》な発禁本の内容が頭に浮かんできた。今、フレディーが与えてくれている以上のものが存在していることをわたしは知っている。情熱、うずき、欲望。ただし、相手は彼ではなくて――。

不意にフレディーの体が離れた。

ジェーンはあっけにとられて見上げた。「ヒュー」彼の荒々しい目が探るように見つめ、黒髪が激しく揺れている。ヒューは歯を食いしばり、こぶしを握っていた。嫌悪に満ちた目でジェーンを見つめると、続いてフレディーに向き直り、殺してやると言わんばかりににらみつけた。

呆然としたまま、ジェーンはふらふらと立ち上がった。フレディーも腰を上げようとした。「やめろ、ヒュー！」クインが割って入った。声をひそめて言う。「彼を殺してしまうぞ」「それはいい考えだ」ヒューは答えた。

次の瞬間はとても長く感じられた。ジェーンはまるで遠くから眺めているかのように、ヒューがクインを横に押しのけるのを見た。やっとのことで立ち上がったフレディーを、ヒューのこぶしが直撃した。後ろに飛ばされた彼の鼻から血が噴き出す。

クインが背後からヒューの腕をつかんだ。ジェーンは悲鳴をあげてフレディーに駆け寄った。彼の脇の下に手を入れて助け起こしながら、おそるおそる肩越しに振り返る。ヒューの一撃に大柄なフレディーでさえ飛ばされてしまうなんて。

「警官が来る前に逃げたほうがいい」クインが言った。「気づいているかどうか知らないが、おまえはたった今、世間から尊敬されている伯爵の鼻をへし折った」

そう言われても、ヒューの顔に浮かぶ憎悪はさらに強くなっただけだった。

「ジェーンをここから連れ出せ」クインはさらに言った。「こんなことをして、おまえは自分で思っている以上に彼女を傷つけているんだぞ」

ヒューはクインをあっさり振り払った。その気になればいつでもそうできたのだろう。次にヒューはジェーンの肘をつかんでフレディーから引き離した。

今朝、彼女の首に触れたときのヒューの手はやさしかった。今はその大きな手が痛いほどきつく肘をつかんでいる。

「クインがわたしを監視していたのはわかるけれど――」ジェーンは鋭い声で言った。「あなたはこんなところで何をしているの？」

ヒューがすぐに答えないので、ジェーンは彼の指を引きはがしてフレディーのもとへ戻ろうとした。しかし無理だとわかり、ヒューの手を冷たい目でにらんだ。「彼があなたに殺されていないか確かめたいのよ！」

クインが言った。「大丈夫だ、ジェーン。ぼくがついているから、きみは行け」

「そんなことは――」ヒューに引っ張られ、彼女は息をのんで言葉を切った。ヒューは周囲の通行人に見られていることも、彼らがあわてて道を空けていることも気にせず、ジェーンを引きずるようにしてウェイランドの屋敷へ向かった。

「ヒュー、今すぐ手を離して！」ジェーンは叫んだ。「いったいなんのつもり？」

「同じことをおれもきみにききたい」あずまやが見えないところまで来ると、ヒューは足を止めてジェーンの肩をつかんだ。手が震えている。ついさっきまで、目の前に赤い靄がかかったみたいになり、あの男を八つ裂きにすることしか考えられなかった。どんな形相になっているか自分でもわかっていたが、そんなヒューにひるみもせず、彼女は顎を上げて向き合った。

「誰なんだ？」ジェーンの唇が腫《は》れ上がっているのを見ないようにして、彼は尋ねた。「なぜ人目につくところで男とキスなんかしていた？」

　おれの目につくところで。

「あの人はホワイティング伯フレデリック・ビッドワースよ」

　もちろんジェーンは貴族とキスをしていたのだ。おれが近づくのも気づかないほど、彼女とのキスに引き込まれていた男と。

「彼はわたしにとって、ただの男ではないの」ジェーンはさらに言った。「それに、キスぐらいたいしたことじゃないでしょう？　あなただって昨夜、わたしのことをもうおとなの女性だと言ったじゃない！」

　それはおれがジェーンとの結婚を求められる前の話だ。彼女を自分の手で守らなければならなくなる前。だが、状況はがらりと変わった。

「なぜこんなことをするの、ヒュー？　答えて。今ここで！」

　〝きみに触れたあいつを殺したかったから〟誰かを殺したいと心より思ったのは初めてだった。「親しくしている一家の娘が汚されるところだったからだ」嘘ではない。控えめに言っているだけだ。ジェーンが否定しようとすると、ヒューは言った。「あの男は公園でキスなんかして、きみの評判を汚すところだったんだぞ」

「あなたには関係ないでしょう！」彼女は怖い顔でにらんだ。「自分の行動をあなたに説明する義務なんてないわ。あなたにはなんのかかわりもないことなんだから」

「そうか？　まあ、今はまだそうかもしれないな」その言葉にジェーンが眉をひそめた。

こんなことをするのは間違いだとわかっているが、もしかしたらジェーンと結婚するかもしれないと思うと、自分の中のあらゆる本能があふれ出てくる気がする。あの男が彼女にキスしているところを見たとき、ヒューは強い思いにとらわれた。〝あいつはおれのものを横取りしようとしている〟

公園に向かう途中では、どういう行動に出ようかとあれこれ考えた。冷静沈着にふるまい、ジェーンが欲しくて全身がうずいているという事実を忘れようと思った。彼女と結婚するのとしないのと、おれが犠牲を払うことになるのはいったいどちらだ？　一歩ずつ進みながら、そう自分に問いかけた。

そして今、ヒューは怒りに燃えるあまり理性を失っている。わかっているのは、ビッドワースがジェーンに触れたりキスしたりするのは二度と許せないということだ。

そのためにどうすればいいかはわかっている。

屋敷に戻ると、ヒューはジェーンが息を切らしてにらんでいるのも無視し、ウェイランドの書斎に引っ張っていった。「言われたとおりにしました」落ち着き払ったウェイランドに対して、うなるように言う。おれがあんな場面に遭遇することをウェイランドは知っていたのだろうか？　もちろん知っていた。ウェイランドはなんでも知っている。おれの反応も予想していたのだろう。つまり、おれは操られたのだ。「ちゃんと連れてきましたよ」

「そのようだな」ウェイランドは重々しくうなずいた。「仕度をして、買うべきものを買いに行ったらどうだ？　わたしはジェーンとふたりで話したい」

ヒューは書斎を出てドアを閉めたが、しばらく聞き耳を立てた。

「お父さま」ジェーンの声がした。「なぜヒューがわたしにあんな真似《まね》をしたり命令したりするのを黙って見ているの？　彼がわたしに何をしたか知ったら――」

「黙って見ているのは――」ウェイランドがさえぎった。「ヒューがおまえの夫になるからだ」

「お父さまったら、どうかしたの？　ヒュー・マッカリックと結婚ですって？」ジェーンが鋭い笑い声をあげた。「まさか！　そんなこと絶対にありえないわ」

# 10

「いったいどうしたの？」ヒューが玄関ドアを閉める音が聞こえたとたん、ジェーンは叫んだ。「わたしが出かけたあとの三〇分のあいだに頭でも打ったの？　ヒューに殴られたの？」

彼女は指を鳴らした。「わかった！　老化よ！」

「少し落ち着いたらどうだ」皺の刻まれた父の顔はまじめそのものだった。ふだんはやさしいブルーの瞳も今は険しい。

「どうやって落ち着けというの？　ついさっき、ヒューがフレディーを殴ったのよ」あのときのヒューの顔は残酷で、フレディーを殺してしまうのではないかと思ったほどだ。「まるで頭がどうかしてしまったみたいに――」

「深刻な怪我をさせたわけではないのだろう？」

「そのうえ今度は彼と結婚しろだなんて！　今日、フレディーの求婚を受けるつもりだったのに！」

「ほう？」父の口調に、その反応の薄さに、ジェーンはあっけにとられた。目の前にいる父は、朝に見たのんきな父よりも厳しい表情をしている。

「受け入れがたいのはわかる。だが、わたしもここは譲れないのだ」

「譲れないですって？　わたしはもう二七歳よ！　無理やり結婚させることはできないわ」

父は彼女の抗議を無視して言った。「これまでわたしは、おまえがいとこたちと何をしても目をつぶってきた」

ジェーンは天井を見つめ、すんでのところで罪悪感から口笛を吹きそうになった。父は続けた。「サマンサがホリウェル通りの出版社から本を買っているのも知っているし、クローディアが馬丁と火遊びをしていることも知っている。ナンシーに男装の趣味があること、それにシャーロットがあらゆる醜聞を見逃さないよう、今も離婚裁判の傍聴席の列に並んでいるに違いないこともね」

「お父さまの言いたいことはわかったわ」ジェーンはあわてて言った。どうしてそんなことを全部知っているのかしら？　クインね！　彼が話したに違いない。〝八人娘〟の怒りを買うようなことをするなんて、愚かな人。

「わたしがこれまでそういったことをすべて許してきたのは、おまえたちに限らず、おまえたちの世代全体がどうかしていると思っているからだ」

ジェーンはあきれ顔になった。「今は摂政時代じゃないのよ」

「許してきたのにはもうひとつ理由がある。死ぬ間際におまえの母さんが、自分が与えられていた自由をおまえにも与えること、けっしておまえを束縛しないことを約束させたからだ」

「そうなの?」ジェーンは母の肖像画を見上げた。母のララ・ファラデーは高名な画家のひとり娘で、自身にも画才があった。ララの個性的な育ち方は、いかにも大画家の娘にふさわしいものだった。「知らなかったわ」

「おまえは六歳ですでに母さんそっくりだったよ。わたしはどんなにおまえのことが心配でも、ずっと約束を守ってきた」

ジェーンは目を細めた。「クインがわたしを監視していたのはそのため?」

「そうじゃない。彼がおまえを監視していたのは、わたしが母さんとの約束を破ろうとしているのと同じ理由からだ」

「意味がわからないわ」

「わたしはある仕事相手との取引で失態を演じた。わたしの決断が、相手とその財産に大きな影響を及ぼすことになったのだ。彼は復讐のため、わたしに打撃を与えようとしている。そして、わたしにとってこの世で一番大切なものがおまえだということは誰もが知っている」

彼女はゆっくりと繰り返した。「打撃を与えようとしている?」

「彼は阿片中毒で幻覚を見る。暴力沙汰《ざた》になるかもしれないのだ」

ジェーンはうなずき、皮肉めかして言った。「それで、お父さまの心に恐怖を植えつけたその卑劣な仕事相手というのは誰なの? 娘に結婚を強要するようお父さまを仕向けたのは誰? それも、娘本人が決めた結婚よりも利点の少ない結婚を」

ジェーンの声は次第に甲高くなっていったが、父はそれを無視した。「デービス・グレイを覚えているか？」

「冗談でしょう？」恐怖が体を駆け抜けた。

「いいや」

「ここでお父さまの帰りを待つあいだ、何度か一緒にお茶を飲んだこともあるのよ」よりによって、あの人だなんて……。

初めてグレイに会ったとき、ジェーンはその感情豊かな茶色の瞳と整った顔立ち、屈託のない態度に強い印象を受けた。身なりもよく、愛想のよさに加えて都会的な洗練された雰囲気もまとっていた。

けれども彼のそばに行くと、ジェーンはいつも背筋が寒くなった。

あるとき、ふと気づくとグレイが不気味なほどじっとこちらを見つめていたことがある。彼の表情に浮かんでいたのは欲望ではなかった。欲望だったら、ジェーンもはねつけることができただろう。それが何かはわからなかったが、そのとき彼女は二五歳にして初めて、付き添い人が欲しいと思った。ジェーンは静かに言った。「あの人を見ると、いつも背筋が凍ったわ」

「いざとなったら暴力を振るう男だとわかったのか？」

「ええ。でも、どうして結婚までさせようとするの？」

「ヒューは昔から、誰よりもよくグレイのことを知っている。あの男ならおまえを守ってくれる」

「フレディーだって守ってくれるわ」

「ジェーン、おまえはわたしと同様、現実主義者のはずだ。フレデリックにできるのは、おまえが流行から外れたものを着ているときに指摘することぐらいだろう」

その失礼な言葉に彼女は息をのんだが、父は肩をすくめて言った。「おまえにもそれはわかっているはずだ」

「警察を呼べばいいんじゃない？　お父さまほどの影響力を持っていれば、今すぐグレイを牢獄船《ろうごくせん》に送り込むことだってできるはずよ」

「便宜をはかってほしいと頼んだし、助けも求めた。だが、グレイの居場所はわからない。やつがいつどこで襲ってくるのかわからないのだ」

ジェーンはゆっくりと窓に向かった。「じゃあ、今もすぐそこからわたしを見張っているかもしれないわけね？」

驚いたことに、父は笑い飛ばしてジェーンを安心させようとはしなかった。「それもありうる。だが、たぶんここにはいないだろう。グレイが最後に目撃されたのはポルトガルで、その後英国に入ったという情報は届いていない。ここがやつの目的地であるのはたしかだが」

ジェーンは外を見つめた。乳母車を押しているふたりの母親が、互いの腕を叩きながら噂話に夢中になっている。公園の隅では少年が輪を転がして遊んでいた。平和だ。彼女は下唇を噛《か》みしめた。突拍子もない話に思えるが、もっとひどい話を聞いたこともある。

なんといっても、ここはロンドンなのだ。

彼女はこの街を愛しているが、ここでは毎日のように危険が生まれ暴力沙汰が起こるのもわかっている。一年前には、サマンサがまったく知らない相手から、硫酸の入った瓶を投げつけられた。幸い、ドレスに穴が開き、脚に傷がつく程度ですんだのだが、その夏は同じような事件が相次ぎ、顔に硫酸をかけられた女性も多くいた。死体が売りに出されるのが待ちきれない墓荒らしもいる。ジェーン自身、何度も襲われた経験があるため、なにごとも起こらなかったときは着ているものがみすぼらしかったのではないかと考えるぐらいだ。

グレイのような阿片中毒者については何かで読んだことがある。幻覚にとらわれて、人を攻撃するという。

堂々としているが危険な動物と同じで、ロンドンという街は魅力的であると同時に危うい街なのだ。グレイから逃げるためにロンドンを出たほうがいいと父が言うなら、そうしよう。『タイムズ』にはよく、身もすくむような事件の記事が載っている。そこには犯罪者だけでなく、被害者の名前や住所も……。

ジェーンは身震いした。「お父さまの言うとおり、しばらくロンドンを離れるわ。でも、ヒューと一緒はいや。彼がそんなことをする理由はないわよ。どうして結婚することを承知したのかしら？」

「ほんの一〇分前のことだが、わたしはヒューが承知したとは思わないね。むしろ自分から申し込んだと言ってもいいだろう」

「そのとおりよ。さっきのヒューはまるで、お父さまがわたしに近づけたくないと思っている凶暴な錯乱者そのものだったわ」

ジェーンの言葉に、父はまったく違う意味で衝撃を受けたようだった。顔をこわばらせ、唇を引き結んで言う。「あのふたりには似たところなど何ひとつない。二度とそんなことを言うんじゃないぞ、ジェーン！」

いつもは穏やかな父が怒りに震えているのを見て、彼女はあとずさりした。「お父さま」

「ヒューはいいやつだ。立派な男だよ。ヒューとグレイは共に仕事をして、同じような経験を積んできた。ヒューだってグレイと同じ道をたどる可能性もあったのだ。だが、そうはならなかった」

ジェーンはつばをのみ込んだ。「わかったわ。じゃあ、ヒューと一緒に行く。でも結婚まですする必要は――」

「これまでわたしが、たったひとりの未婚の娘を仕事仲間のひとりと一緒に旅へ出すようなことをしたか？」答えようと口を開いた彼女を、父はさえぎった。「だが、それも今日でおしまいだ。それにそんなにいやなら、すべて終わってから結婚を無効にすればいい」

「わたしをヒューと結婚させることはできないわよ。フレディーに、わたしを連れて逃げてと頼むわ」

「あの伯爵夫人と頬のこけた娘が大歓迎してくれるだろうな。わたしがおまえに持参金を持たせなくても、あのふたりは気にしないに違いない」

ジェーンは目を丸くした。「そんな！」

父は重々しくうなずいた。

「どうしたの？」彼女はとまどいを覚えながら尋ねた。父は性格がすっかり変わってしまった。ヒューと同じだ。「じゃあ、いとこたちと一緒にいるようにするわ。サマンサとベリンダが今週、家族を連れてバインランドに行くから——」

「いつまでもいとこのあいだを転々とするつもりか？ 居候みたいに屋敷から屋敷へと渡り歩くのか？」

ジェーンは父を説得しようと近づいた。「お父さま、一度進めてしまったらもとに戻れないのはわかっているでしょう？」父の腕に軽く触れる。「これが終わっても、もうほかの人と結婚することはできなくなるのよ」

「大丈夫だ。ジョン・ラスキンは去年、結婚を無効にしたばかりだ。彼の元妻はすでに再婚している。それに駆け落ちしてスコットランドに逃げる娘たちだっているじゃないか。親たちに見つかって連れ戻されたあと、結婚を無効にして、数年後にはまた結婚している。去年もそんなことがあちこちで——」

「そういうのは一八とか一九歳の娘でしょう。次の結婚まで待つ時間のある人たちだわ」ジェーンは父の腕から手を離して額に当てた。「わたしにはそんな時間はないのよ！ フレディーとの縁談だって、これで台なしになるわ」

「すべて終わったあとでまだ彼と結婚したかったら、わたしが力を尽くしてかなえてやろう」

彼女は椅子に沈み込んだ。「そのときにフレディーが今と変わらずわたしを欲しがるわけないわ」

「これまでだって、ずいぶん待っているじゃないか」

ジェーンは唇を噛んだ。「どうしてヒューが承知したのか、今もってわからない。どうやって望んでもない相手と結婚することを承諾させたの？」

「ヒューがおまえを欲しがっていないのはたしかか？」

「もちろんよ！」

「以前はずいぶんおまえのことを気にかけていたはずだが。当時の彼のふるまいを考えると、そう思わないか？」

「気にかけていたなら、なぜ何も言わずにわたしの前から姿を消したの？」きっとヒューは、彼女に好意を寄せられるのを楽しんでいただけなのだ。

「ヒューから、もしおまえが自分のことを尋ねてきたら、さよならを伝えてほしいと頼まれていた」

「もし？」以前にそれを聞かされたときと同じ、啞然《あぜん》とした顔でジェーンは父を見た。「もうどうでもいいわ。ヒューはヒューの人生を歩んでいるのだから、お互い相手のことは何もわからないのよ」

「そう、ヒューはヒューの人生を歩み、そのあいだにおまえの面倒を見られるだけの金を稼いだ。昔は仲がよかったじゃないか。おまえの魅力でヒューを惹きつけたらどうだ？　うまく口説き落とすのだ。おまえなら簡単だろう。結婚を解消しなくてすむよう努力してみてもいいかもしれない」

「どうしてわたしがフレディーよりヒューを選ぶと思うの？」

たしかに愛してはいないが、気に入っているし、一緒にいれば楽しい。それに愛していないから、フレディーに傷つけられることもない。「そうかもしれないけれど……でも、フレディーはけっしてわたしを傷つけないわ」

「ヒューがわざとおまえを傷つけたと思っているのか？　乗馬に連れていったり、弓の練習に何時間もつき合ったりしてくれたことを忘れたか？　わたしがなかなかおまえの相手をしてやれなかった分、ヒューが辛抱強く面倒を見てくれたんだぞ」

ジェーンが黙ったまま子供のころを振り返っていると、父はさらに言った。「これからの数週間、ひとつおまえに覚えておいてほしいことがある。ヒューは努力しているということだ。彼はおまえを幸せにする努力をしようとしているのだよ」

「お父さまはわたしが結婚を承知すると思っているのね」

「考えてみなさい。ヒューなら、イングランドから連れ出してくれるかもしれないぞ」

「どこへ？　遠くに？」彼女は勢い込んで尋ねてから、父の訳知り顔を見て赤面した。旅行したくてたまらないのが見え見えになってしまった。「カリッククリフかしら？」

「ああ、クランのところかもしれない。ヒュー次第だ。とにかく北へ向かうのは間違いない。電報の受け渡しができる場所から一日以上かかるところは避けるだろう。帰ってきても安全な状況になったら、すぐおまえに連絡するよ。そのときまだおまえが結婚を無効にしたければ、そうすればいい」

　自分を守るのよ、ジェイニー。もしまたヒューに惹かれてしまったらどうするの？

ジェーンはなおも首を振ったが、父は言った。「ジェーン、議論している暇はないのだ。おまえはロンドンを出なければならない。それも今朝のうちに」

　わたしはお父さまのことがよくわかっていなかった。この新しいお父さまは好きではない。そう思ったとき、父の表情と口調がやさしくなった。「ジェーン、おまえはどんなときだって勇敢なのに、今は怖がっている。そうだろう？」

「そうだとしたら、昔グレイから妙な目で見られたせいだわ」

「グレイのことが原因ではないはずだ。また傷つくのが怖いのだな？」

ジェーンは口を開いたが、父の言葉を否定できなかった。「ヒューは以前、わたしを置き去りにしたまま戻ってこなかった。お父さまが何度も招待したのに」

「だが、一番大事なときに戻ってきてくれたじゃないか」

# 11

〝そんなこと絶対にありえないわ〟

ジェーンの言葉で頭がいっぱいになりながら、ヒューはグロブナー・スクエアに向かった。今朝は消化しきれないほど多くの出来事があった。ジェーンがほかの男とキスしている場面を見ただけで、危うく身の破滅を招くところだった。

ジェーンに近づくのを長年我慢してきたあげくに、彼女のそばにいろと、いや、それどころか結婚しろと命じられた。どうかウェイランドがジェーンを説得できますように——自分の中にどこか彼女との結婚を望んでいる部分があることに、ヒューは衝撃を受けた。

彼女をずっと自分のものにしておくことができないのはわかっているが。

ジェーンがほかの男とキスしているところを、たった今見たのではなかったか？

グロブナー・スクエアに着くと、ヒューはマッカリック家の屋敷に入った。一家はこの屋敷を〝家族のもの〟と呼ぶが、実際は今ではイーサンのものになっている。長男のイーサンはマッカリック家の全財産と、スコットランドのカバナー伯爵位を相続した。だが、自分が貴族であることを意識させられるのをイーサンはひどく嫌う。

玄関広間に入ったヒューは、銀のトレーの上に置かれた母からの手紙をいつものように無視した。母を憎んでいるとは言わないが、母が父の死で息子たちを責めて以来、かかわりを持ちたくないと考えてしまう。イーサンとコートも同様で、やはり母からの手紙は開封しないで放《ほう》っておく。

イーサンは母をこの屋敷に出入り禁止にはしていない。だが暗黙の了解で、息子たちの誰かがロンドンにいるあいだは、母はここに滞在しないようにしている。それでも、母が息子たちに関する情報を仕入れるために使用人たちを買収しているのは間違いない。暗い顔をした執事のアースキンだけは例外だろう。アースキンは誰であろうと来訪者を阻止することに全力を傾けており、骨の髄まで主に忠実なのだ。

大理石の床に足音を響かせながら、ヒューはまっすぐ書斎に向かった。『運命の書』がどこにあるかは知っている。ほんの数週間前、コートがすがるような目で見つめていたときのまま、まだマホガニー材の机の上に置かれているはずだ。

これほど古い書物が、長い年月を経てもなおきれいな状態で保管されていることに、いつもながら驚きを禁じえない。この本が受けた唯一の汚れは血痕だった。

遠い昔、クランの占い師がマッカリック家一〇代の運命を予言し、『運命の書』を著した。そこに予言された悲劇や勝利は、これまですべて現実となっている。

ずいぶん前から暗記しているにもかかわらず、ヒューは最後のページを開いた。ヒューたちの父に宛《あ》てて書かれたページだ。

一〇代目カリックに告ぐ
汝《なんじ》の妻、三人の浅黒き息子をもうけるであろう
その子らがもたらす喜びも、彼らがこの書を読むまでのこと
彼らが目にする文言により、汝の生命は若くして断ち切られる
彼らは、死とともに歩むか、ひとりで歩むかしかない呪われた男たち
汝はそれを知り、恐れながら死ぬことになる

結婚することなく、愛を知ることなく、結びつきを持つこともないのが彼らの運命
彼らは子をもうけることなく、汝の血筋は途絶えるであろう
彼らを追う者には死と苦しみが訪れる

続く最後の二行は、乾いた血がこびりついて読めなくなっている。

悲劇や勝利が現実となった？　ヒューは物憂げなため息をついた。ヒューたち兄弟には勝利など訪れていない。誰も子供をもうけていないし、兄弟がこの本を読んだことで父の死を招いてしまった。それに今も、自分たちが気にかける者を傷つけ続けている。

人差し指で羊皮紙に書かれた予言をなぞるうちに、肌がじっとりしてきた。この本には何

か特別な力がある。家族以外で最後にこの本に触れた男は、恐怖に満ちた目で見つめたのちに十字を切ったという。

ヒューは嫌悪感を覚えながら顔をそむけ、自分の寝室に向かった。そして、気乗りしないまま荷作りを始めた。実際のところ、脅しでもしない限り、ウェイランドがジェーンを説得できるとは思えないが……。

「おい、何をしている？」戸口からイーサンの大声が響いた。彼は、衣装戸棚から革の旅行かばんに服を移しているヒューをにらんだ。

「ロンドンを出るんだ」

「彼女とか？」

「ああ。ウェイランドに頼まれたんだよ。彼女と結婚して、街の外へ連れ出してほしいと」

ヒューは言い訳がましく答えた。

「おまえもか！」イーサンの顔の傷跡が白くなった。「やっとのことでコートを女と引き離したのに。今度はおまえが自分の女と一緒に逃げるというのか？」

「兄さんはどうなんだ？」ヒューはシャツを手に取りながら言い返した。「ゆうべの彼女に並々ならぬ関心を見せていたじゃないか。あんな兄さんは初めてだぞ」

「ああ、だが、おれとあのブロンドはただの遊びだ」イーサンは無意識のうちに傷跡に触れた。昨夜の出来事のせいで、改めて気になりだしたのだろうか？　それとも、あの娘に平手打ちでも食らったのか？　後者だといいのだが。「それなのに、おまえとコートはいつだってそれ以上の関係を望む」

「おれはジェーンとの結婚に同意したが、あくまで一時的なものだ。兄さんがグレイをつかまえて、騒ぎがおさまるまで彼女を遠ざけておくための方便にすぎない。すべて片がついたら結婚を無効にするとウェイランドにははっきり言ったし、彼もそれで了承した」

イーサンは首を振った。「おまえは冷静に考えられていない。長年会っていなかったジェーンをひと目見た瞬間に、正気を失ったんだ。クラン内では理性的な男で通っているおまえがな」

「おれは理性的だよ」ヒューは不機嫌に返し、革のかばんの縫い目が引っ張られるほど乱暴にシャツを突っ込んだ。

「以前から心を奪われている女と結婚して逃げようというのにか？　一時的なものだって？　ああ、たしかに理性的だな」イーサンはせせら笑った。「そんなことはするなと、おまえはコートに説教していたじゃないか」

ヒューは目をそらした。たしかに弟に説教した。それも偉そうに。長年ジェーンに近づくのを自制してきたことでうぬぼれていた。

「何が起きたか忘れたわけじゃないだろう？　コートがアナリアと結婚しようと決めたとたん、彼女はこの家の玄関先で撃ち殺されそうになったんだぞ。それに、おれの婚約者のことだって覚えているだろう？　ぼろぼろになったサラの遺体を見つけたのはおまえじゃないか。ジェーンにも同じ運命をたどらせたいのか？」

まさか。絶対にいやだ。「結婚は形だけのものだ。彼女をずっと自分のものにしておくつもりはない」ヒューは低い声で言った。「本当の結婚にはしない。それに、おれはすでにジェーンを危険にさらしている。グレイが彼女を狙うのはおれを苦しめるためなのだからな。おれが守らなかったら、ジェーンは間違いなく殺されるだろう。おれがいなければ彼女は怪我をさせられるかもしれない」

「阿片のせいで錯乱していてもグレイが危険なのは変わりないし、言いたくはないが、やつはずば抜けて勘がいい」イーサンはヒューの視線をとらえた。「ジェーンはおれに預けたらどうだ？」

考えるだけで血が煮えたぎる気がする。「命ある限り、おれはジェーンをグレイの餌食《えじき》にはしない。絶対に」

イーサンが眉を上げた。「それなら、グレイが彼女を見つける前におれがやつを見つけられることを祈っておくんだな。冷静でいられないくせに彼女を守れるつもりか？　間違いなくグレイのほうが冷静だろう。その様子では、おまえも彼女も両方殺されるぞ」

「ばかなことを言うな。おれは彼女を守れる」

「同時に、彼女に触れたいのも我慢するのか？」イーサンは疑わしげな目を向けた。

「おれには自制心がある。わかっているだろう？」ヒューは衣装戸棚から武器を取り出した。常にホルスターにおさめて身につけているピストルの予備としてさらに一丁、馬の鞍のホルスターに入れてあるライフルの予備として一丁。弾薬もたっぷり用意した。「今までだって、ずっと自分を抑えてきたじゃないか」

「だがその分、彼女への思いも募っているはずだ。外からは見えなくても、おまえの中には欲望が渦巻いているに違いない」

渦巻いている――まさにそのとおりだ。「関係ないさ。ジェーンはおれを嫌っているんだから」今朝の騒ぎがあってからはなおさらだろう。「彼女のほうがいやがって断るかもしれない」そうは言っても確信は持てない。ウェイランドはいつも自分の思いどおりにことを運ぶ。だが、その点ではジェーンも同じだ。ジェーンがおれとかかわりを持ちたがっていないのと同様、ウェイランドだって好きでおれを義理の息子にしたいわけではない。「彼女をずっと自分のものにしておくつもりはない」ヒューは再び言った。「それに、彼女もおれを求めはしないだろう」

イーサンはしばらくヒューを見つめ、あきらめたように息を吐いた。「わかった。でも、たとえウェイランドに強制されて結婚したとしても、ジェーンはきっと機会を見つけて逃げ出すぞ」

そうと決めてかかっている兄の口調にヒューは顔をしかめた。

「おれと同じように、彼女のほうもおれを求めている可能性は絶対にないのか?」

「ないね」

ヒューはかばんをつかみ、部屋を出て階段を下りた。

「彼女をどこに連れていくつもりだ?」ついてきたイーサンが尋ねた。「クランのところか？」

ヒューは首を振った。カリックリフに連れていくことも考えたが、あそこではみんなが呪いのことを知っている。人々はジェーンが死の宣告を受けたと見なして腫れ物を扱うように接するだろうし、あるいはふたりの命を救うために仲を引き裂こうとするかもしれない。カリックリフに行くのは、ほかに選択肢がなくなったときだけだ。「ロス・クリーグに行こうと思っている」

「グレイはロス・クリーグのことを知っているか？」

「おれから話したことはないが、知っているかどうかはわからない。グレイがまだ英国に入国していないとして、ロス・クリーグには数日だけ滞在するとしたら――」

「おれは仕事が速いほうだが、そこまで速くはないぞ」

玄関ドアまで来て、ヒューは言った。「ほかにどこかいい隠れ場所はあるか？」

「いくつかはグレイも知っている場所だし、それ以外のところも責任は持てない。コートの家に連れていったらどうだ？」

ヒューは足を止めた。弟の地所のことはまったく思い浮かばなかった。彼のものになってから、まだ間もないためだろう。

「コートの話だと、建物は古いが頑丈で、少し手を入れれば住めるそうだ」イーサンが言った。

ヒューもコートから同じことを聞いている。屋敷は何千エーカーもある土地の真ん中にあるらしい。「まずロス・クリーグに行く。五日たっても兄さんからなんの連絡もなかったら、さらに北上してコートの屋敷へ行くよ」

「わかった。おまえが行くことをロス・クリーグの使用人たちに伝えておこう」領地のすぐそばに、数人の使用人を住まわせているのだ。

「もしグレイがおれたちを追ってきたら、そのときは兄さんがグレイを追っているものと思っていいな？」ヒューは鋭い目で兄を見た。「すべては兄さんにかかっているんだから、気を抜かないでくれよ。兄さんが早くグレイを始末してくれれば、その分早くこの結婚を無効にできる」

「じゃあ、彼女との生活に落ち着くんじゃないぞ」イーサンは冷ややかな笑みを浮かべた。

「顔の傷はちゃんと手当てしろ。跡になったら厄介だ」

「くそったれ」ヒューは悪態をついてドアを開けた。

イーサンが何やらつぶやいてから言った。「ちょっと待て」大股《おおまた》でその場を離れ、『運命の書』を手にして戻ってくると、ヒューに差し出した。「これを持っていけ。そうすれば大事なことを忘れずにすむだろう」

ヒューは重い本を受け取った。「兄さんはどうなんだ？　この本が必要になるんじゃないか？」

イーサンは完全に無表情だった。「おれには心がないのだから誘惑などされない。忘れたのか？」

ヒューは目を細めた。「昨夜の娘には何をした？」

イーサンは作り笑いを浮かべ、ドアの上部に手をついた。「いやがることは何もしていないよ」

「クインは、彼女が怯えていたと言っていたぞ」

イーサンが眉根を寄せた。「怖がらせてはいない」顔の傷跡に手を触れる。これで二度目だ。怪我のことを思い出したくないのか、あるいはそこに人の注意を引きたくないのか、今まで兄はけっして傷跡に手をやったりしなかった。それが今朝、初めて傷跡を気にするそぶりを見せている。「仮面をつけていたんだからな」

イーサンの場合、顔の傷跡だけでなく態度や物腰も恐ろしげなのだが、今それを指摘するのはやめておいたほうがいいだろう。「彼女が誰だか知っているのか？」

「今日クインのところに行ってきくつもりだったが、その時間がなくなってしまった。ジェーンから彼女の名前を聞いたか？」

兄の目に熱意が宿っているのを見て、ヒューはためらった。詳しいことは知らないが、ジョフリー・バン・ローウェンがイーサンの顔の傷になんらかの責任を負っているとは聞いている。しかもその傷は、一生跡が残ることを狙ってつけられた。

イーサンは時間をかけて、容赦なく復讐した。バン・ローウェン家の誰に責任があり、誰にないかは、深く考えなかったに違いない。

もうそれで充分ではないのか？

しばらくすれば、おそらく彼女に対する興味も消えるだろう。「おれが知っているのは、彼女がジェーンの友人だということだ。だから彼女を傷つけるな。傷つけたら、ただではおかないぞ」ヒューは『運命の書』をかばんに入れた。

無表情だったイーサンの顔が険しくなった。「おれが楽しむのを、おまえに止められるとでも思っているのか？　偉そうに言っているが、もしおまえのせいでジェーンが死んだら、おまえだっておれと同じ穴の狢《むじな》になるんだぞ」

ヒューは嫌悪感もあらわに兄を見やり、背を向けた。ドアを閉めながら、イーサンがつぶやくのが聞こえた気がした。「おれのようにはなるなよ」

# 12

ヒューがウェイランドの屋敷に戻ったのは、さっきそこを出てからたっぷり一時間はたったあとだったが、書斎ではまだ父と娘の激しいやりとりが続いていた。彼は書斎の外に置かれた椅子に座った。痛む頭を壁に預け、上着のポケットに入れた小さな箱にそわそわと指を走らせる。

〈ライダーゲート〉の静かな店内では、そこにあるものどれをとっても、自分のような大男が触れると簡単に壊れてしまいそうな気がして落ち着かなかった。だがジェーンにぴったりの指輪を見つけると、ためらうことなく大金を支払った。彼女のため以外には金の使い道などないのだ。

どんなものを買えばいいかはわかっていた。あの最後の夏、ジェーンは未来の花婿からどのような指輪をもらいたいか細かく話してくれた。「真ん中に大きなダイヤモンドがあって、まわりをエメラルドが囲んでいる金の指輪がいいの。あちこちにぶつけてしまうぐらい重いのがいいわ」

その話をしたのは、ふたりでボートに乗っているときだった。ジェーンはヒューの膝に頭をのせ、彼はシルクのような彼女の髪をもてあそんでは太陽の光に透かしてうっとりと眺めていた。だが、ジェーンの言葉を聞いてヒューは凍りつき、落ち着かなくなった。次男の身でこれといった財産はなく、彼女が言うような指輪にはとうてい手が届かない。でも考えてみれば、どうせジェーンを自分のものにすることはできないのだ――そう気づいたのだった。

それから長い年月を経た今、ヒューは天井を見つめながら、何度も同じ筋書きと結果を頭の中に思い描いている。

人生の早い時期に、彼は避けられる結果と避けられない結果について学んだ。ヒューと兄弟たちが『運命の書』を見つけて読んだ翌朝、ヒューは母の悲鳴で目を覚ました。クランの首領で、男盛りの年代にあった強健な父、リースがベッドの中で冷たくなっていたのだ。

母は金切り声で息子たちを責め立てた。当時、ヒューはまだ一四歳にもなっておらず、罪の意識を背負うには幼すぎた。

数年後、イーサンが父の死は単なる偶然であり呪いなど気にすることはないと言って、隣のマックリーディー家から花嫁を迎えようとした。サラも〝呪われたマッカリック家の息子〟との結婚に尻込みしなかった。だが、彼女はカリックリフの塔から転落した。イーサンが突き落としたのだと信じている者も多い。

次にコートが外国人の女性と恋に落ち、子供を持てないこと、彼女に不幸をもたらす結果になるかもしれないことを承知のうえで結婚しようとした。

だがコートが運命に逆らおうとしたのも、アナリアが間一髪のところで撃ち殺されそうになるまでだった。彼はついに、アナリアを生まれ故郷のアンドラに残して彼女のもとを去った。死ぬほどつらかったはずだ。コートにとって、彼女はこの世のすべてになっていたのだから。

あの本に、おれは結婚することも結びつきを持つこともないと書かれている。結婚するのと結婚の手続きをとるのは違うと、ヒューは自分に言い聞かせた。

本当の意味での結びつきを持つことはないだろう。ジェーンが同意すれば結婚の手続きを踏むだろうが、契りは結ばない。おれが求めない限り、彼女は安全だ。それは間違いない。そしておれは彼女を自分のものにしておくつもりはない。

五分後、ジェーンが書斎から出てきて、ヒューは立ち上がった。こらえていた涙のせいか、怒りのせいか、彼女の目もとが光っている。おそらく怒りのせいだろう。

それで、どうなったんだ？　結論は？

ウェイランドが娘に続いて出てきた。「すぐに牧師のところへ手紙を持っていき、結婚許可証をもらってくる。ジェーン、仕度を始めておきなさい」

そう言うと、ウェイランドは出かけていった。あとに残されたヒューは、驚きのあまり足がふらつきそうになった。「きみはおれと……」言いかけて小声になる。「おれたちは結婚するのか？」

「そうよ。わたしは無理やり承知させられたの。でも、あなたは違うわ。あなたが断ってくれなかったら、わたしの人生は台なしになるのよ」激しい感情が、波となってジェーンからあふれ出ている。彼女は昔からこうだった。爆薬のようにすぐ火がつく。そんな彼女の内面が実は複雑であるのを理解しているのはヒューだけらしい。

ウェイランドは説得に成功したのか。ジェーンがこの結婚を喜ぶとは思っていなかったが、それにしても……。「おれと一時的に結婚すると、きみの人生は台なしになるのか？」

ジェーンのきびきびとした訛りのない言葉には、怒りがにじみ出ていた。「今朝わたしがどうしてフレデリック・ビッドワース、いえ、ホワイティング伯爵に会いに行ったかわかる？」尋ねておいて自分で答えた。「今日、彼の求婚を受けようと思っていたからよ！」

ヒューの視界が揺らいだ。だが、何を驚くことがある？　これまでずっと、なぜジェーンは結婚しないのだろうと思っていた。いや、待てよ。ウェイランドは知らなかったのだろうか？　知っていたに違いない。おれたちが邪魔をしなければ、彼女は身をかためるところだったのだ。

ますます腹立たしい。彼女にキスをしたビッドワースを殺してやりたいと思ったが、あの伯爵はジェーンを自分のものだと思っていたのだ。

「それなのにあなたがフレディーを襲って、わたしの計画を妨害したのよ」

彼女が、じきに婚約者となる相手とキスするのはふつうのことだ。おれがジェーンのこと以外何も考えられないからといって、彼女もおれに対して同じように感じて当然というわけではない。彼女には彼女の人生があった。その真ん中に突然ゆらゆらと落とされたのがおれなのだ。「きみが伯爵と結婚するつもりだったのに、ウェイランドはおれを推すのか?」単に知りたかっただけなのだが、ジェーンは反論だと思ったのかヒューをにらんだ。

「なぜなの? どうしてデービス・グレイはこんなことをしているの? あなたは彼をよく知っているんでしょう? 本当にわたしが家から逃げなければならないほど危険な人なの?」とまどいのせいで顔がこわばっている。「なぜお父さまはあなたと結婚しろと言うの? あなたもお父さまに脅されたの? きっとそうね。そうでもなければ、こんなばかげたことを承知するわけがないもの」

「おれは脅されていないが、きみのお父さんに約束した。おれに協力してくれ。この結婚はいつまでも続くものじゃない――契りを結ばない限りは」ヒューは声をひそめた。「安心しろ、一時的なものだから。おれだって結婚を続けていく気はない。それにおれは以前きみに触れなかったんだ、今回も大丈夫だ」

「まるで、わたしがあなたに触れさせようとしたみたいな言い方ね」

ヒューは鼻筋をつまんだ。頭がずきずき痛み、首の後ろがこわばっているが、声は荒らげまいとした。彼がいくら怒ろうと、ジェーンはひるまない。「おれだってこんなことはしたくないのがわからないのか?」

そう、こんなことはしたくない。結婚するつもりはなかった。だがジェーンと再会してしまった今、彼女をほかの誰かと結婚させたくないという気持ちもまた本心だ。そしてその自分本位な考えから、ウェイランドの計画に同意した。いや、ウェイランドは娘にとって何が最善かを知っていて、その結果おれを選んだのだ。「ここへ来たときは、自分が花嫁を連れて出ていくことになるとは夢にも思わなかった」

「だったらどうして、任せてくれとお父さまに言ったの？」

「おれはきみを守ることができるからだ」

ジェーンはヒューの前に歩み寄ると、ひるみもせずにまっすぐ顔を見た。「本当にこんなことを実行に移したら、どれだけ後悔するはめになるか知らないわよ。わたしは今、やめるよう警告しているの」

彼はかたくななな表情のまま応えなかった。ジェーンの口が、信じられないというように半開きになる。

「決めたのね？　それなら従うしかないわ」ジェーンは声を和らげて続けた。「昔、わたしがよくあなたをからかったのを覚えている？」

忘れられるものか。

「前よりも、からかうのがうまくなったのよ。あなたもじきにわかるわ」彼女はヒューの胸に指を走らせ、浅い息遣いで言った。「あのころよりも武器が増えているから」その言い方は意地悪で、ヒューの額に玉のような汗が浮かんだ。

「この結婚を望んでいないと言ったわよね？　じゃあ、このばかげた計画を先に進める前に考えてみるといいわ。自分がどこまで我慢できるか」

ヒューはつばをのみ込んだ。

「覚悟してね」ジェーンは背を向けると、腰を振りながら階段を上がっていき、ヒューの目はその腰に釘づけになった。彼女が肩越しに言う。「生き地獄を味わわせてあげるから」

ジェーンは自分の部屋に入り、音をたててドアを閉めた。

「相変わらずだな」ヒューはつぶやいた。結婚も、婚約のようにうまく運ぶのだろうか？

# 13

あの古狸《ふるだぬき》め、うまくやったらしいな。

ウェイランドのやつ、娘と結婚するようヒューを説得するのに成功したとみえる。あちこちから祝いの言葉が聞こえる。

グレイは午前中ずっとウェイランドの屋敷の周囲に潜み、クインやロリーの目から逃れるのを楽しんでいた。身を隠すのも以前ほど完璧にはできなかったが、噂話に花を咲かせる使用人たちに近づいて情報を得ることは充分にできた。

ジェーンは少なくとも一カ月分の旅仕度をしているらしい。けれども目的地が明かされないので、かばんに詰める服を選ぶ使用人たちは難儀しているようだ。メイドはここに残すが、馬を連れていき、弓と矢も持っていく。食事の用意もされているものの、それはすでに到着している牧師のための軽食で、式のあとの会食は行われない。簡単な式が終わったら、新郎新婦はすぐに旅立つことになっているからだ。

ジェーンが結婚してこの家を出ていくと知って、使用人たちはすすり泣いていた。みな、彼女に媚びへつらっているのだ。それも不思議ではない。かつてウェイランドが自慢していたが、ジェーンは相手の身分に関係なく、人のために惜しみなく金や時間を使う。

しかし新郎のほうは、使用人たちに好かれているとは言いがたい。〝あの人は恐ろしくて、ミス・ジェーンには似合わない〟と言っている者もいた。

そのとおり。ジェーンとヒューはあまりにも違いすぎる。体が大きく冷酷で威圧的なヒューに対し、ジェーンのほうは魅力的で機知に富んだ美人として名高い。

そして彼女はヒューの唯一の弱みでもある。

グレイがそれを知ったのは、ジェーンの社交界へのお披露目パーティーの晩だった。ウェイランドから、ヒューとともに出席するよう命じられ、彼に酒を飲ませて連れていこうとした。だがヒューは、窓の外から体をこわばらせて彼女を見つめるだけだった。その目を見れば、この若いハイランド人が美しいジェーンに恋していることは一目瞭然《いちもくりょうぜん》だった。

まるで蝶を追う熊だ。

あまりにも不似合いな組み合わせに、そのときグレイは笑いをこらえなければならなかった。自分は彼女にふさわしくないとわかっていながら恋心を捨てられないヒューが、おかしくてたまらなかった。

ヒューがウェイランドの説得に応じたのも意外だが、ジェーンまでもが承諾したのはそれ以上に驚きだ。ウェイランドはどうやって彼女を説き伏せたのだろう？　自分たちが――それでおれが――どんな仕事をしているかも話したのか？

グレイがこの仕事に純粋な喜びを感じるようになって久しいが、今の状況はなんと皮肉に満ちていることか。暗殺者でありながら、ひとりの人間の命、この世で一番大事な妻の命を守らなければならないヒュー。しかも、自分より優れた暗殺者から守らなければならないのだ。

ヒューの護衛技術より、おれの殺しの腕のほうがはるかに上なことを、誰もが認めるべきだ。

グレイのうきうきした気分は次第に薄れた。こんなに簡単に運んでほしくはなかった……。クインとロリーがさりげなく見張り、見るからに〈ネットワーク〉の一員らしい鋭い目をした御者が待つ中、ウェイランドはジェーンを馬車まで連れていった。ヒューは彼女の背中に標的がついているとでもいうように、すぐ後ろについた。

実際、標的はそこにあるようなものだった。グレイが身を潜めている場所と彼女のあいだをさえぎるものは何もない。けれども残念なことに、今のおれはうまく狙いを定められなくなった。もし的を外したら、すでに英国にいることをやつらに知られてしまう。だめだ、もっと近づかなければ。

馬車の横で、ウェイランドはジェーンの頭を両手で挟み、額と額を合わせた。彼が頬に別れのキスをすると、ジェーンの顔は蒼白《そうはく》になり、驚いた表情に変わった。「お父さま？」自分が父と家から離れることに今ようやく気づいたかのように、震える声で言う。

ウェイランドは娘の肩を強く握り、ヒューに信頼のまなざしを向けて、ふたりから離れた。がっくりと肩が落ちた姿は老人のようだが、実際ウェイランドも老いにとらわれかけているのだ。

グレイは彼らの動きとやりとりに見入った。ウェイランドは名前のリストのことをヒューに話しただろうか？　おそらく話したはずだ。

グレイはリストを持っている。それを公表すればウェイランドの命取りになるだろう。彼は秘密の組織を率いており、日常的に無情な決断を下して、グレイ、イーサン、ヒューのような男たちに実行させる。それがウェイランドの命によるものだと世間に知れたら、すべてはおしまいになる。

だが、グレイが立てている計画はそれとは違う。今のところは……。

不意に首から背中にかけて冷や汗が噴き出し、シャツを濡らした。グレイは上着のポケットに手を入れた。英国ではほかよりも阿片を吸いにくいだろうと予想して、〝薬〟を別の形で用意してあった。しかし、それはいらぬ心配だった。ロンドンでは阿片は煙草《たばこ》よりも手に入りやすく、ジンよりも安かった。

でも、こうして形を変えるのも悪くない。グレイは阿片錠を噛んで味わった。味は少し古くなったアーモンドのようで、食感はねばついている。

おれの薬だ。グレイは鼻で笑った。仕事で何度も怪我をしてきたせいで、体はぼろぼろになっている。その痛みに耐えられたのは阿片のおかげだ。ヒューが朝などに足を引きずっているのに気づいたから、阿片を勧めてやった。それなのにあの男はかたくなに断った。いまいましい偽善者め。

阿片を嚙むうちに鼓動は落ち着いたが、気持ちはこれまでにないほど高揚していた。運よく幻覚は訪れそうにない。

茫然自失《ぼうぜんじしつ》の状態から目を覚ましたかのようにジェーンが動いた。ヒューに馬車に乗せられながら、手ぶりをつけて怒りを表し始めた。強情な彼女のことだ、ただ言いなりになるはずはない。いろいろときたいことがあるのだろうが、ヒューは答える気はないらしい。ジェーンは馬車の昇降段に足をかけたところで振り向き、彼に顔を近づけて何か言った。ふたりは黙り込んだ。

ヒューを蝶を追う熊にたとえたことを思い出して、グレイは薄笑いを浮かべた。熊どころではない。まるで目の前で尻尾《しっぽ》を引きつらせる兎《うさぎ》を追いつめた狼だ。

この狼はいずれ兎を襲うだろう。

馬車のドアを閉めると、ヒューは自分の置かれた状況を確認するかのように深く息を吐いた。震える手で顔をぬぐう。ジェーンと結婚したことが自分でも信じられないのだろう。

「心配するな、ヒュー」グレイは静かに言った。「長くは続かないからな」

以前のヒューなら、胸元を見ているのをジェーンに気づかれると目をそらした。だが、馬車に乗り込んでからの一時間、彼は臆《おく》することなく見つめている。まるで再びよく知ろうとしているように、その権利があるかのように、ジェーンの体を見つめているのだ。彼女は腹が立った。昔だったら、いくらでもわたしの体に触れられたのに。昔だったら、わたしは何も拒絶しなかったのに。

ヒューの熱い視線に反応してしまう自分がよけいに腹立たしかった。どうして彼のことを以前ほど魅力的じゃないと思えないのかしら？　昔、ジェーンはヒューのことをこのうえなく美しい男性だと思っていた。湖で泳ぐために服を脱いだところを盗み見て、その完璧な体に目を奪われる前からそう思っていた。今、新たに厳しさを身につけた彼は、圧倒的な魅力にあふれている。

生き地獄を味わわせてあげるとヒューに言ったとき、ジェーンの声は力強く、決意に満ちていた。

でも、今は自信がなくなってきた。

結婚したままでいろとお父さまは言った。それはいやだ。そんなことはできない。わたしは結婚を受け入れるよう強要されたけれど、ヒューは違う。断って、自分とわたしを救うこともできたはず。

にもかかわらず、そうはしなかった。

ヒューはわたしの逃げ道をふさいだ。崖から突き落としたも同然だ。思いきり強く押され、わたしは腕を振りまわし悲鳴をあげながら落ちていく。

そして地面に落ちて、めちゃくちゃになるんだわ。

ヒューがフレディーを殴る前から、ジェーンは過去のことでヒューに腹を立てていた。なのに今、自分を裏切った張本人である彼と結婚した。それも、これまで見たこともないようなむき出しの怒りを見せられた直後に。倉庫で会ったときのヒューもひどかったが、今朝はさらにひどい。わからないのはその理由だ。

何かというとすぐ暴力を振るう男になり下がってしまったのかしら？　それともお父さまが、何日も、ひょっとしたら何週間も前に、わたしと結婚させると彼に約束していたの？　だとしたら、彼は自分の婚約者がほかの男性とキスしていると思ったのかもしれない。ジェーンは顔をしかめた。思い返してみると、お父さまはヒューがなぜフレディーを殴ったか、一度も尋ねなかった……。

ヒューの説明は空々しく響いた。たしかに彼は一家の親しい友人だし、わたしも建物の陰とはいえ公園でキスなどするべきではなかったかもしれない。それにしても、ヒューのふるまいは許されることではないわ。

なんとか仕返しをしてやりたい。人をからかったり苦しめたりするのは得意だ。実際、ヒューにも言ったとおり、武器は増えた。七人の経験豊富ないとこたちに囲まれて、ロンドンの社交シーズンを体験しているおかげだ。

あのとき自分が何を捨てたのか、ヒューに思い知らせてやらなければ。今となっては簡単には味わえないものを、ちょっとだけ味見させてやるのよ。

悲しみに暮れて涙を流し続けた日々。ヒューと比べて物足りなさを覚えた、すべての男性たち。わたしを置いていくという彼の決断。

そしてわたしの苦しみ。そのすべての報いを受けさせよう。

「ヒュー、なんだか蒸し暑くない？」ジェーンはブラウスのボタンを上からいくつか外して胸元を開き、手であおいだ。自分の側の窓を開けてスカートをまくり上げ、彼のほうを向いて座席に膝をつく。そして片膝をヒューの太腿に押しつけ、片手を膝のすぐ上に当てると、彼の目の前をさえぎるように窓に腕を伸ばした。ヒューが全身をこわばらせた。

ジェーンは腕を伸ばしながら振り向いた。ふたりの唇はほんの数センチしか離れていない。「いいかしら、ダーリン？」岩のようにかたい彼の腿に向かって手をゆっくり走らせ、甘くささやく。ヒューが歯を食いしばり、ごくりとつばをのみ込んだ。まるでどこか痛むかのように顔がしかめられる。

報いを受けさせるのよ。

馬車が道のこぶに乗り上げてがくんと揺れた。ヒューが腰をつかんで支えてくれたが、ジェーンはバランスを崩したふりをして彼の上にまたがった。

彼が鋭く息を吸う。「ジェーン」腰をつかむ手に力がこもったものの、ヒューは彼女をどかそうとしなかった。むしろ震える手でその場に押さえつけている。

「どうしたの、ダーリン？」ジェーンはささやいた。

「おれに触るな。とにかく……触るな」

報いを受けるのよ。

「ごめんなさい」彼女は甘えるような声で言った。「あなたに支えていてもらわないと……体が……少しずつ……」彼の耳に口を寄せ、息を吹きかけて先を続ける。「上のほうに移動してしまうの」ヒューが激しく身を震わせて、彼女の首に頭をつけた。

ジェーンが体を離すと、ヒューは驚いたように彼女の顔を見た。いつも歯を食いしばっているせいでこわばっている顎から力が抜けている。

彼女はヒューの肩を軽く叩き、さっさと自分の席に戻り、何食わぬ顔で窓の外を眺めた。

「だいぶ涼しくなったわね、ダーリン」

# 14

ヒューは手のひらで乱暴に脚をさすり、なんとか落ち着こうと努めた。だが瞬く間に下腹部が反応し、どくどくと脈打ってズボンを中から押し上げる。息遣いが荒くなった。

ずっと彼女を求めてきて、ついに……。

ジェーンはヒューが今にも自分を抑えられなくなりそうなことには気づきもせず、無頓着に窓の外を見つめている。しかし、その珊瑚色《さんごいろ》の唇には冷たい笑みが浮かんでいた。おれをからかっているのだ、昔のように。

もう我慢するまい。ほかの男とキスするところを見せつけられたのだから。

ヒューはいきなり彼女の腕をつかんだ。ジェーンの顔から笑みが消え、振り返って彼をにらんだ。「放して、ヒュー」

ジェーンをぐいと引っ張る。「おれは以前のおれとは違う。覚えておいたほうがいいぞ」

「どんな人間になったの?」まるで、今起きたこともヒューの怒りも気にならないというふうに、彼女は軽い調子で尋ねた。

「男の欲望を持つ男だ」ジェーンにしっかり教えてやろう。もうおれをからかったりしないように。なぜなら彼女がさっき言ったとおりだから。たしかに彼女は、昔以上にからかうのがうまくなっている。ジェーンをつけ上がらせてはいけない。きしるような声でヒューは言った。「あんなふうにからかうなら、こっちだってなんらかの方法で楽になりたくなる」

彼女の目が丸くなり、次に細くなった。「なんらかの方法ですって？　どういうことか教えて」やわらかい指先がヒューのシャツの胸元をもてあそぶ。ああ、ジェーンにはかなわない。「どんなふうに楽になるのが好きなの？」

目には目を、というわけか？　おれのほうが経験豊富なのだから簡単に勝てるだろう。ジェーンだって、ある一線まで達したらそこを越えようとはしないはずだ。だがそのとき、おれは身を引くことができるだろうか？

「見せてあげよう」気づくとヒューはそう答えていた。滑らかな動きでジェーンを膝に抱き上げ、背中を自分の腕にもたせかけて、彼女に覆いかぶさるようにした。ジェーンはあわてたようだ――からかいに応じてヒューが触れてきたのはこれが初めてだった。けれどもすぐに、彼女の顔にいつもの頑固そうな表情がよぎった。一瞬のちには、また誘惑するようにヒューの腕に身を預けたまま首をなでた。

下腹部の脈が激しくなり、熱と痛みを感じる。ジェーンが息をのんだ。こわばりに気づいたのだ。ヒューの思考力が鈍ってきた。おれには策略があったのではなかったのか？

彼女に激しくキスをして、今朝、別の男の腕に抱かれていたことを忘れさせるという策略が……。

いや、違う。おれはただジェーンを困惑させ、驚かせ、意志の闘いに勝とうとしているだけだ。昔ふたりはよくそんな闘いをして、勝負は五分五分だった。

ジェーンの唇が、ヒューを受け入れるかのように開いた。彼に預けている体はとてもやわらかい。一度だけあの唇を味わいたい。最初にそれだけやってしまおう。彼女とのキスをずっと夢見てきた。それが思ったほど心地よいものでないとわかれば、妄想を捨てられるだろう。

ヒューはジェーンの目を見つめたまま顔を近づけた。震える手がスカートの裾のレースをつかんでいた。いつのまに？　おれの手は、今朝彼女の白い腿のまわりに見たレースのガーターにたどり着きたがっているらしい。

ブラウスの胸元からコルセットのすぐ上のクリーム色のふくらみがのぞき、ヒューはそこに唇を軽く触れた。見た目どおりの滑らかな肌で、彼は衝撃を受けた。体を震わせたジェーンには、もはやからかうような様子はない。ヒューは首に向かって唇を移動させた。彼女の肌に唇で触れるのは初めてだ。

肌のかすかな香りを吸い込みつつも、ジェーンを味わわずにはいられなかった。一度でいい。彼はうめき、口を開いて肌に舌を走らせた。喜びに体が震える。彼女が甘い声をあげ、ヒューはもっと多くを奪いたくなった。

「きみが求めていたのはこれか？」かすれた声で言いながら、体を離してジェーンの顔を見る。彼女もまた放心状態でヒューの唇を見つめていた。なぜこれほど一気に進んでしまったのか不思議に思っているのだろう。

ヒューはジェーンのうなじに手をやり、唇を重ねた。触れた瞬間、彼女はびくりとしてためらったが、やがてそのふっくらした唇を開いた。

熱く濡れた口の中に舌を滑り込ませたところ、ジェーンの舌が迎えた。舌を絡めながら、ヒューはうなり声を抑えた。ジェーンがうめくと、その声に下腹部が反応して痛いほど高ぶっていく。ついにジェーンを味わい、彼女に触れているという思いに、目もくらむような興奮を覚える。

夢ではないのだ。異国でのひとり寝のベッドで思い描いた想像でもない。おれはジェーンにキスをしている。その感覚は想像とは違った。

想像していた以上だった。

手が彼女の太腿を這い上がり、あと少しでガーターの紐に……。

「ミス・ウェイランド！」馬車の外から声がかかった。「ミス・ウェイランドは中にいるか？」

ジェーンが凍りつき、体を引いた。「フレディー？」あえぎながら言う。

ビッドワースだと？　勘弁してくれ。

「ヒュー、馬車を止めて」

彼はジェーンの胸から首、唇へと視線を走らせた。彼女と目が合うと、ゆっくり首を横に振った。それから顔を近づけて、もう一度キスをする。

ジェーンが身を震わせ、ヒューを押しやった。「やめて！」彼女は座り直した。「まじめに言っているのよ！」

ようやく彼はジェーンを放したが、たった今彼女が見せた反応を思うと、もう一度引き寄せたくてたまらなかった。ほんの少し彼女を味わっただけとはいえ、それでも長年待ったかいがあった。

だが正気に返ってみれば、自分のしたことが、しようとしていたことが信じられなかった。咳払いをしてなんとか絞り出した声は、かすれていた。「二度とあんなことはするな。二度と。もしまたしたら、おれは――」

「馬車を止めてちょうだい」ジェーンは震える手でブラウスのボタンを留め、深く息を吸って吐いた。ヒューが動かずにいると、さらに言った。「これからわたしをどこへ連れていくつもりか知らないけれど、今話をさせてくれなかったら、フレディーはいつまでもついてくるわよ」

「ついてこられないようにしてやればいい」ヒューは静かに言った。

ジェーンは目を丸くして、知らない相手を見るかのように彼を見つめた。「あなた、おかしいわ。一〇年のあいだに心がゆがんでしまったの？　聞いてちょうだい、ヒュー・マッカリック。二度とフレディーに痛い思いをさせないで。わかった？　彼を傷つけたら、あなたの目をくり抜いてやるから」ヒューをにらみつけ、ひと言ずつはっきりと言う。

「きみは、ビッドワースには伝言を送ったとお父さんに言ったじゃないか」

「ええ、送ったわ」ジェーンが髪をなでつけた。その隙にヒューは上着の前をかき合わせ、下腹部のふくらみを隠した。「フレディーはきっと、伝言を受け取ってすぐにうちへ来たのよ。そして間に合わなかったとわかって、追いかけてきたんだわ」

ヒューはののしりの言葉をのみ込み、馬車を止めるよう御者に声をかけた。

「五分だけ、彼とふたりきりにしてちょうだい」ジェーンが馬車のドアを開けながら言った。

「だめだ」

「さよならを言うだけよ。彼にだって、わたしと五分くらい過ごす権利はあるわ。ことに今日はあなたに殴られたんだし」ジェーンは彼の目を見た。「ヒュー、お願い」

こんなふうに見上げて懇願すれば、おれがだめと言えないのを知っているのだ。彼が悪態をつくと、ジェーンは手を貸す間もなくさっさと馬車を出た。ヒューは馬から降りるビッドワースを後ろの窓越しに見た。ジェーンが駆け寄り、ビッドワースが彼女の肩に手を置いて抱き寄せる。

ヒューは我慢ならなかった。ジェーンはおれの妻だ。一時的とはいえ、それでも今はおれのものだ。

馬車を降りてふたりを引き離し、ビッドワースの顔に再びげんこつをお見舞いしたいという衝動に駆られた。今朝の一撃は見事に功を奏しており、ビッドワースの鼻は腫れ上がって、目のまわりはひどいあざになっている。ヒューはなんとか衝動を抑えたが、いつでもジェーンのもとに駆けつけられるよう、緊張して様子をうかがった。ビッドワースが彼女を馬に乗せてさらっていくかもしれない。

ヒューならそうするだろう。

この機会を利用して、ふたりの様子を観察しよう。ビッドワースと別れるのがジェーンにとってどういうことなのか見極めるのだ。彼女は愛情に満ちたまなざしでビッドワースを見上げている。たしかに彼女のような女性なら、ああいった男を求めるだろう。長身でブロンドの伯爵。ふたり一緒に並ぶと、いかにも裕福な貴族然として見える。完璧なイングランド人カップルだ。

おれのほうは黒髪のスコットランド人で、いかつい顔には傷がある。

しかも職業ときたら……。

ジェーンがビッドワースの頰に軽く指を走らせ、ヒューはそれだけでその男を憎んだ。彼女がいとしげにビッドワースに触れる。昔はおれにもあんなふうに触れてくれた。今ジェーンがおれに触れるのは、おれを傷つけるためだ。

見ているのがつらくてたまらない。こんな場面を見せられるぐらいなら、うだるように暑い湿地で虫にたかられながら、半日ライフルを構えたままじっと立っていたほうがましだ。ビッドワースがジェーンのブラウスの一番上のボタンを留めるのを、ヒューは歯を食いしばって見つめた。あのふたりはすでにベッドをともにしているのだろうか？

「ジェーン、きみはこんなことを望んでいるわけじゃないんだろう？」フレディーが言った。

「ぼくたちは互いに理解していると思っていたよ」

「ええ、望んでいないし、それにあなたの言うとおり、わたしたちは理解し合っていたわ」

ジェーンはヒューの視線を感じて身震いした。まだ馬車の中での急展開に動揺している。以前はいくらこちらが触ったりからかったりしても、彼はけっして触れてこなかった。それがたった今、軽々とわたしを膝の上に抱き上げた。

そして、むさぼるように熱いキスをした。五分前まで、あんなキスがあるなんて知らなかった。まるでヒューに刻印を押されたみたい……。

ジェーンはフレディーと一緒に道の端に立っていたが、ほてった顔をヒューに見られないよう位置を変えたかった。穴が開くほど見つめられるのは背中だけで充分だ。

「お父上の話だと、あのマッカリックという男は何年かぶりに帰国したそうだな。きみと彼は将来を約束し合った仲だと聞いたが、本当なのかい？」

ある意味そうだと言える。ジェーンの心の中ではそうだった。「ちょっと込み入っているのよ」

「お父上に強制されているのか？」フレディーが彼女の髪をなでた。「かわいそうに。震えているじゃないか」今にも慰めのキスをしてくれそうだった。すかさずヒューが馬車から降りてきて、背筋を伸ばして背の高さを強調してみせた。警告のつもりだろう、彼は腕組みをして馬車にもたれかかった。

フレディーが唖然として言った。「朝よりもますます野蛮に見えるぞ！　お父上があいつをきみと結婚させるなんて、まだ信じられない」ほんの数時間でも彼との結婚に耐えてきた勇気に感心するかのように、フレディーはジェーンを見た。「お父上はどういうつもりなんだ？　こんなことは許されない！　なんとかしてきみをあの男から解放する方法を見つけよう」

ジェーンはヒューのほうを見た。やはり見るからに恐ろしい。だがそんな彼の恐ろしさも、自分以外の人に向けられている限りは昔からジェーンは気に入っていた。

「今すぐきみを助け出してあげるよ」フレディーが言った。

ジェーンは淡々とした声で応えた。「もう遅いわ。残念だけど」たしかに父は権力者に対して大きな影響力を持っている。しかしそんな父でも、この結婚をなかったことにするのは無理だろう。

フレディーに送った手紙の中で、ジェーンは彼に別れを告げた。きっぱりと。

「たぶん、こうするのが一番いいのよ」ため息まじりに言う。「あなたのお母さまと妹さんはわたしを認めないでしょうから」ホワイティング伯爵夫人になったとしても、それは名ばかりのものだろう。

「こんなことをする気になったのはそのせいじゃないだろうね？　母と妹の意向など、ぼくはなんとも思っていない」

今は威勢のいいことを言っているが、フレディーは自分の意見を主張したり議論をしたりすることに慣れていない。ジェーンは彼のそんなところが好きだった。何かというとすぐに腕まくりをしてジェーンのために闘おうとするヒューとは正反対だから。

「とにかく、ぼくには理解できないんだ」フレディーが言った。「受け入れろなんて無理だよ！」

でも、フレディーは受け入れるだろう。彼だって、本当はわたしを愛しているわけではないのだもの。彼が愛しているのは、ふたりの共通の友人であり、彼の子供のころのガールフレンドだったキャンディス・ダムフェールなのだ。彼女はフレディーよりはるかに金持ちの老人と結婚させられた。

だがジェーンとフレディーは、結婚したらうまくやっていこうと約束していた。彼はジェーンとの将来を楽しみにしていた。それがまったく違う状況になってしまった。

「受け入れたら、きみを破滅へと送り出すことになってしまう――」ヒューが危険な空気を漂わせながら近づいてくると、フレディーは言葉を切った。そして、うわずった声で言った。

「またぼくを殴る気だな？」

# 15

ヒューが近づいていくと、ビッドワースの顔は青ざめ、あざが際立った。彼の声が聞こえた。「ジェーン、こ……この状況を変える方法があるはずだ。きみはまだ、あの男の妻という立場から逃れられないわけではないんだから」

「彼女はおまえじゃなくおれのものらしいぞ」ヒューは言った。ビッドワースの言葉が核心を突いているので、よけいに腹が立った。苦々しくこちらを見る目も我慢がならない。

なぜみんな、ジェーンがおれのような男と結婚するはずがないと考えるのだろう？　馬車の中で、彼女はいかにも妻が夫にするようにキスしてきた。ヒューはジェーンが自分のものであることを示すために、彼女のうなじに手をやった。

彼女が鋭くヒューを見た。あとで見ていらっしゃい、と言いたげだ。「五分だけちょうだいと言ったでしょう？」

「馬車に乗るんだ。早く」だが、ジェーンはあきれたように見つめるだけだ。ヒューは顔を近づけて低い声で言った。「乗れ。乗らないと、この男も今度は軽く殴られるだけではすまないぞ」

彼女はあわててビッドワースの手を取り、握手をした。「手紙を書くわ、フレディー」そして馬車に急いだ。

馬車の横でジェーンが足を止めると、ヒューはビッドワースに言った。「あとを追うんじゃないぞ。二度と彼女に近づくな。彼女を知っていたことも忘れてしまえ」

「ぼ……ぼくを」ビッドワースがつばをのみ込んだ。「ぼくを誰だと思っているんだ？」

惨めな臆病者め。ヒューはなんとか怒りを抑えたが、信じられない思いでいっぱいだった。ジェーンみたいな女と婚約しかけた男なのだから、彼女に捨てられたら、もっとすごみをきかせるかと思っていた。

それなのに、ビッドワースは真剣に言い合いをしようとすらしない。

「おまえが誰かって？　ああいう女をおとなしく手放してしまう男だ」もしおれがビッドワースの立場で、悲惨な運命など気にせずジェーンとの人生を歩めるならば、彼女をほかの男に渡す羽目になる前にどれほどの大軍とでも戦うだろう。泥がはね、血が飛び散る本物の戦いだ。

ジェーンを手に入れるためだったら、笑いながら血を吐くことだっていとわない。

「おまえは彼女にふさわしくないし、彼女の扱い方もわかっていなかったはずだ」吐き捨てるように言い、返す言葉を探しているビッドワースを残して、馬車のほうに向き直った。ジェーンはヒューが手を貸すのを待たずに、自力で馬車に乗り込んだ。ヒューがその隣に座って馬車が走りだすと、彼女はビッドワースの姿が見えなくなるまで手を振り続けた。その後も小さな手をこぶしに握ったまま、長いこと窓の外を見つめていた。女が泣くとしたら、こんなときだろう。

昔、ジェーンはめったに泣かなかった。たまに泣くと、ヒューは途方に暮れた。今、ジェーンが泣きだしそうなのを見て、その点は変わらないと思いながら彼女のうなじをなでた。

「そんなにあの男が欲しいなら、なぜ彼のために闘わなかったんだ？　昔のきみはいつだって自分の思いどおりにしたじゃないか」

「あなたのせいよ」ジェーンが嚙みつくように言った。「全部あなたのせいだわ。お父さまだって、あなたみたいに簡単に言うことを聞くおべっか使いがほかに見つからなかったら、わたしをフレディーと結婚させたはずよ」

「すべてを計画したお父さんを責めずにおれを責めるのか？　結婚することに同意した自分を責めずにおれを責めるのか？　グレイを責めたらどうだ？」

「お父さまはなぜあなたを選んだの？　あなたはロンドンにすらいなかったのに。何が起きているのか、きちんと知りたいわ！　わたしと結婚するために、お父さまとふたりで何かたくらんでいるの？」

「前にも言ったが、おれは花嫁を連れて出ることになると知ってきみの家に行ったわけじゃない。お父さんに、きみと結婚したいと言ったことはない」

「グレイがわたしに危害を加えるかもしれないという話は本当のことなの？　輸入のお仕事って、さぞかし危険なものなんでしょうね。そしてわたしは、お父さまがどんな危険を冒しているかまったく知らずに過ごしてきたというわけね」

ヒューは何も言わなかった。

「グレイは錯乱していて、わたしを傷つけるかもしれないと、わたしの目を見て言って」

彼はジェーンの目を見た。「はっきり言える。グレイは錯乱していて、特にきみに対して危険な意図を持っている」

「いつも感じがよかったのに」ジェーンがつぶやいた。

「そうだろうな」明らかに様子がおかしくなっていったころ、グレイはいつもジェーンのことでヒューをあざけった。彼女がヒューの唯一の弱点だと知っていたのだ。「きみに対して不自然な言動はなかったか？ 妙な関心を寄せるとか？」

「ないわ。頻繁に会っていたわけじゃないし」ジェーンは体を震わせた。「どうしてそこまで大胆なことをしようとするのかしら？」

「グレイはだんだん精神的に不安定になっていった。きみのお父さんはやつを切ることにして、ある指示を下した。それが彼をさらに堕落させることになったんだ」

「ある指示ってどういうこと？ 堕落ってどんな？ あなたはそれにどう関係しているの？」

名前のリストが公表されたとはっきりするまでは、〈ネットワーク〉のことはいっさいジェーンに知らせないようウェイランドから念を押されている。それまでは、彼女にきかれても無視するか嘘をつくかしろというわけだ。自分の役割を彼女に打ち明けたくなかったヒューは喜んで承諾した。だが困ったことに、ジェーンには嘘をつけないということがわかった。彼女にどう答えるか、質問をどうはぐらかすか決めるには時間が必要だ。「きみは根掘り葉掘りおれに尋ねるが、きみだって何かきかれてすぐに答えられるわけではないだろう？」

「なんでもきいてちょうだい！」

「なぜずっと結婚しなかったんだ？」機会はたくさんあったはずだ。一九歳で社交界デビューをしたときも結婚の申し込みはあった。

「これだと思う人がいなかったから」これで充分説明になるだろうと言いたげだ。

「ビッドワースは、これだと思う相手だったのか？」

「彼はわたしが求めていた条件をひとつ残らず満たしていたわ」

「たとえば？」

「やさしくて親切で理解があるのよ」ヒューのうんざりした顔を見て、ジェーンは目を細めた。「ブロンドで、女性が夢中になってしまうほどのハンサム。それに爵位を持っているし、人気者だし、お金持ちだわ」

それが彼女の求める条件なら、一家に伝わる呪いがなくてもヒューにはまったく見込みがなかったことになる。「ビッドワースは臆病者だ」彼は言った。ビッドワースとはほんの短い時間しか会っていないが、それだけでジェーンを彼と結婚させなかったウェイランドの判断は正しいとわかった。ビッドワースには彼女を守ることはできない。

ヒューのひと言にジェーンは怒った。「決闘を申し込まなかったからといって、フレディーが勇敢じゃないということにはならないでしょう！　彼は貴族で、本物の英国紳士だもの。道端で挑戦状を叩きつけるような真似はしないわ！」

だったら、爵位を持たない粗野なスコットランド人であることがありがたい。

「フレディーはすべてにおいてすばらしい人よ」彼女はさらに続けた。「それなのに彼を殴るなんて。ヒュー、いったいどうしたの？」

「人目につくところできみにキスをするなんてことは――」

「わたしからキスしたのよ」

もっと思い出させてくれ、ジェーン。もっとおれを怒らせろ。

「追いかけてきた彼を挑発したりして、どういうつもり？　彼は、今朝目覚めたときはわたしを自分のものだと思っていたのよ。その彼に、いかにも自分から望んでこの結婚をするみたいな言い方をするなんて」

「きみだって、道端であいつに身を捧《ささ》げていたじゃないか」

ジェーンが息をのんだ。「身を捧げていたですって！　さよならの印に抱き合っていただけよ。当然でしょう？　フレディーとは長年のつき合いなんだから！」

「そうか。その長年のつき合いのあいだに、さっきみたいにほかの男の膝の上であえぎながらキスを返したりしてはいけなかったんじゃないのか？」

それを否定できないことに今初めて気づいたように、彼女はぽかんと口を開けた。

「ジェーン、おれたちの結婚は茶番かもしれないが、無効にできるまでは拘束力を持つ。二度とおれの前でほかの男に触れるな。そいつを死なせたいのでない限りは」

　彼女はあきれたようにヒューを見た。「まるで嫉妬しているみたいよ。そんなわけないのに」

　いや、そのとおりだ。嫉妬している。この一日だけで、今までの人生になかったほどの嫉妬を覚えている。ジェーンとの仲が本物であれば、こんなふうには感じなかっただろう。だが、ふたりのあいだにはしっかりした基盤がない。まやかしに巻き込まれている。彼女にマッカリックの姓を名乗らせることになったが、その見返りは何もない。

　ああ、どうかなってしまいそうだ。なぜこんなことに同意したのだろう？　本能はやめておけと叫んでいたのに。自分が巧みに操られていることを意識しながらも、それに身を任せてしまった。

　これまで、われを忘れてかっとなったことも、何かに衝動的に反応したこともない。しかし今、自制心を失いかけている。ジェーンの何が、おれの原始的な衝動や所有欲を刺激するのだ？　ビッドワースに怒りをぶつけずにはいられない。単に自分の喜びのために再び彼を殴りたかった。

　だが、おれみたいな男は自制心を失わないよう気をつけなければならない。暗い衝動に負けたのはグレイが初めてではないのだ。「これ以上おれをからかうな。火遊びをしているようなものだぞ」

「からかわれるのが我慢できないなら、最初から結婚に同意しなければいいのよ。今までわたしにからかわれたことがなかったわけじゃないんだし、やめたほうがいいとわたしは警告したでしょう。それを押し切って進めれば何が起こるか予想できたはずよ」

「すべて片がついたら結婚を無効にすることは、おれもきみも同意しているはずだ。望まない結婚に縛られるのはごめんだから、おれをからかって楽しむのはやめてくれ」

ジェーンの表情が冷ややかになった。「わたしに縛られる心配なんて、これ以上しなくていいわ。この結婚では、わたしたちを結びつけるようなことは何も起こらないから」ジェーンは足元の小さな旅行かばんを開けて本を取り出し、ヒューに背を向けた。

おれも背中を向けて、こんなふうに簡単に彼女を締め出すことができればいいのだが。

朝からずっと、自分が現実の中にいるとは思えなかった。この結婚は大きな間違いだと、みなが気づくのを待っていた。ジェーンがやっぱりやめると言いだすのを待ち続けた。

このまま先に進むかどうかを決めるのが自分だとは一度も考えなかった。

ジェーンが荷物を詰め始めたとき、ヒューはあわてた。〝本当に結婚するつもりなのか？　無理に決まっている〟と思った。もし最後の決断が自分に委《ゆだ》ねられたらどうする？　どんな危険を負うことになるか何度も考えているうちに、気づいてみたら、彼が結婚証明書に署名するのをみなが待っているという状態になっていた。

ロリーがクインに向かって言っているのが聞こえた。「ヒューの手が震えるのを目の当たりにする日が来るとは思ってもみなかったよ」

震えないわけがない。運命の分かれ道を歩いている気分なのに。

そして、これまでに愛したただひとりの女性の命を危険にさらしているというのに。

一時間ほど沈黙が続いたのち、ヒューが手を伸ばしてきて、ジェーンの持っていた本を取り上げた。彼女が息をのんで怒りをあらわにする前に、ヒューは大きな手のひらにのせたクリスタルの宝石箱を差し出した。

「これは何？」そう尋ねながらも、彼女はクリスタルの箱に刻まれたRの文字に見覚えがあった。

「受け取ってくれ」

ジェーンはためらった末に箱を手に取り、興味のないふりをして開いた。そのとたん、心臓が飛び出しそうになった。

中には、見たこともないような豪華な指輪が入っていた。

頭がくらくらしそうだ。彼女はその宝石を見つめ、ヒューを見上げた。「こんな……こんなことしなくていいのに」返そうとしたが、彼は受け取ろうとしない。ヒューの当惑顔を見て、ジェーンはためらった。

「はめてみないのか？」彼が信じられない様子で言った。

ジェーンが受け取らない可能性は考えもしなかったのだろう。彼女は座席のふたりのあいだに箱を置いた。「ヒュー、本当にこんなことしなくてよかったのよ。結婚指輪を持っていない人なんてたくさんいるのだから」

「きみには持っていてほしい」

「それに、宝石を一時的にもらうことをいやがる人もたくさんいるのよ」

「どういう意味だ？」

「この結婚はじきに終わるわ。なのに宝石をくれるというのはちょっと残酷じゃないかしら？」

　ヒューはきっぱりと首を振った。「終わったあとも持っていてくれ」

彼が再びわたしを置いて去っていったあとも、ということね。

「緊急の結婚に備えて用意しておいたの？」

「今朝、買ったんだ。きみが荷造りをしているあいだに」

「そういうこと」ジェーンは頬を軽く叩いた。「やっとわかったわ。フレディーを殴ったり、わたしに手荒な真似をしたりしたことを悪かったと思ったのね。それで高価な和解の印として、この指輪を買ったんだわ」

「立派な結婚式も何もできなかった。だがこれだけはおれの意思でできることだから、友人として、きみにふさわしいものを贈りたかったんだ」

「わたしたちは友人同士なの？」自分でも悲しげに聞こえる声が出た。

　ヒューが身をこわばらせた。「おれはそう思っている」

　ジェーンは唇を噛んだ。そして、ひそかに指輪の箱に目をやった。手に取りたくてしかたがなかった。ヒューが金を貯《た》めたことは父から聞いていたが、〈ライダーゲート〉はけた外れの高級店だし、大きなダイヤモンドのまわりをエメラルドが囲んでいるこの指輪はとても贅沢なものだ。

彼女はため息をついた。受け取れないわ。いくら欲しくても、ヒューにそんな大金を使わせるわけにはいかない。結婚を続けるつもりがないのなら、なおさらのこと……。

彼が再び箱を持ったので、ジェーンは驚いた。ヒューは箱から指輪を出して彼女の手を取った。「はめてくれ」

緊張しているの？　ヒューが狼狽《ろうばい》したり落ち着きを失ったりしているときは、今のように肩を後ろに引くからすぐにわかる。「きみが欲しがっていたものだ」

「どうしてそう思うの？」もしかして、わたしが夢見ていた結婚指輪の話を思い出したのかしら？　唇を噛みながら、彼の答えを待った。

「前に話してくれたじゃないか」

覚えているの？　これだけ年月がたっても細かいところまで覚えているのなら、少なくとも友人同士というのはわたしの思い違いではなかったのかもしれない。

指輪が指におさまったとき、ジェーンはなぜか体が震えた。素直に受け取ったので、ヒューはほっとしたようだ。そんな彼を見ていると、ジェーンも緊張が緩んできた。

緩めまいとしても無理だった。

悔しいことに、昔もこうだった。一緒にいると、お互いに気が楽になるのだ。今はまるで羽根が宙に舞うようにゆっくりとだが、最後には昔どおりの気楽さが戻ってきた。本当に悔しいけれど……。

女には、苦しみをもたらした相手の男性を恋しく思うなんてことがあるのかしら？　苦しみをすべて忘れ、再びその人のそばにいられることを喜ぶなんていうことがあるの？

すばやく考えて出した答えは、〝あるかもしれない〟だった。

たぶん、この数分のあいだ感謝の気持ちが続いたせいで不安を忘れられたんだわ。あるいは単に、この指輪が気に入っただけなのかもしれない。きっとそうよ。なんてわたしらしいのかしら。

ジェーンはため息をついた。求婚を受け入れようとしてキスをしたのが朝の九時前。結婚して、またキスをして、指輪を受け取ったのが正午前。これがすべて同じ相手とのあいだに起こったことならいいのに。

# 16

「先に言っておくけれど——」馬車から降りるのに手を貸そうとしたヒューに、ジェーンは言った。「あなたに腰を支えてもらうのを、からかっているとか火遊びをしているとか思わないでちょうだい」

この宿に泊まりたいとジェーンが頼み込んでからというもの、ヒューはずっとしかめっ面をしている。今の言葉でさらに苦い顔になり、指輪のおかげで上機嫌な彼女とは対照的だった。

彼に馬車から降ろしてもらうと、ジェーンは言った。「どうしてそんなにいやがるの？　よさそうな宿じゃない」

ヒューはまだ彼女の腰をつかんでいた。「いい宿だ。だが、二階へ上がるには社交室を通らなければならない」

「前にも来たことがあるの？」

彼は小さくうなずいた。黒い目に胸元を凝視され、ジェーンはまたしてもその視線に反応してしまった。馬車に乗っているあいだじゅうヒューに見つめられて、ジェーンは緊張を強めたり緩めたりした。あのキス――あれは単なる偶然の出来事だと自分に言い聞かせる――のあと胸が敏感になって、コルセットのカップ部分のレースを下から押し上げているような気がした。

ずっと見られていた一方で、ジェーンもまた、こっそりヒューを観察していた。顔の切り傷や首と手に残る傷跡も、フレディーを殴ったときの様子も、彼の職業の人間にはそぐわなかった。長身のフレディーを、ヒューはいとも簡単に殴り飛ばした。

以前、ボクシングの試合を観戦して頑丈なこぶしを持つ巨大な選手たちを見たが、今のヒューなら彼らにさえ勝つだろう。つじつまが合わない。激しい肉体労働によって作り上げられたかのような筋骨たくましい体もそうだ。

明らかにヒューは父の会社で働くただの雇われ人ではない。それなら、いったい何をしているのかしら……？

「もっと体を覆う服はないのか？」彼がようやくジェーンの腰を放して言った。「ほかの客に見せることはないだろう？」

「そんな服は持ってきていないわ」

「髪も隠せないのか？」ほつれた巻き毛を苦い顔で見る。

ジェーンはふだんからボンネットをかぶらないし、馬車での旅に帽子などあってもしかたがない。「ヒュー、わたしはあなたに従って文句も言わずここまで来たわ。だけどおなかが空《す》いて疲れているのに、いつまでもこのじめじめしたところに立たせておくつもりなら、言いたいことを言わせてもらうわよ」

彼は深々と息を吐いてジェーンの手を取り、宿の中に引っ張っていった。社交室はたしかに雰囲気が悪かった。騒々しい客たちが、ジンをがぶ飲みしてバーの女給に抱きついている。ひとりの女給が腰をすばやく振って客の手から逃れるのを、ジェーンは感心して眺めた。

もちろん彼女は、いとこたちと一緒にもっといかがわしい場所に何度も足を運んでいる。すべてのロンドンっ子たちが冒険を求めているとしたら、その冒険を見つける方法は〝ウェイランドの八人娘〟が作り上げたと言っても過言ではない。男物の服とつけひげで変装して――実際は変装になっておらず、みなで大笑いする材料になっただけだが――怪しげな蝋人《ろうにん》形館《ぎょうかん》に行ったし、イーストエンドの賭博場で賭《か》けに興じたこともある。猥褻な見世物に見入ったこともあった。

ジェーンにとって、この部屋の光景はまだおとなしいほうだ。

酔った客たちはすばやく道を空けられず、ヒューは歩調を緩めなければならなかった。その隙にひとりの酔っ払いがジェーンに近づいてきた。よろよろと抱きついてきて、今にも彼女の胸に頭をすり寄せようとした。

「ヒュー」ジェーンは彼の手を強く握った。「ちょっと待って――」

ヒューが振り返り、ジェーンを自分の背後に引っ張ると、滑らかな動きでこぶしを構えた。ジェーンは目を丸くし、室内は静まり返った。

彼の腕に触れながらジェーンは言った。「ヒュー、やめて。そこまですることないのよ」

いとこのサマンサから気性が激しいと言われたことがあるが、そのジェーンでさえ、ヒューの恐ろしげな態度とすばやい攻撃の構えには驚いた。彼が輸入業に携わって生計を立てているというなら、わたしはエジプトの女王だわ。

ヒューがこぶしを下げると、酔っ払いは謝罪の言葉をつぶやいてあとずさりした。どうやら粗相をしたようだ。

しっかりとジェーンを背後にとらえたまま、ヒューはゆっくり室内を見まわした。わたしは今、この部屋の中で最も大きく最も物騒な男と一緒にいる。客たちもそれに気づいているらしく、こわごわとヒューを見つめ、ジェーンのほうは見ないようにしていた。

ヒューが手の力を弱めて振り返り、腕を差し出した。ジェーンは誇らしい気持ちでその腕を取った。室内の空気が正常に戻ると、ふたりは社交室を出て広間へ向かった。あの酔っ払いを殴るのを我慢したせいか、ヒューの体はまだ激しく脈打っている。ジェーンはわざと気にしないふりをした。「ねえ、ダーリン、輸入のお仕事って本当に危険な世界なのね。おかげであなたは——」

「ヒュー！」ジェーンよりも年上の美しいブロンド女性が、奥の部屋から出てきて目を輝かせながらヒューに近づいた。「あなたがこの安宿に戻ってきたと聞いたときは信じられなかったわ」彼女はヒューの手を取って甘えるように言った。豊満な胸の持ち主で、色っぽいフランス語訛りで話し、ジェーンが着たこともないような襟元の大きく開いたボディスを身にまとっている。

彼がここに泊まるのをいやがった理由がやっとわかった。この曲線美のフランス人女性とヒューは恋仲だったのだろうか？

ヒューは彼女の手から自分の手を引き抜き、ジェーンに紹介した。「ジェーン、こちらはリセット・ナディーン。リセット、おれの……おれの妻のジェーン……ジェーン・マッカリックだ」

過去に何度も〝ジェーン・マッカリック〟と書いてみたことを思い出し、ジェーンはため息をついた。ヒューは、その名前をつかえないで言うことすらできないのだ。かつては心温まる喜びだったはずの名前が、わずらわしいものに思えてきた。

「奥さんですって？」リセットはぽかんと口を開けたが、すぐ何食わぬ顔に戻った。「最近のことなんでしょうね。六カ月前に会ったときは結婚していなかったもの」

ヒューは無頓着な様子で肩をすくめた。このふたりはそんなに長いあいだ会っていなかったのかしら？

リセットが声をひそめて言った。「あなたはけっして結婚しないと誓ったんじゃなかった？」

「状況が変わったんだ」ヒューが答える。ジェーンはふたりの会話についていけなかった。けっして結婚しないと誓ったですって？

リセットは大きくて純真そうな青い瞳の持ち主だが、実際は抜け目なく、すべてを見逃さない女性のようだ。彼女はジェーンを上から下まで遠慮なく見つめ、ジェーンは注目してほしがっている手に負えない子供を相手にするように、ただほほえんでいた。自分に自信があったし、ヒューが元恋人であるこの色っぽい女性ではなく彼女を選んだことも、なぜか自信のもとになっていた。だが、リセットのなれなれしさには応酬しないわけにいかない。からかうなと釘を刺されているにもかかわらず、ジェーンはヒューに寄り添い、腕に頬をすりつけた。たちまち彼の体がこわばる。

リセットが挑戦的に眉を上げて尋ねた。「何部屋必要なの、ヒュー？」

「ひと部屋よ」ジェーンは彼より先に答えた。これも挑発かしら？　彼女はヒューの背中をなで上げた。途中、その存在すら知らなかったピストルに触れてから、首まで手を滑らせると、襟のすぐ上を爪でゆっくり愛撫した。ヒューの体がさらにこわばる。「入浴用のお湯と夕食は部屋に運んでね」

ヒューが反対するのを期待するように、リセットが彼を見た。

ジェーンはもう一方の手を、指輪を見せびらかすようにヒューの厚い胸に当てた。「やりすぎかしら、ダーリン？」

彼はジェーンをにらんだが、リセットには「ひと部屋だ」と言った。

リセットはこわばった笑みを見せた。「案内するわ」

驚くほど広い部屋に入ると、ジェーンはベッドに飛びのって叩いた。「ダーリン、このベッドなら最高のひとときを過ごせるわ」ヒューを色っぽく見つめ、甘えるように喉を鳴らす。

「この上だったら、眠るのも気持ちよさそう」

ヒューとリセットがジェーンを見た。彼の目には警告が、リセットの目には復讐の誓いが浮かんでいる。

やがてリセットが不機嫌そうに言った。「何か用があったら言って」

ドアが閉まると同時にヒューが口を開いた。「もっとゲームを続けるか？」

「夫婦らしくふるまってはいけないの？」ジェーンはベッドに倒れ込み、両手を上げてちらりと指輪を見た。この指輪は自分のものにしておこう。贈ってくれた花婿は自分のものにしなくても。「最終的な夫となる人にはこんなふうにふるまうつもりよ。しなだれかかったり、触れたりするの。ほかの女性が同じことをしようとしたら、笑ってすませはしないわ」

「所有欲が強いんだな」

「ええ、とても」ジェーンは体を起こして肘をついた。「特にあなたが……いえ、夫が胸の大きい宿の女主人と過去に何かあったらしくて、その女主人がわたしをのけ者にしてあなたと……いえ、夫とおしゃべりをしようとするときはね」彼女は眉を上げた。「あのフランス人女性と何があったのか話したい？」

「いや、別に」

「ヒュー、あなたはそのうち、わたしから何かを聞き出したくてたまらなくなるわよ。あなたがわたしの質問を無視し続けるなら、わたしだって、あなたに何か答える気にはならないわ」

彼が答える前にメイドがノックとともに入ってきて、ついたての奥に銅製の浴槽を用意し始めた。

ヒューは声をひそめて言った。「あのメイドに服を脱ぐのを手伝ってもらうか？」ジェーンの表情を見てつけ加える。「きみのメイドを連れてこなかったので不便だろうと思ってね」

「あなたが連れてこさせなかったんじゃない。大丈夫よ。必要なことは、なんでもあなたがしてくれるから。それに女性の服を脱がせるのは得意でしょう？」

ついたての向こうでメイドが咳払いをした。ヒューは何かを耐え忍ぶように天井を見上げた。

そんな彼を無視して、ジェーンは薄いついたての奥のメイドを観察した。全身の影が見えるうえに、板の細い隙間からは直接姿が見える。わたしが入浴するあいだヒューがこの部屋に残るとすれば、こんなふうに見えるわけね。彼女は肩をすくめた。男性とふたりきりで旅をしているからといって、急に慎《つつ》ましくなるつもりはない。

顔を赤らめたメイドが湯を浴槽に移したあと退出すると、ジェーンはついたての陰に入った。いつもより少しだけ時間をかけて服を脱ぐ。ペチコートを床に落としたとき、低いうなり声が聞こえた気がした。シュミーズをまくり上げて頭から脱いだときには、うなり声はさらにはっきり聞こえてきた。

旅のせいで背中がこわばっている。ジェーンは両腕を上げて伸びをした。

ヒューは檻《おり》に入れられた虎《とら》のように歩きまわっている。

浴槽に入ると、彼女は喜びの声を漏らした。湯に浸《つ》かるのは大好きなのだ。浴槽に背中を預け、めまぐるしかった一日を振り返る。

　フレディーのがっかりした目を思い出すと心が痛んだ。これまでのことを考えると罪悪感を覚えるし、あのときの彼の表情には胸が張り裂けそうになった。彼が追いついてきたとき、ヒューとのキスにわれを忘れていたことが、罪悪感に輪をかけている。

　衝動的でせっかちなジェーンだが、それでも心はなおも動揺していた。まだけっして終わりではない。これからヒューとともに大冒険を始めるのだ。

　ついにスコットランド北部のカリッククリフに連れていってもらえるのだろう。カリッククリフがどんなところか昔ヒューから聞かされて以来、ずっと行ってみたいと思っていた。ヒューのような男たちを作り上げた土地を見てみたい。

　スコットランドはエジンバラまでしか行ったことがないので、ハイランド地方は未知の世界だ。ヒューは約束を果たそうとしているのかしら？

　ジェーンはどうも元気が出なかった。大変な一日だったので当然だが、何より気がかりなのは、新しい夫に急速に惹かれていることだった。社交室での見事な威嚇ぶりを見たり、腰のホルスターにおさまったピストルに触れたりしたおかげで、彼のことをもっと知りたくてたまらなくなった。

　ヒューがまた室内を歩きだした。ジェーンは脚を上に伸ばし、バスオイルを塗った。彼が足を止める。ジェーンの姿が見えているのだ。以前だったら、ヒューがついたてを押しのけて襲ってくるかもしれないとは考えもしなかった。

でも、今はわからない。

ヒューはいったい何をしているのかしら？　輸入の仕事でないなら、なぜ嘘をつく必要があるの？　何か違法なことでもしているの？　傭兵《ようへい》として悪名高い弟のコートランドと一緒に。ジェーンは眉を上げげた、ヒューも傭兵だったらどうしよう？

ため息が出た。問題なのは、今のように彼に惹かれているとやがて特別な感情がわき起こり、それが愛に変わって、愛は最後に悲しみをもたらすことだ。前にもこの一連の流れに耐えたことがあるが、二度とごめんだった。

ヒューの言うとおりだわ。彼は昔の彼ではない。わたしが愛した、寡黙で落ち着いた若者は永遠に消えてしまった。今の無慈悲で厳しいヒューに、どう接すればいいのかわからない。

自分をからかうのは火遊びをするようなものだとヒューは言った。馬車の中でのわたしの行動は、彼に火をつけてしまったらしい。

ジェーンは首を傾けて眉をひそめた。でも、これまでわたしが火遊びをためらったことなんてあったかしら？

# 17

こんなに苦しまなければならないなんて、おれがいったいどんなひどいことをしてきたというんだ？　ヒューは自問しかけたが、答えが恐ろしく長くなりそうでやめた。

ジェーンは長い脚を手でさすっている。おれに見えているのがわかっているのでは？　だが官能的な彼女のことだ、ひとりでいるときもあんなふうにゆっくり脚をさすっているのかもしれない。

ほかにはどんなところをさするのだろう？

彼女が自身の秘めた部分に触れる光景が頭に浮かぶ。すでに高ぶっている下腹部がさらにこわばり、ヒューは歯を食いしばった。賭けてもいい、ジェーンは欲求を覚えれば、いつでもあんなふうに自分を慰めるに違いない。おれのことを考えるときもあるのだろうか？　ヒューはしょっちゅう彼女のことを考える。昨夜ジェーンに会ったあとは、怪我と疲労でぼろぼろだったにもかかわらず体が彼女を求め、ヒューは自らの手でそれを紛らせた。

ジェーンはいつも性に関して前向きだったし、今も情熱を――はけ口が必要な情熱を――持っている。

ビッドワースが彼女のブラウスのボタンを留める場面がよみがえってきた。あの男はジェーンの欲望を満たしてやったことがあるのか？

あいつを殺せばよかった。

この耐えがたい状況から抜け出すには、あとどのくらい待たなければならないのだ？ 急いでくれ、イーサン。おれは頭がどうかなりそうだ。気を紛らわせてくれる何か別のことを考えようと、ヒューは窓に向かった。

この宿には泊まりたくなかった。知り合いが多すぎる。そのうちのひとりはおれの正体まで知っている。リセット。グレイの元情婦。だが、次の宿まで行くとしたら着くのは明け方になりそうだったし、ジェーンがどうしてもここに泊まろうと言いだしたときには、ヒューもリセットからグレイのことを何か聞き出せるかもしれないと思った。

リセットはヒューを気に入っていたし、グレイに娼婦と一緒に置き去りにされたからだ。けれども社交室での出来事で、ここに泊まるのが得策ではなかったことがはっきりした。客のあいだを通るとき、ヒューはジェーンの肩をしっかり抱くべきだったのに、手を引いただけだった。酔っ払いを殴り飛ばしたいのを必死でこらえる顔を見て、ジェーンはヒューが単なる輸入業に携わる者でないことは察したはずだ。

ジェーンが湯から上がる音が聞こえた。恥知らずを自認するヒューは体をそらした。彼女の姿が見えると呪いの言葉をのみ込み、引っくり返らないようなんとかバランスを保つ。ついたての板のあいだからジェーンの濡れた後ろ姿がのぞき、その意外なほど豊かなヒップとすらりとした脚が出合う箇所を見たとたん、彼は鋭く息をのんだ。

盗み見していることに気がとがめ、一瞬目を閉じた。だが頭の中ではジェーンに近づいて、うなじに唇を走らせながらあの合わせ目を手で愛撫するところが浮かんでいた。

彼女の美しさには改めて驚かされる。腕と脚は相変わらず細いが、胸とヒップは豊かで、まるでヒューの手を誘っているかのようだ。ジェーンをベッドまで引っ張っていき、滑らかな体に覆いかぶさりたい。そして激しく彼女を……。

メイドが再びドアをノックしてふたりを危機から救い、テーブルに夕食を用意した。かたくなった下腹部を隠すために、ヒューは窓のほうを向いたまま振り向かなかった。メイドが部屋を出ていくと、ジェーンにこわばりを気づかれないよう椅子に座った。料理は簡素だが、ワインは悪くない年代物だった。

数分後、濃い青のナイトドレスとショールを羽織って、ジェーンがついたての後ろから出てきた。ショールのあいだから白い胸の上部が見えている。ヒューはそこから視線を引きはがして彼女の髪を見た。輝く髪は下ろしてあり、湿ったままの巻き毛が顔を囲んでいる。美しい肌はほんのり赤みを帯び、目は光を放っていた。

優雅で気品にあふれ、顔も体も実に清らかだ。ヒューは一瞬、自分が本当にジェーンを妻にした幸運な男だと思い込みたくなった。入浴したての彼女を存分に眺め、毎晩食事を共にしてベッドに入るのだと思い込みたかった。

おれが今一緒にいるのは、すべての男がひれ伏したくなるほど美しい女なのだ。彼女の前ではたいていの男が自信を失うだろう。だが、昔と変わっていないところもある。

ジェーンが受け入れてくれれば、彼女と一緒にいるのは心地いい。

「わたしの新婚の夜ね」ジェーンが自分の席に向かいながら言った。「ずっと夢見てきたとおりだわ」

いや、彼女は一緒にいていいとは言わないだろう。

ヒューは怒りが燃え上がるのを感じた。おれがしていることはすべて、ジェーンのためにやっているのだ。仕事の邪魔はさせまい。「おれにとっても新婚の夜だ。おれは失望している」

「この状況に失望しているの？　それとも花嫁に？」彼女がヒューの目を見つめたままワインをひと口飲み、下唇をなめた。

彼は椅子の中で身じろぎした。「男なら誰だって、きみを妻と呼ぶことに誇りを感じるだろう」

「だったらその失望というのは、あなたがけっして結婚しないと誓ったことに関係があるの？」

「それもある」

「それも？　ほかには何が……」ジェーンの声が小さくなり、目が丸くなった。「恋人がいるのね？　そうなんでしょう？　もう誰かいるんだわ」

「おれは……その……今はいない」ヒューはあいまいな返事をした。ほかの女に惹かれたこともないし、同じ相手と二回寝たこともないと思う。世間に怒りを覚えたときは、忘れるために酒を飲んで女と寝たりもしたが、かえって怒りが増すばかりだった。

なぜもっといろいろな女と寝ないのかとコートにきかれたことがある。寝たあとのおれと同じ気持ちになったら、おまえにもわかるさ――それがヒューの答えだった。「おれはただ、結婚しようと思ったことがなくて――」

「一度も？」ジェーンが妙な声できいた。

「おれの将来の計画に結婚は入っていなかったんだ」

彼女はごくりとワインを飲んだ。「今はいないということは、相手をとっかえひっかえするわけね。きっと大勢いたんでしょうね」

「その話をきみとするつもりはない」

「前は秘密を聞かせてくれたのに」

大きな秘密を聞かせたことはない。話したくてしかたがなかったが。

あの忌まわしい呪いをジェーンに打ち明けようと何度か考えたものの、どうせ笑い飛ばされるだろうと思った。彼女は理性や分別に欠けていたり、気まぐれだったりすることはあっても、非現実的になることはけっしてない。彼女がせせら笑って調子を合わせながら言うのが目に浮かぶ。〝じゃあ、わたしは呪われたあなたに近づかないほうがいいわね。死にたくないもの〟と。

今となってはますます話せない。ふたりのあいだの気安さは過去のものになってしまったのだから。

「ヒュー、あなた、本当はなんの仕事をしているの？　ただの勤め人じゃないわよね？　極悪非道な輸入業者に顔を傷つけられたのでもない限り」

ヒューは眉を上げた。彼女はなんと好奇心に満ちているのだろう。そして勝手に持論を繰り広げ、それが真実だと決めつける厄介な癖を持っている。だが、今はそれがありがたかった。「きみのことだから、おれが何をしているかについて自分なりの見解があるんじゃないのか？」

ジェーンが片手を差し出し、ヒューの手を求めた。考えるまもなく、彼はテーブル越しに応じた。彼女はヒューの手を取り、やわらかな指先で、かたく傷だらけの手のひらをなでた。ただ触れているだけなのに官能的だった。

ジェーンが目を上げて彼を見つめた。「傭兵なんじゃないかしら？」

正解に近づいている。

「そうなんでしょう？」さっきよりも力を込めて、人差し指でヒューの手のひらをなでる。

「なぜそう思うんだ？」声がかすれた。

「それならつじつまが合うから。お父さまは、あなたが弟のコートランドと一緒に大陸を旅してきたところだと言っていた。コートはお金のために戦うので有名だし、大陸でハイランド人の仲間たちと暴れていると聞いていたわ。あなたもその仲間なんでしょう？」

たしかに弟の部下たちと一緒にアンドラにいた。だがそれは、コートに手を貸すためにすぎない。彼らはコートとアナリアを殺そうとしていた殺し屋集団と戦っていたのだ。

「顔に傷を負ったのもそのせいに違いないわ」ジェーンは羽根のように軽くヒューの手の甲をなでながら続けた。「そうやっていくらかお金を稼いだんでしょう？」

いくらか？　入念な計画と慎重な投機によって、ヒューは稼いだ金を大きく増やして富を得た。今ではスコットランドの海沿いに広大な土地を所有しており、誰から見ても金持ちだ。ジェーンの言葉でまたひとつ、彼に新たな感情が生まれた。これまで考えたこともなかったが、自慢話で彼女を感心させたいという思いだ。だが、そんなことをしても無駄だろう。

「おれがお父さんの仕事を手伝っているというのを、なぜ信じないんだ？」

「ヒュー、わたしだって、何も考えていないわけじゃないのよ」ジェーンは彼の手の甲の一番ひどい傷跡を指で軽く叩いた。「あなたのこの手。それに、たくましく鍛えられた体。貿易の仕事ではこんなふうにはならないわ」

彼女がうっかり漏らした賛辞に、ヒューは思わず喜びの笑みを浮かべそうになった。「外に出ることが多いからな」

「いとこたちと一緒にボクシングの試合を見に行ったことがあるの」ジェーンは小さい手で彼の手をこぶしに握らせ、それをしげしげと眺めてから再び目を見つめた。「だから、ボクシングの選手たちにどんなことができるか知っているわ。でもあなたがフレディーを殴ったときの様子を見たら、ひょっとしたらその選手たちにさえ勝てるかもしれないと思ったのよ」

これも遠まわしな賛辞のようだ。「おれには兄弟がふたりいる。それでずいぶん鍛えられたよ。イーサンとはよく喧嘩したものだ」

はぐらかそうとしていることはジェーンも気づいている。このままではよけいにしつこくききたがるだろう。「お父さまは、傭兵というあなたの本業を隠すのに手を貸しているんじゃないの？」彼女はヒューの手を放した。「三人兄弟の末っ子なら、悪評が立っても周囲にあきれられる程度ですむけれど、上のふたりはどうかしら？　イーサンの評判に傷をつけることになるわ。イーサンは爵位を持っているのに」

イーサンの評判だって？　ジェーンは何もわかっていない。あの冷血なろくでなしの兄が、自分のしていることを隠しておけるというのが驚きだった。しかも、本人は特に隠そうともしていないのに。だが、ヒューは肩をすくめてみせるだけにとどめた。

ジェーンが椅子の背に寄りかかった。「傭兵で決まりね。あなたが別の説明をしてくれないのなら」

「説明する気はない」そう思っていてくれればいい。

「傭兵って何をするの？」

「傭兵は金のために戦う。プロの戦士だ」

「世界中を旅した？」突然、うらやましげな口調に変わった。

「きみが行きたいと思うようなところはあまりないよ」

「胸が躍るようなこともあるんでしょう？」ヒューが答えないので、彼女はさらに言った。

「外国に行ってみたくてしかたがないの。クインがクローディアとわたしを大冒険に連れていってくれると何度も約束したけれど、彼は忙しくて時間がないのよ」

クインがジェーンたちを旅に連れていく？　女性ふたりが世界中の高級娼館めぐりをしたいというのなら、それもいいだろうが。

「怖くなったことはある？」彼女が尋ねた。「戦っているあいだに」

ヒューは戦わないことを方針としている。「怖くなるとしても、男はそれを認めたりしないものだ」

「戦いに行ったことはあるのね？　これまでに何人殺したの？」

その質問は無視した。「おなかが空いていると言ったのに食べていないじゃないか」

「食べているわ」彼の表情を見て、ジェーンは言い直した。「ぶどうを醸造したものをね。質問に答えてくれない？」

「人数は数えていない」そうするよう教えたのはグレイだった。〝数えていると、ある日ふと冷静になってむなしくなる〟彼はそう言った。

「その顔はどうしたの？」

またその話をするのか。ジェーンは青ざめていて、それがシルクの色に見事に合っていた。

奈落《ならく》に沈み始めたころ、グレイはヒューに、ジェーンのような女がヒューみたいな男――自分でもくたびれた年寄りになった気がするほど満身創痍《まいしんそうい》で社交が苦手な男――には高嶺《たかね》の花であることを思い出させては悦に入っていた。

新しい世界に足を踏み入れ、もとの世界には戻れないおれのような男には。

「落ちてくる石で切ったんだ」殺し屋たちがいる山の上の陣営地を爆破したときのことだ。「予想外の事故があってね」それは本当だ。雨あられと降ってくる粘板岩を浴びるとは思っていなかった。

ヒューは大勢の殺し屋を一気に始末した。

自分の向かいに座っているのがどんな男か、ジェーンはまったくわかっていない。「仕事で?」本当におれに興味があるように見える。だが、本物の興味ではない。おれが話したがらないことを探り出すために尋ねているだけだ。おれが話したがらないというだけの理由で。ジェーンが何より好きなのは、自分の欲しいものを手に入れるために闘うことだった。

彼女をそうさせたのはおれだ。ヒューはワインを飲みながら思った。

ジェーンが一五歳のとき、ヒューは渋るコートと一緒に、近所で行われていた弓の競技会へ彼女を連れていった。彼女が参加すると知ったとたん、ほかの女性参加者たちはみな勝負を下りた。

そのとき、ジェーンの目にははっきり失望の色が浮かんだ。ふだんは見せない弱さだった。ヒューは胸が張り裂けそうな気がして、小声で彼女に言った。「男と勝負しろ」

そしてジェーンは優勝メダルを持ち帰った。

メダルを取ったのはそれが初めてではない——女性参加者たちが引き下がったのにはちゃ

んと理由があったのだ――が、ジェーンは自分の強さを自覚したようにメダルを見つめた。そしてメダルを両手でつかみ、ヒューの目を見て言った。「もっと欲しいわ」

「きみには弓の才能がある」ジェーンの言葉に直接は応えず、彼は悲しい思いで言った。若い娘にとって、外に出て戦う機会はそう多くない。戦うことが彼女にとってどんなに必要であっても。

「結婚したくないのもそれが理由なの？」彼女の声に、ヒューは現実に引き戻された。「仕事のせい？」

「ジェーン、なぜいつもおればかりがあれこれ質問されるんだ？」

「どこに向かっているかぐらい教えてよ」

「今朝おれが教えたら、ビッドワースに話していたか？」

「いいえ」ジェーンは即答したあとにつけ加えた。「まあ、話していたかも。でも、彼は誰にも言わないと思うわ」

「それならきみには教えない」彼女が反論しようと口を開きかけると、ヒューは鋼鉄のごとく冷たい声で言った。「質問は終わりだ」

ジェーンはため息をつき、見るからに落ち着かない様子で室内を見まわした。色白の滑らかな肩からショールが落ちたことに気づかないようだが、ヒューのほうはそれを見て全身の筋肉がこわばった。薄いナイトドレスが胸に張りついている。白い肌を包むドレスはなんの飾りもなく、彼はシルクをジェーンの肩から外すところを思い描いた。シルクは胸の先端をかすめてしなやかな体から滑り落ちるだろう。ヒューは息を吐き、その音が彼女に魅了されているのではなく怒っているように聞こえることを願った。「ショールを羽織れ」

ジェーンは下方を見て、ヒューの反応を探った。「脱いでおきたいの。部屋の中はあたたかいし、窓を割ってなんてあなたに頼めないでしょう？」

「羽織るんだ」

彼女が片方の眉を上げた。「馬車の中で、ずいぶんわたしの胸を見つめていたじゃない。もっと見えたらうれしいんじゃないの？」

「きみを見るのが好きなのは認める」否定しようとも思わなかった。今も胸の先端がシルクの布地を押し上げている。そこを唇で挟んで吸い、つぼみが大きくなって脈打つのを感じるところを想像して、ヒューは目をそらした。そして静かに言った。「きみはきれいだ」

視線を戻すと、どうやらジェーンは今の言葉に顔を赤くしていたようだった。

「だがそんな姿のきみを見ると、もっと別のことがしたくなる。きみがしたがらないような、おれたちふたりがしてはいけないようなことだ」

彼女は首を傾け、ヒューの言葉をじっくり考えてから言った。「わたしもしたいと言ったら、あなたはどうする？」

「きみを無情な浮気者と呼ぶだろうね。そして、そんなに簡単にビッドワースを忘れるのか、と言う」たった半日で。移り気な女だ。

ジェーンは目を細めたが、何も言わなかった。

ビッドワースに忠実なところを見せようともしない。あの男に恋い焦がれる彼女を見ることになるのかと心配していたのに。

ジェーンのような女は欲しくない。たとえ、その気になれば自分のものにできるとしても。そんなことはどうでもいい。おれは彼女を守るためにここにいるのだ。彼女のゲームはその妨げになる。ヒューは静かに言った。「おれはちゃんと警告した。どうなるかわかっているな？」

それでもジェーンは体を隠そうとしなかった。ふたりのあいだに、またしても意志の闘いが起こっている。

だが、今のヒューは昔のように妥協しない。したくてもできない。これまで見てきたものが彼を変えた。これまでしてきたことが彼を汚した。

素手で人を殺してきたのだ。

ヒューは勢いよく立ち上がってジェーンに近づくと、彼女をテーブルの上に座らせた。前に立って、ショールを羽織らせるだけのつもりだった。けれども気づいてみると、細い腕をつかんで彼女の体の両脇に押しつけていた。今からでも離れることはできる。それなのに、なぜおれは彼女を引き寄せているんだ？

こんなことをしても何もいいことはない。おれは無情な暗殺者で、この二〇年、移り気な女に心を奪われてきた。おれをじらすのが好きな女に。触れてはいけない女。結婚したからこそ、触れてはいけないのだ。何もいいことは……。

ジェーンは息を詰めて、ヒューがどうするか見守っている。自分でも、どうするつもりなのかわからなかった。彼はジェーンの脚のあいだに腰を滑り込ませた。彼女が震えだした。感じやすい肌をしているらしい。いや、全身が敏感なのだ。彼女と寝るのは松明《たいまつ》を扱うようなものだろう。

おれがジェーンを抱こうとして、彼女もそれを受け入れたらどうする？　ヒューはごくりとつばをのみ込んだ。考えるだけで息が荒くなる。

とうとうジェーンを自分のものに——。

降参のうめき声をあげると、ヒューは彼女の耳たぶを唇で挟み、舌を軽く走らせた。ジェーンが鋭く息を吸って身震いする。彼は片手をジェーンの腰に当て、もう一方の手で髪を引っ張った。彼女はのけぞり、テーブルに両肘をついた。

ヒューはめまいを覚えながらのしかかり、シルクに覆われた胸の頂に唇を押しつけた。

# 18

ヒューはジェーンの胸に唇を走らせながら、ゲール語で荒々しい言葉を吐いた。自分でも気づいていないほど、その行為に没頭しているようだ。

彼女はヒューの髪に指を通し、喜びの声を漏らして彼を抱いた。

フレディーとのあいだで、したくてもできなかったのがこれだった。これがなくては生きていけない。

ヒューは彼に対するわたしの欲求をかきたてただけではない。ヒューもまたわたしを必要としている、あるいはわたしから与えられる何かを必要としているのがわかる。それがなんであろうと、彼に差し出したくてたまらない。

未来のことも過去のことも、ヒューの目に浮かぶ欲望の前ではかすんでしまった。

彼はジェーンの髪をやさしく引っ張ってのけぞらせたまま、とがった胸の先端に鼻をすり寄せた。「やめてと言わないのか?」一瞬ためらったのち、痛いほどかたくなった先端を口に含み、舌で愛撫し始める。

「ああ、すてき」ジェーンはつぶやいた。

ヒューが暗い目で見上げて、彼女の反応を探った。「これが好きか？」ジェーンが思わず声を漏らすと、彼はもう一方の胸に移った。「きみは、おれがからかわれたら以前と同じ反応を示すと思っているんだろう？」再び胸を探索しながら言う。「おれがまいったと言うまで続けるつもりなんだな？」

「で……でも以前は——」

「以前のおれは若くて高潔だった。今は自分に何が必要かわかる年になっているし、卑劣になったから——」胸の頂を歯で軽く引っ張られ、ジェーンはあえぎながらさらに背中をのけぞらせた。「それを自分のものにしようとする」

「ヒュー」彼女はささやいた。「ヒュー、お願い」

「自分のものにしてほしいのか？　もっとおれをからかってみろ。そのやわらかい体の中におれが沈み込むのを感じることになるぞ」ヒューが身を引いて彼女の目を見つめた。そこに何か見たのか、彼はたじろいだ。自分の髪をかき上げ、口を開いてまた閉じる。やがて彼は言った。「ここにいろ。おれが部屋を出たらドアの鍵を閉めて、絶対に外へ出るなよ」

「なぜ？」

「きみがこんなふうだとは思ってもいなかった。おれにこんなことはするな」そう言うと、ヒューは部屋を出てドアを閉めた。

こんなことって何？　何が間違っていたの？

ヒューはまだドアの向こうに寄りかかっている。すぐには一階に下りられないのだろう。

ズボンの前が大きくふくらんでいた。体が言うことを聞くようになるまで待たなければならないはずだ。ジェーンの体も同じだった。

彼女はテーブルの端に腰かけたまま、息を切らしていた。腿の隣にはフォークが並び、後ろについた手のすぐそばにはワインのグラスが置かれている。そのとき、ジェーンは気づいた。馬車の中でのキスは起こるべくして起こったことだった、と。

彼と一緒にいれば、いつでもああいうことが起こりうるのだ。

ヒューが女性を愛するのに長《た》けているのはわかっていた。彼はなんでも完璧にこなす人だし、馬車や鞍に乗る手助けをしてくれるときは、いつもガラス細工のように慎重に扱ってくれる。ただ、あの大きなハイランド人があれほど欲望をかきたててくれるとは思ってもいなかった。

彼に対する欲望が燃え上がり、脚のあいだが濡れてうずいた。

ヒューのキスは入念でじらすようだった。唇は引きしまり、官能的だ。〝そのやわらかい体の中におれが沈み込む〟という脅しがわたしの欲求をさらに募らせたのを、彼はわかっているかしら？　もう少しで叫んでしまうところだった。〝ええ、そうして！〟と。

結婚を続けるようヒューを誘惑したり言いくるめたりすることは、これまで考えていなかった。本当の結婚をしようとしまいと、彼がわたしを残して去っていくのはわかっているから。再び傷つくような状況に置かれたことで腹が立っていたし、まだ癒えていない自分の心を守ろうと誓っていた。

でも今になって、ヒューもわたしも傷ついていると感じられる。結婚を続けたくはないけれど――その点には迷いがない――今は彼から離れたくない。すぐに離れるのはいや。姿を消したら、ヒューはまた一〇年間戻ってこないのではないかしら？　まだ、そうなることへの心の準備ができていない。

ヒューをここに呼び戻して、彼が求めているものを差し出すのよ。

ジェーンは心を決め、ナイトドレスを手で直してショールを巻いた。ワインをレディーの作法に反して喉へ流し込み、ドアに向かう。外をのぞいたが、ヒューはいなかった。

左右を見渡しながら急いで階段に近づき、手すりからにぎやかな社交室を見下ろす。ヒューはテーブルについて、カップに入った酒を飲み干していた。手が白くなるほど力を込めてカップを握っている。

ジェーンはほっとしてため息をついた。こんな気持ちになっているのはわたしだけではないのね。彼もまた、感情をかきたてられているんだわ。

わたしのもとに戻ってこなかったのは、危険な仕事のせいかもしれない。きっとそうよ。本当は戻ってきたかったけれど――。

そのとき、リセットがヒューに近づいて腕をまわすのを見て、ジェーンははっとした。リセットは彼を引き寄せて耳元で何かささやき、背中に手を走らせた。

ヒューはリセットを押しやったが、それが彼女について奥の部屋へ向かうためだったのを、ジェーンは驚愕《きょうがく》と恐怖の中で見つめた。

# 19

「ヒュー、ずいぶんご無沙汰だったわね」リセットがドアを閉めて言った。

「グレイに関する情報はあるか？」彼の声はジェーンとキスした喜びでまだかすれており、頭は混乱していた。

ジェーンが〝お願い〟と言ったとき、ヒューはその目に思ってもいなかったものを見た。彼女の目は本当に拒んでいなかった。わたしをあなたのものにして、と語っていた。

ジェーンがおれを求めるなんて、そんなことは絶対にありえない。

ヒューはウイスキーのデキャンターに近づくと自分でグラスに注《つ》ぎ、琥珀色の液体を見つめた。たとえ自分が理性を失っても、ジェーンが頬をひっぱたいて目を覚ましてくれるものと当てにしていた。それがないとなれば、おれの運命は決まったも同然だ。

「挨拶もなし？」リセットが言った。ヒューがよそよそしい顔を向けると、彼女は明るく尋ねた。「なぜわたしがグレイの情報を持っていると思うの？」

女というのはゲーム好きで困る。もううんざりだ。「なぜなら、きみは何年ものあいだグレイと寝ていたからだ。そしてグレイが出ていってからも、きみは彼の動向を監視している」

リセットの顔が計算高い表情に変わった。「グレイのことを知りたいなら、あの女が誰なのか教えて」

「きみがここをやっているのはウェイランドのおかげだよな?」ウェイランドは彼女のような情報屋に金を貸し、ヨーロッパ中のあちこちに店や酒場や宿屋を開かせている。リセットは観察力と直感力が鋭く優秀で、情報と引き換えによい暮らしをしているのだ。

「たしかウェイランドにはジェーンという名の娘がいたわね。美人だと聞いてるわ」

ヒューは一杯でやめておこうと思いながら、酒を勢いよくあおった。「彼女がそうだ」

「なるほど、これで何もかも説明がつくわね。グレイがウェイランドを攻撃することは誰もが予想している。そしてあなたはそのウェイランドの娘と結婚してロンドンから連れ出し、ここに現れた。あなたはウェイランドのためならなんでもする人よ。だから形だけの結婚に我慢しているわけね」

「便宜上の結婚だと決めてかかってるのか?」

「ええ。花嫁を置いてわたしの部屋にいるんだもの」ヒューがまた酒を飲むと、リセットは言った。「あなたが彼女に恋していると、グレイから聞いたことがあるわ」

グレイは誰彼かまわずしゃべったのか? いったい何人の人間が、ジェーン・ウェイランドに対するおれの思いを哀れんでいるんだ? いや、今ではジェーン・マッカリックか。その響きが好きでたまらない自分はたしかに哀れだ。「グレイは真実とは違うことをいくらでも言っていた。それはきみが一番よく知っているはずじゃないか」

「彼女があなたをからかっているのは間違いないわ。あなたのことなんか、なんとも思っていないわよ」

「どうしてわかる？」努めて関心のない口調で尋ねた。

「さっきわたしがあなたにしなだれかかったとき、彼女はおもしろがるような顔でわたしを見ていたもの。わたしをあんな目で見る女はほとんどいないわ。特にあんなことをされたらね」

「自信があるんだろう」

「傲慢《ごうまん》なのよ」

そうかもしれない。

「あなたは彼女に合わないわ」

「リセット、今日それを言ったのはきみで三人目だ。もうわかっているよ」イーサン、ビッドワース、そしてリセットだ。ウェイランド家の使用人たちでさえ、ふたりのあいだに隔りがあることに気づいていた。

リセットが近づいてきて、ヒューの胸に指を滑らせた。彼はまったくそそられず、不機嫌に彼女の手を引き離した。だがリセットのもう一方の手は、ヒューのズボンからシャツの裾を引っ張り出そうと忙しく動いていた。「今夜はあなた、女を抱かずにはいられないわよ。たとえあの生意気なイングランド娘が抱くことを許したとしても、彼女ではあなたみたいな男には力不足だわ」

リセットにわかるわけがない。つい今しがた、ジェーンの情熱を目の当たりにしたのだ。ヒューはそれに圧倒された。

彼は息を吐いてリセットの手首をつかみ、シャツから離した。「おれの前で彼女のことを悪く言うな。おれたちは昔からの友人なんだ。それにおれは宣誓した」結婚が無効になるまではそれを守るつもりだ。

リセットが口をとがらせた。「便宜上の結婚じゃないっていうの？　こっちは何年も前からあなたを誘惑しようとしてるのに」

それは以前から気づいていた。場合によっては応じていたかもしれない。見た目がジェーンと似ても似つかなかったからだ。だが、リセットはヒューの友人とベッドをともにしていたし、ヒューはグレイに冗談ではなく頭を切り落とされる危険を冒してまで彼女と寝たいとは思わなかった。

「わたしなら、彼女が与えないようなものをあげるわよ。与える気がないのか、与えられないのかは知らないけど」リセットの声が低くなった。「どうして今までわたしなしで生きてこられたのか、わからなくさせてあげるわ」

目の前にいるのは、すっかりその気になっている魅力的で意地の悪い女だ。リセットは喜んでおれと一夜を過ごすだろう。その場合のおれの望みはただひとつ、おれが彼女と寝たと知ったジェーンが、それを気に病むことだ。リセットは彼をじっと見つめたまま、舌の先で唇をなめた。

ついさっき起きたことを思い返し、ヒューはリセットに関心を示されていることにかすかな屈辱を覚えた。唇にはまだジェーンの味が残っているし、舌からはやわらかな肌の感触が消えない。彼女の代わりを探そうとしても無駄なことは、もう何年も前からわかっているはずだ。

ヒューはグラスを置いた。「グレイの情報をくれないのなら、おれがここに戻ってくる理由はない」

「どこへ行くの？」

「生意気なイングランド娘のところだよ。彼女なら、男の誘惑のしかたについてきみに教えてくれるだろう」

「今でも彼女を愛しているのね」リセットの声はかたかった。「あなた、変わったわ」おもしろくもなさそうに笑う。「彼女が自分のものだと考えることだけで満足してる」リセットから哀れみの視線を投げかけられ、ヒューはジェーンもおれを求めていたのだと叫びたくなった。

彼はドアに向かった。

「ばかな人ね！　彼女みたいな人はわたしたちのような人間なんか相手にしないのよ。ジェーン・ウェイランドはあなたに媚を売るかもしれないし、あなたを求めるかもしれない。でも、彼女の心はけっしてあなたのものにならないわ」

ヒューは肩越しに吐き出すように言った。「ジェーン・マッカリックだ」いつまでそうかはわからないが。

「あなたが冷酷な暗殺者だということを彼女が知ったらどうなる?」

彼は足を止めた。

「そのとき、彼女はあなたをどう思うかしら?」

ヒューには想像できなかった。兵士なら、人を殺せば褒め称《たた》えられる。ジェーンはおれを傭兵だと思っているが、それだって暗殺者よりはましだろう。暗殺者は身を隠し、闇《やみ》の中から人を襲う。少なくとも世間はそう思っている。基本的にはそのとおりなのだが、自分の身を守るために戦わざるをえなかったことも少なくない。

気性の激しいジェーンのことだから、これまでおれがやってきたすべての殺しを納得してくれたとしてもなお、おれのやり方を卑怯《ひきょう》だと考えるかもしれない。

「彼女があなたを求めたとしても、あなたは彼女の住む世界に戻れないのよ」

リセットの言うとおりだ。社交界に身を置き、日常的な時間の流れに落ち着くことなど、おれにできるはずがない。仲間内ではそれを〝あと戻り〟と呼んでいる。戦いに疲れた戦士や長く現場に出ていた暗殺者が文化的な生活に戻り、なんとか適応していくことを指す。もともと社交が苦手なおれのような男には、まず無理な話だ。

ヒューがシャツの裾をズボンの中に入れながら部屋のドアを出ようとしたとき、リセットが言った。「ヒュー、待って!」彼女は急いで近づいてくると、ヒューの胸に手を当てて押しとどめた。「グレイは今週、フランスに着いたわ」

ヒューは再びドアを閉めた。「どうしてわかる？」

「グレイの監視を頼んでいた女性が、フランスで死体で見つかったの」

「だからといって――」

「喉を深くかき切られていて、頭が切り落とされる寸前だったんですって」

グレイだ。間違いない。「どうかしている」

「あの人は危険よ。そして彼はあなたとイーサンがしたことで、あなたたちふたりを憎んでいる」

「きみもおれたちと手を組んだ」ヒューは指摘した。

「でもあの晩、何か別のことも起こったわ。彼に何をしたの？」

「なんのことだかわからないな」ヒューは嘘をついた。そのほうがリセットのためになる。

「彼がジェーンを追っているなら、あなたたちを見つけるのも時間の問題よ」

「きみのことも探すはずだ。きみにはグレイを説得できないし、やつはもう救いようがない。覚悟はできているな？」

「そのつもりよ」リセットはあきらめ顔で答えた。「わたしたち、いいコンビね。暗殺者に命を奪われようとしている女と、女に心を奪われようとしている暗殺者だもの」

ヒューが部屋に戻ると、ジェーンはほとんどのランプを消してベッドの中で丸まっていた。

だが体から緊張感が伝わってきて、まだ起きているのがわかった。

彼は座って一時間以上もジェーンを見つめていた。ついに彼女は眠りに落ちたが、じきに目覚めているときと同じように落ち着きを失い、右へ左へと寝返りを打ち始めた。まぶたの下で眼球がひっきりなしに動いている。完全にくつろいでいるジェーンを見るのはどんな気分だろう、とヒューは思った。

本物の夫なら、ジェーンの横へ行き、胸に抱いてなでてやりながら、彼女を苦しめている夢を追い払ってやるのだろう。ジェーンが慰めのために抱いてほしがっていることや、自分も同じ理由で彼女を抱きたいと思っていることに悩んだりもしないはずだ。

しかし、ヒューは本物の夫ではない。どんなにそうなりたくても。

彼はかばんに手を伸ばして『運命の書』を取り出した。イーサンの言うとおりだ。これを読めば、おれの決意はかたくなるに違いない。自分の行動がどんな結果を招くか意識するだろうし、ジェーンをこのテーブルの上でわがものにすることを夢見たりせずにすむだろう。

〝死とともに歩むか、ひとりで歩むか〟これを読むだけで充分だ。

ヒューたち兄弟は全員、予言どおり死とともに歩んでいる。コートは傭兵になり、ヒューとイーサンはイングランドでひとりの男と出会い、今の職についた。イーサンは危険な相手と取引をする際に呼ばれる便利屋として。ヒューは暗殺者として。

ヒューは運がよかった。殺すよう割り当てられたのは成人男性ばかりだったし、どの男も殺されて当然だと思うことができた。それでも、その男たちの顔は記憶の中に累積していった。神経がまいるような準備の時間とこの仕事特有の孤独感にとらわれた。

いつも心の奥で、ジェーンが真実を知ったときの顔を思い描いている。

初めて人を殺したとき、ヒューはためらった。引き金を引くことは新たな世界に足を踏み入れることであり、二度ともとの世界に戻れないのをわかっていたからだ。だが、それでも引き金を引いた。人を殺したのだ。故意に。平然と。そんなおれが、ジェーンの人生と自分の人生を絡め合わせたいなどとよくも考えられるものだ。

今ならまだ、イーサンを呼んでジェーンを連れ去ってもらうこともできる。けれども、ヒューはその思いを振り払った。彼女を守りたい。怯えさせるのでなく。

物思いにふけっていたヒューは、ジェーンのかすかなうめき声を危うく聞き逃すところだった。彼女は眠ったままあおむけになった。片方の腕をゆっくり頭の上に伸ばしたせいでナイトドレスが引っ張られ、シルクに覆われた胸の形がくっきりと浮かび上がった。

彼女は再びうめき、身を震わせて荒い息を吐いた。

そんなばかな。性的な夢を見ているはずがない。でも、ジェーンの体や動きを見るとそうとしか思えない。おれの夢を見ているなんてことはあるだろうか？　さっきのキスの夢を。だめだ！　こんなことを考えてはいけない。

考えても、何もいいことはない。

だが、本から再びジェーンに視線を戻したとき、ヒューは自分の決意がすでに揺らいでいることを悟った。彼女には、あの激しい情熱のはけ口が必要だ。松明を扱うように……。

ジェーンがもう片方の手を上げた。その手が胸の脇をかすめたとき、ランプの光を受けて指輪がきらめいた。おれがはけ口になってやる。ジェーンに触れないようこらえている彼の手は、いつしかこぶしを握っていた。ジェーンと本当に結婚したのなら、自分自身をあの体の中に滑り込ませて彼女を起こすことだってできる。ジェーンはすでに潤っていて、おれを包み込むだろう。そしておれは、ゆっくりと彼女を絶頂に導くのだ。だが実際は夜のあいだ、ジェーンに触れることはできない。できるのは、暗闇から彼女を盗み見ることだけだ。

ジェーンは枕《まくら》に広がる赤褐色の髪に顔を向け、巻き毛に顔をうずめた。おれがそうしたいように、彼女もまたあの髪の感触を楽しみたいのだろうか？　白い首にひと房の髪が絡まっていたので、ヒューは立ち上がり、手を伸ばしてその髪を払った。

どうしても我慢できなくなり、そっとジェーンの隣に横たわった。体を休めると必ず感じる痛みに、いつものように歯を食いしばる。古傷は朝起きるときに痛むものだと言われるが、くつろいで眠るときも同じく痛い。この数日は特に過酷だったのでなおさらだ。

耐えられる程度にまで痛みがおさまると、肘をついて上体を起こし、ジェーンを見下ろした。触れたいという欲求に負け、指の背を頬に滑らせる。彼女は動きを止めたが、目覚めはしなかった。深く安定した呼吸に変わった。

おれがきみの面倒を見てやる。あらゆる意味で。自分が必死で頑張れば、彼女が欲しいものはなんでも与えてやれるという思いがいつもあった。もし事情が違っていればジェーンを勝ち取り、自分こそ彼女にふさわしいことを証明する努力をするだろう。

カーブを描く濃いまつげと、わずかに開いている唇を驚嘆とともに見つめた。これだけの年月がたっても、いまだにジェーンに魅せられてしまう。いまだに彼女への愛情が心に満ちあふれている。

何があっても、それは変わらないだろう。

ヒューが湖畔の別荘に戻り、約一年ぶりにジェーンと会ったあの晩以来、彼女は彼にとってかけがえのない女性だった。あの夜、ジェーンは秘密の楽しみでも見つけたみたいに瞳を輝かせ、戸枠をつかんで腰を前後に揺らしていた。明るく楽しそうにほほえみながら。そのすべてが、ヒューのような男にとってはまるで酸素のようになくてはならないものだった。

「まあ、ヒュー・マッカリックじゃないの。わたしの見間違いかしら？」あのとき彼女は言った。

「ジェーンか？」ヒューは信じられない思いで尋ねた。

「もちろんそうよ」彼女は近づいてくると、やわらかい手でヒューの顔に触れた。

その瞬間、体の中を何かが駆け抜け、彼は衝撃を覚えた。

「ジェーンか？」喉が詰まったような声で繰り返し、彼女のあらゆる変化を受け入れようと努めた。声は以前よりも色気があり、未来永劫《えいごう》そのままだろうと思われた。胸も豊かになっていた。ジェーンは女になっていた。ヒューがそれまで見たこともなかったほど美しい女に。

心臓が早鐘を打った。

「帰るところみたいね」彼女がささやいた。「残念だわ。ずっと会いたかったのに」

「もうどこにも行かないよ」ヒューはうなるように応え、それから彼の人生は変わったのだった。

# 20

昨夜ヒューが部屋に帰ってきた音が聞こえたとき、ジェーンは名ばかりの結婚をするとはこういうことなのかと考えた。終わったのかしら？　リセットと情熱を交わしたあと、またわたしを守りに来たの？

ヒューがシャツの裾をズボンにしまいながらリセットの部屋から出てきて、再び中へ戻っていくのを見て、ジェーンはよろよろと自分の部屋に帰った。自らの愚かさを責め、今にも吐きそうになって洗面器をつかんだ。

そして今朝、今では狭すぎるように感じられる馬車の中で、ヒューの裏切りに傷ついたことを悟られないよう、目を合わさずにしていた。

でも、ヒューが何を裏切ったというの？　偽りの結婚の誓い？　彼が一刻も早く無効にしたい結婚の？

どうしてこんなにつらいのかしら？

ヒューがしたことを知りながらも、昨夜は彼の夢を見た。夢の中で、彼は脅しどおりのことをした。ジェーンの体の中に深く沈み込んだのだ。

彼女はまだ処女だが、体の奥を突いてくるヒューの感触、大きな体が自分の脚に挟まれてしなやかに動くさまが想像できた。熱に浮かされたような夢の中で、彼は熱い手のひらでジェーンの胸を愛撫した。

たぶん、その前に同じことをリセットにしていたのだろう。ジェーンは顔をそむけ、口にこぶしを当てた。

なんて厄介な立場になってしまったのかしら。ふだんでも、わたしは分別があって聡明《そうめい》だとは言いがたい。自分の欠点は知っている。衝動的で、深く考えずにものを言ったり行動したりすることがよくある。感情が振り子のように揺れ動き、さまざまなことを強く感じすぎてしまう。

さらに困るのは、ヒューのそばにいるとそういった欠点がさらに大きくなることだ。感情が高ぶり、そのときはまともだと思われた言動が、あとで振り返ってみると意味をなさなかったりする。

以前からそういう傾向はあったが、克服しようと努力してきた。腹が立ったり、いとこたちが〝悪い思いつき〟と呼ぶような考えで頭がいっぱいになったりしたときは、たとえば冷静になるために部屋を出るなど、一歩引いて理性的に状況を見るべきだと学んだ。

一歩引くことで、これまではうまくいっていた。でも今は馬車の中に閉じ込められていて、引くこともできない。

ジェーンはため息をついた。わたしが理性的な人間だったらよかったのに。説明のつかない衝動や本能に突き動かされない人間だったら。

なぜ誰もがわたしの欠点を知っていながら、わたしがそんな人間でいたくないと思っていることをわかってくれないの？

理性的であるというのがどういうものかは想像がつく。世界をもっとよく見るために眼鏡をかけるような、そんな単純なことをすればいいのだ。ヒューとの関係を見つめ、単純な法則を見つければいい。

彼といると必ず心の痛みを覚えるという単純な法則を。


宿を出て二日がたつころには、ヒューはジェーンのゲームに応じることに決めていた。彼女はあっさりとヒューを無視した。こんなふうにされたら、どんな男でも自尊心を傷つけられるだろう。眠ったような町を馬車で通り抜けるとき、彼はジェーンを見た。開いた窓の横に座る彼女は、ほどけた髪を陽光とそよ風にもてあそばれながら外を見つめている。

昨日は一日中、静かに『淑女見習い』のカバーをかけた本を読んでいた。中身はなんだかわからない。ヒューはロンドンの彼女の部屋で見かけたような内容のものでないことを祈った。それというのも、彼女はりんごを食べたり、昼食のために馬車を止めたときに引き抜いた干し草を嚙んだりしながら、目は本に釘づけだったからだ。

ジェーンが自分を放っておいてくれるのを喜ぶべきなのだろう。無視されるのを残念に思う理由がどこにある？　そうでなければ、彼女のからかいに耐え忍ばなければならないというのに。

あと幾日、そして幾晩、おれは我慢できるだろう？

イーサンに早いところ仕事を終えてほしい。そう思うのは、今日これで一〇回目だ。イーサンは不思議と人を探すのがうまいので、首尾よく運べば、グレイを見つけ出して英国に入国するのを阻止してくれるはずだ。だが、グレイが何カ月もイーサンの追跡から逃げ続けるという最悪の筋書きもありうる。

ヒューはイーサンとの最後の会話を思い返した。バン・ローウェンの娘とのあいだに何があったのか、もっとしつこく尋ねるべきだった。兄が何をしたかには目をつぶって、もっと多くを求めようとは思わないのかときけばよかったのだ。ヒューは求めているし、コートもそうだった。なぜおれは、兄も同じ欲求を持っているかもしれないことに思い至らなかったんだ？

イーサンと再会したら、スコッチを飲みながら、ふつうの男らしくこの話をしよう。イーサンがあの娘の正体を知ってもなお彼女を本当に求めているのなら、彼女を忘れる方法を兄に伝授しよう。

伝授だって？　またしてもうぬぼれる気か？　ジェーンのことしか考えられないおれが？

ジェーンが目を大きく見開いて息を漏らし、本のページをめくった。

少なくとも昨日よりは機嫌がいいみたいだ。昨日は元気がないようだった。陰気とは言わないが、いつもと比べて活気がなかった。ふだんの彼女からは活力がにじみ出ているのに、昨日は馬車の外を見つめつつも、その目は何も見ていないようだった。

おれが関心を見せたことで驚いたのだろうか？　それともキスを許したことで、ビッドワースに対する罪悪感を覚えているのか？　もしかしたら、愕然としたのかもしれない。おれとのキスを楽しんだ自分に。

ヒューにとっては不思議なことに、ジェーンは自分の唇に重ねられた彼の唇の感触を明らかに楽しんでいた。息を切らし、半ば目を閉じて肌をほてらせた様子が、何度もヒューの脳裏によみがえる。だが、あの晩の彼女を松明にたとえるなら、翌朝の彼女はまるで氷だった。ジェーンは明らかに不満を抱えている。こういう状態の彼女を、ヒューはこれまでうまく扱えたことがない。「シアナ、あの晩のことで話がしたいんだが」

彼女は本から目を上げなかった。「どうぞ」

「おれは過ちを犯しやすい人間だ」ヒューは静かに言った。「それに、きみにはあんなふうにおれをからかうなと言ったはずだ」

ジェーンがさっと顔を上げてヒューを見た。目が怒りに燃えている。「じゃあ、あなたがあの宿でしたことはわたしのせいなのね」

彼女があの晩の出来事についてこれほど強い感情を抱いているとは思っていなかった。

「いいや、おれは自分を律するべきだった。二度とあんなことはしない」強い感情も当然だろう。ジェーンはおれをからかっても反撃されないと思っていたのだ。おれがあんなふうにキスするとは考えてもいなかったに違いない。

「わたしがあなたのふるまいをどう感じるか、なぜ気にするの？」

ヒューはしばらくためらってから答えた。「きみがおれをどう思うかは大事なことなんだ」

「本業をわたしに教えようとしないのもそれが理由？」

「ああ」

「ばかね、ヒュー」予想もしていなかったジェーンの笑みは、太陽の光を受けて魅力的だった。「今ほどあなたがくだらない人間に見えたことはないわ」

「リセット」グレイは彼女の耳元でささやき、額にかかったブロンドの髪を払った。「起きろ」

リセットはすぐに目覚めて体を起こした。口を手でふさがれたまま叫ぼうとしたが、白い喉にナイフを当てられ、叫びは泣き声に変わった。よく磨かれた刃がランプの光を反射してきらめいている。彼女は震えだした。「ずいぶん見張りが多いんだな。おれが来るのを待っているのかと思ったよ」グレイはささやいた。「会いたかったなんて言うな」リセットの口に当てた手を緩め、代わりにナイフを押し当てている手に力を込める。「言わなくてもわかっているだろうが、おまえの叫び声はすぐに消える」

リセットがおそるおそるうなずくと、涙が流れ始めたその顔に向かってグレイは笑いかけた。そして口を押さえている手を外した。「おまえはおれが来ることを予測していたんだろう。まるで要塞《ようさい》みたいに見張りを置いているぐらいだからな。だが、おれが見張りなど簡単にすり抜けられることは、誰よりもよくおまえが知っているはずだ」

「わたしにどうしてほしいの？」ベッドカバーを首の下まで引っ張り上げながら、リセットはささやいた。

「ヒューとジェーンが北へ向かう途中でここに泊まった。ふたりの目的地が知りたい」

「目的地を明かすほど、彼がわたしを信用するわけないじゃない」

グレイは眉を上げた。「詮索《せんさく》好きのおまえが、ヒューたちがここにいるあいだ何も聞き出せなかったというのか？」

「ヒューは用心深いから、目的地は彼女だって知らないと思うわ」

「おれには心当たりがあるんだ。それを確認したかっただけさ。どうやら無駄足を踏んだようだな」グレイはナイフをリセットの首から離した。彼女の大きなブルーの目に希望が浮かびかけたとき、彼は言った。「もちろん、来てしまったからには、おれをヒューとイーサンに引き渡した償いをしてもらうぞ」

リセットは肩を落とした。「あのふたりはあなたを助けようとしていたのよ」

「助けるだと？」グレイはヒューのすさまじい怒りを思い出した。激しい殴打を浴び、こっちは身を守ることすらできなかった。そして兄弟はグレイを暗い地下室に閉じ込めた。グレイは筋肉が縮こまり、痛みのあまり叫んだ。何日ものあいだ、暗闇の中で幻覚と嘔吐《おうと》に苦しめられた。

ガラス玉みたいな目をした彼らの顔が襲ってくる場面を思い浮かべると、今でも視界に影がよぎる。グレイはふたりから逃げられなかった。リセットの裏切りのせいで。「あのふたりに話したのは、あなたに戻ってきてほしかったからよ」彼女が叫んだ。「あなたによくなってほしかったの」

「おれによくなってほしかったのか、ハイランドの若い大男のベッドに招き入れてほしかったのか、わかったものじゃない」

リセットが目をそらした。「ヒューに何をするつもり？」

グレイはベッドの脇にスコッチの瓶を見つけ、グラスに注いだ。「やつにとって一番大事なものを奪う」

「彼女は何も悪くないわ」

グレイはうなずいた。「残念だが、ヒューがしたことの結果だ」

「あなたに彼女を傷つけさせるぐらいなら、ヒューはその前に死ぬでしょうね」

彼はスコッチを味わった。「じゃあ、ジェーンを殺せばヒューも殺せるわけだな」

「イーサンが地球の果てまであなたを追うわ」

グレイは肩をすくめた。「イーサンはすでに闘牛みたいにおれを追い始めている」それがいつものイーサンのやり方だった。堂々と、容赦なく敵を追いかけて殺す。相手が注意散漫になるか、あるいは疲れ果てて、あのおぞましい顔が背後に迫っていないか振り返ることすらできなくなるまで追いまわすのだ。

イーサンの仕事ぶりは優秀で、伝説的と言ってもいいほどだった。だがもちろん、おれのほうが有名だ。「三日前の晩には、もう少しで見つかるところだった。どういうわけかロンドンのおれの部屋を知っているらしい」グレイはとがめるように言った。リセットは自分にとって一番得になる相手に情報を売る。忠誠心などかけらも持ち合わせていないのだ。

しかし幸運なことに、こちらもイーサンの隠れ家や地所をすべて知っている。

「わたしは誰にも話していないわよ」リセットが首を振ると、ブロンドの髪が白い肩のまわりで跳ねた。「誓うわ」

どうやらそれは真実らしい。「心配するな、信じるさ。イーサンは優秀だからな」もし情報に現金のような価値があったら、イーサンは自分たちのように国のために違法な仕事をしている人間から巨万の富を得ていただろう。「今になって思えば、あいつはおれを地下室から解放したとき以来、おれを監視していたに違いない」ナイフを握る手に力がこもった。

それを見てリセットがひるんだ。

「イーサンはなんとかしよう。あいつの人生は惨めなものだが、あいつからそれを奪うのはたいして難しくないだろう」生かすのと殺すのと、どちらがより残酷だろう？　おれはイーサンに親近感を抱いているのではなかったか？　あいつは何も失うもののない男だ。それがあいつの強みではないか？

「コートランドは？」リセットが静かに言った。「彼が残りの人生をかけて復讐すると思わないの？」

「リセット、おれとしては、今はおまえの命のほうを心配するね」グレイは最高に愛想のいい笑みを浮かべた。「力を抜いて、おとなしく運命を受け入れたらどうだ?」ついにおれの人生から彼女を切り離すのだ。ゆっくりと。

その言葉にリセットのゲール人の血がかきたてられたようだ。涙が止まり、目が細くなった。「ヒューが勝つわよ。それをこの目で見たくてたまらないわ」

グレイは床にグラスを投げ落とし、身を乗り出した。「聞き捨てならないな」リセットの顎をつかみ、体にナイフを滑らせる。「いつもは最後の告白など聞かないが、おまえのは特別に聞いてやろう」

リセットの顔が憎しみに燃えた。「わたしの最後の言葉はこうよ。あなたは負ける。いつだってヒューのほうがあなたより上だったもの。仕事の速さも強さも。阿片で苦しむようになる前だって、あなたの射撃の腕はお粗末で――」

ナイフがきらめき、血しぶきが飛び散った。

「賢い女だ」グレイは舌打ちをしながら感心して言った。「さっさとけりがつくよう、はかりやがった」

# 21

ジェーンはヒューの鼻先で、彼が歯を食いしばるほど力を込めてドアを閉めた。鍵をかけているあいだも、壁にかかった絵が揺れている。

湖畔に立つマッカリック家の陰鬱《いんうつ》な別荘、ロス・クリーグに閉じ込められて二日。ヒューのぶっきらぼうな態度も手伝って、ジェーンはすぐにでもグレイのもとへ行って、〝最悪のことをしてちょうだい。わたしは抵抗するから〟と言いたくてたまらなかった。

ロス・クリーグを抜け出してウェイランド家の別荘であるバインランドに行かなかったのは、数日のうちにそこへ親戚《しんせき》が来ることになっているからだ。ヒューはそれを知らない。

「今の季節だと、このあたりは人が少ないからな」彼はここに連れてきた理由をそう説明した。だがウェイランド一族の人々は、ひとけのない秋を好むのだ。人目を気にせず自由にふるまえるのは、この季節だけだから。

「ジェーン、鍵はかけるなと言ったはずだ」ヒューが部屋の外から怒りのこもった声で言った。「開けるんだ。さもないとドアを破るぞ」

「昨日もそう言ったわね」

ドアが勢いよく開いた。

ジェーンは啞然として、激しく揺れているドアと裂けた戸枠、ヒューの不気味なほど落ち着いた様子を見つめた。彼は息を切らしてすらいない。

「きみが怒っている理由など、おれにはどうでもいい。だが、もうたくさんだ」

「わたしだって!」

「おれはずっときみと……女と暮らすとはどういうものだろうと思ってきた」

「それで?」

「きみの態度のおかげで、まるで地獄で暮らしているみたいな気がする」

「わたしの態度って何よ?」ジェーンは憤然として尋ねた。「会話を始めようとすると必ずあなたがさえぎるから、そのせいでわたしがあなたを避けるようになったこと? まともに会話もできないのに、あなたと一緒にいたいなんて思うわけがないじゃないの」

「どういうことだ?」

「兄弟たちがなぜ結婚していないのか尋ねれば、〝その話はなしだ〟。どうして兄弟の誰にも子供がいないのかきけば、〝もうたくさんだ〟。この別荘をもうちょっと明るくするためにあずまやでも作ったらと言えば、無言で部屋を出ていってしまう。あなたみたいに愛想の悪い人は初めてだわ」

「愛想が悪いとしたら、おれの頼みをきみが片っ端から無視しているせいだ」

「たとえば?」

「窓に近づかないでくれと言っても、二階の居間の窓際からバインランドを眺めている。部屋に落ちているものを拾うように言うと、これは自分なりの整理法で、それがわからないおれはばかだと言う」

ジェーンを知る人はみな、彼女が片づけ嫌いなのを知っている。彼女のメイドは一日中、トランプのひとり遊びをしたり、ゴシック小説を読んだりして過ごす。ジェーンが部屋の整《せい》頓《とん》をあまりさせないからだ。散らかっているほうが彼女には都合がよかった。この整理法でないと、ものを探すことができない。

「それにきみはメイドが部屋の掃除をしようとしても断る」ヒューは最後に言った。

「よけいな仕事をさせたくないのよ。使用人たちは毎日ほんの数時間しか来ないんだもの。そんなに気になるなら、一日中ドアを閉めておいていいのよ。いつのまにそんな几帳面《きちょうめん》になったのか知らないけれど」

「そういうわけにはいかない」

ジェーンはため息をつき、厚い絨毯の上を歩いて窓から外を見た。ロス・クリーグは〝石の岬〟を意味し、今も昔もその名のとおりいかめしくて実用的だ。外観は本来の意図にふさわしく他人を拒んでいる。もしここが人を歓迎するような雰囲気を備えていたら、釣り道具や食材を借りに来たり、パイを持ってきたりするウェイランド一族の人々に占領されていただろう。

庭はどこもかしこも奇妙なほど整っている。まるで定規で間隔をはかって潅木《かんぼく》や花を植え、よく育ちすぎている枝があれば容赦なく切り落としているかのようだ。建物は立派で、ロス・クリーグがしがみつくように立っている湖畔の崖と同じ色の岩からできた煉瓦で造られていた。

バインランドとは小さな入り江を隔てているだけだが、まるで別世界のようだ。ロス・クリーグがいかめしく孤独な様子で崖に立っている反面、バインランドは水際まで続く広々とした芝生と遊泳場に臨んでおり、八部屋も寝室があるにもかかわらず、趣きのある田舎家のごとき風情だった。敷地内にはあずまややちょっとした建物が点在し、岸から湖に向かって小さな桟橋が這うように突き出ている。

ジェーンがなぜロス・クリーグよりも自分の別荘を好んでいたのか、ヒューにはわからないようだ。

「きみは本当にここが嫌いなんだな」彼の声がすぐ後ろから聞こえた。近づいてくる音は聞こえなかった。ロンドンでもそうだったのを思い出して、ジェーンは眉をひそめた。ふだんのヒューはブーツの音を床に響かせて歩くのに、今はまるで忍び足で歩いているみたい。

ジェーンは肩をすくめて振り向き、ドアに向かった。ロス・クリーグのいいところをひとつあげるとしたら、広いからお互い顔を合わせずにすむことだ。

おれがキスをしたあの晩から、彼女はずっといらだっている。おれはジェーンに合わないというまわりの意見に彼女も賛成らしい。

部屋をあとにする彼女を見送りながら、どうでもいいことだと再び自分に言い聞かせる。グレイが死んでジェーンの身が安全になったら、前と同じように彼女を置いて出ていくのだから。

そしてどこへ行く？　何をする？　リストが公表されたら、おれは仕事を失うだろう。コートが率いるハイランド人傭兵の一団に入ろうかと考えたこともあるが、その考えは捨てた。集団を離れて、ひとりで仕事をするのがおれの流儀だ。

ジェーンだけは例外だ。彼女とは離れていたくなかった。彼女とは充分だと思えるほど長い時間一緒にいたことがない。いつも、もっと一緒にいたいと思ってきた。

その願いがかなった今、今度は願いを取り消したくなっている。

いや、耐えられるだろう。こんな状態は一時的なものなのだから。

だがヒューを悩ませているのは部屋の乱雑さでも、ジェーンの不機嫌具合でもなかった。自分が彼女とひとつ屋根の下で夫婦として暮らしているという事実に、ヒューは不意に気づいたのだ。彼女は途方もなく女らしく、これまで女性と暮らしたことのなかったヒューは少しばかり圧倒されていた。

彼は歯ぎしりをしながら、床に落ちた服をよけてジェーンのあとを追った。ヒューは乱雑なのが苦手で、すべてに秩序と法則を求める。秩序のないところには無秩序が生まれる。無秩序は嫌いだ。自分が行き当たりばったりに、このような運命を授かった気がしているためだ。自分の運命を自分で決められないのがいやでしかたがない。

女というのはきれい好きで、整理が上手なものではないのか？　さらに腹立たしいのは、床に散らかっているものの多くが下着類であることだ。ロンドンの彼女の部屋では見かけなかったガーターや、模様の入ったストッキングまである。

「待て、ジェーン」彼女が廊下に着いたと同時に、ヒューは追いついて肘をつかんだ。「なぜここが嫌いなのか教えてくれ」

「わたしはおしゃべりしたり笑ったりするのが好きな家族や友だちに囲まれて過ごすのに慣れているの。なのにあなたはそういう人たちからわたしを切り離して、この……陰気な屋敷に閉じ込めている。せめてあなたが一緒にいて楽しい人なら、まだ我慢できるけれど」

「ここのどこがいけないんだ？」ヒューは信じられない思いで周囲を見まわした。「昔も、きみはここに来るのを嫌っていた。なぜだ？」

「なぜかですって？　家中のカーテンが引いてある、お墓の中みたいに暗くて静かなここへ来るために、自分の別荘を出たくなかったからよ。わたしの家では口笛が聞こえたし、おじたちは笑いながら逃げるおばたちを追いかけていたし、子供たちは野生の動物みたいに元気に走りまわっていたわ」

「おれはきみの家に行くと落ち着かなかった」

「どうして？」

彼女の一族のふるまいが、よその人間、特におれのような孤独を愛する人間を居心地悪くさせるのだと言ったら、ジェーンは信じるだろうか？　だがドアに鍵をかけられたことがいまだに腹立たしいので、怒りとともに言った。「きみのおばさんたちはスカートをまくり上げて走りまわったり、釣りをしたり、煙草《たばこ》を吸ったり、そのあいだにワインを飲んだり、そんなことばかりしていた。それにおじさんたちは妻をつかまえると、二階まで連れていって大きな音をたてた。もう少し静かにやったってよさそうなものなのに」

「どうしてそんなことがわかるのよ？　五年のあいだに、全部合わせても一五分くらいしかおじやおばたちと過ごしていないのに」ヒューは答えなかった。「あなたは父以外のみんなを避けていたわ。そうでしょう？」

否定できなかった。あのころのヒューは、大勢の人間といるのが苦手なことをジェーンに知られたくなかったのだ。「おれは自分の仲間といるのが好きなんだ」

「少なくともうちの一族はあなたに親切にしたわ。あなたの兄弟はわたしに親切じゃなかったけれど」

「不親切だったわけではない」

「冗談でしょう？　イーサンが顔の一方を包帯で隠して、不気味な幽霊みたいにひと夏中忍び歩いていたことがあるわよ。なぜ怪我をしたのか、あなたはけっして教えてくれなかった。誰かがちょっとでも顔を見たら、イーサンはうなり声をあげてその人を追い払っていたわ」

あの夏、イーサンはおぞましい顔になった。今もそのままだ。「コートはどうだ？」

彼女は信じられないという顔でヒューを見た。「コートほどいつも怒っている人には会ったことがないわ。いつ爆発するか読めなかった。コートと一緒にいるのは、熊の罠《わな》の近くにいるみたいなものよ。それに、彼がわたしのことをよく思っていないのは秘密でもなんでもないわ」

たしかにコートはずっとジェーンを嫌っていた。おそらく、いつも自分たちにつきまとってくる彼女に腹を立て、それをなんとも思わないおれにいらいらしていたのだろう。最後の夏には、おれをからかうジェーンを軽蔑《けいべつ》していた。毎朝目覚めるたびにおれが彼女にからかわれるのを待ち遠しく感じていたとは、夢にも思っていなかっただろう。

だが、ジェーンがそんなにもコートとイーサンを嫌っていたとは知らなかった。「そんなにひどいとは思っていなかった」

「あなたは慣れていたから気づかなかったのよ」ジェーンはサイドテーブルの上の花瓶が完璧な位置にあるのが我慢ならないのか、横にずらした。心を落ち着かせるように言う。「ヒュー、昔の話を持ち出しても無意味だわ。わたしが何か尋ねても、答えなくたっていいわよ。好きなだけ無愛想に接してちょうだい。それがあなたの権利だもの。そしてわたしの権利は、どうしてもというとき以外はあなたのそばにいなくてもいいということ」

「難しいな」

ジェーンは眉を上げて説明を待った。

「おれがひとつの質問に答えると、きみはその答えに関連してさらにいくつも質問する。おれが話したいか話したくないかはおかまいなしだ。きみはすべてが明らかにならないと満足しない」

「謝るわ。友だちだったのに黙って何年も姿を消したあげく、便宜上の結婚でわたしの夫になるために戻ってきた人についてあれこれ知りたいと思ったことを」

「きみのお父さんに、さよならを伝えるよう頼んだのに」

ジェーンはヒューをにらんだ。「わたしにはあなたの口から聞く権利があったんじゃないかしら？　どうやらわたしたちのあいだには、わたしが思っていたような友情は存在していなかったみたいね。わたしはあなたの耳に飛び込んだ虫、あなたが兄弟と狩りや釣りをしたいときにつきまとう愚かな娘だったというわけね」

「いや、おれたちは友だち同士だった」

「友だちなら、何年も戻らないとわかっていれば、さよならぐらい言ってくれたはずよ」

ジェーンはおれのことを考えたのだろうか？　おれを恋しく思ったのか？　「怒っているのか？」

「不思議なのよ。わたしだったら、さよならを言ったわ」

「おれがいなくなったら、きみはおれのことなど考えなくなると思っていた。きみがそんなに気にするとは思わなかったんだ」

彼女は否定も肯定もせずに言った。「でも今、あなたは戻ってきて、わたしたちは複雑な状況下にいる。わたしはすべてをはっきりさせたいのに、情報が足りないの。お父さまは全部片づくまで何カ月もかかるかもしれないと言っていた。そのあいだ、わたしたちはずっとこんな感じなの？　わたしが質問するたびに、あなたがさえぎったり怒ったりする状態が続くの？」

「それはおれだっていやだ。ただ、これにどう対処すればいいのかわからない」

「これって何よ？」

ヒューは鼻筋をつまんだ。「ジェーン、きみはときどきおれを困惑させる。それにおれは、たとえ一時的なものであっても結婚に慣れていない」

「いいわ。簡単な質問からいきましょう」ジェーンが眉を上げて見つめるので、彼は渋々うなずいた。「なぜお父さまは、グレイのような凶暴な男とかかわりを持つ仕事をしているの？」

簡単な質問どころではない。「グレイは前からああだったわけじゃない。裕福な良家の出なんだ。人脈を持っていた」

「そしてあなたの親友だった？」

「そうだ」

「彼が苦しむようになったとき、助けようとした？」

ヒューは注意深く言葉を選んだ。ジェーンに真実を話す義務があるが、自分の仕事を明かそうとすれば、ほかのみんなのことも明かすはめになってしまう。「説得も脅しも駆け引きも試したよ。だが、どれもうまくいかなかった」

だからヒューとイーサンは、自分たちの手でグレイを阿片中毒から救うことに決めたのだ。ふたりはグレイをつかまえ、イーサンの領地のひとつに連れていった。

グレイは怒り狂い、口から泡を飛ばしてののしった。もともと性格に異常なところがあったのか——そして阿片が酒と同じように彼の欠点を増幅させたのか——あるいは人格が一変してしまったのかはわからない。

グレイは、ヒューが〝ジェーン・ウェイランドのあそこに突き立てる〟ことができないなら、おれがやってやると言った。ヒューはグレイに飛びかかって顔を何度も殴ったが、自分ではほとんど記憶にない。イーサンがかろうじて引き離した。三人とも、ヒューがそこまで完全に自分を失ったことに驚いた。

地下室で二週間過ごしてから出てきたグレイは快復したように見えた。一年のあいだ、ヒューは彼が安定していると信じていた。けれどイーサンは、単に反撃の機会をうかがっているだけではないかと疑っていた。実際、そのとおりだった。

「おれはグレイが快復したのだとしばらく思っていた。だが最後に会ったとき、彼の瞳孔《どうこう》は夜でも針の先みたいに小さかった……」

ヒューの落胆した顔を見ると、グレイは汚れた上着をわざとらしくなでてかすかに笑った。その一瞬だけ、彼は昔のグレイに戻った。彼は目をそらしながらも、はきはきとした正しい発音で静かに言った。「おれはこんなふうになりたかったわけじゃない」

「だったら、どうして？」ヒューは尋ねた。

「まあ、計画どおりにいかなかったってことだ」グレイは軽い調子で続けたが、ヒューが何も言わずにいると、生の感情を無防備にさらけ出した顔をこちらに向けた。「ある日ふと冷静になって、むなしくなったんだよ」そして当惑したように再び顔をそむけた。「じゃあな」そう言って、彼は去っていった。

ヒューは思い出を振り払った。「もう永久に以前のグレイには戻らない」

「彼との友情を懐かしく思う？」

長くためらった末、ヒューはうなずいた。今はグレイの死を望んでいるし、兄が彼を殺そうとしているのも知っているが、それでもかつての友情が懐かしかった。

# 22

「ヒュー！　わたしよ」

目を開けた彼は、心配そうにのぞき込んでいるジェーンの手首を握っていた。ヒューは手を離して体の力を抜いた。「ジェーン？」額を手でぬぐうと、汗で濡れている。「ここで何をしているんだ？」

「声が聞こえたから、あなたが悪い夢を見ているんじゃないかと思ったの」

「ああ」しばしば悪夢に悩まされる。標的たちが死にたくないと抵抗する場面がぼんやりと浮かぶのだ。殺すときはいつも、早く片がつくよう慎重に狙いを定めるようにしてきた。だが、ときには距離や天候のせいでうまくいかないこともある。狙いが外れると標的はもだえ苦しみ、中には金切り声をあげる者もいた。「何か言っていたか？」

ジェーンは首を振った。「なんの夢だったの？」

「たいしたことじゃない」そのとき、彼女のナイトドレスに目が留まった。体にぴったりした薄手の白いシルクだ。胸に視線が行き、ジェーンもそれに気づいて唇を噛んだ。

ヒューはあわてて上体を起こし、ベッドカバーをつかんで急にふくらんだ下腹部を隠した。

「そんな格好で入ってくるな」声がかすれた。

「ローブを着る間も惜しんで飛んできたのよ」

「何度言ったらわかるんだ？　おれにだって男としての欲求がある。そんな姿のきみを見たら――」ヒューは頭を激しく振った。「刺激を受ける。おれは互いに後悔するようなことはしたくないんだ」

ジェーンが眉を上げた。「ナイトドレスを着たわたしが魅力的で、自制心を失ってしまいそうだっていうの？　よりによってあなたが？」

「そうだ」彼はそう答えてからつけ足した。「おれはもうずいぶん女性と寝ていない。きみはとても美しくて――」

「ずいぶん？」ジェーンが怒ったように腕組みをした。「たった四日でしょう？」

ヒューは眉をひそめた。「なんのことだ？」

「あなたがリセットの部屋に入っていくところを見たのよ。それに、シャツの裾をズボンから出したまま部屋を出てくるところもね」

彼は目を細めた。「鍵をかけて部屋にこもっていたなら見なかったはずだが」

ジェーンの声は冷たかった。「そんなことはどうだっていいわ」

「リセットはおれを誘惑しようとした」

「誘惑しようとした、なの？　それとも、誘惑して成功した、なの？」

「嫉妬しているのか？」そんなわけがない。おれはジェーンがほかの男と一緒にいるところを想像して激しい嫉妬を覚えるが、彼女のほうにそんなことがあるわけがない。

　ジェーンが顎を上げてあざけるように言った。「あなたは新婚の夜をほかの女の腕の中で過ごしたのよ。ずいぶん失礼な話だわ」

「つまり、自尊心を傷つけられたというんだな」ヒューはがっかりした。「彼女とは寝ていない」

「寝ていない？」ジェーンの両腕がだらりと体の脇に落ちた。

「信じていないみたいだな」

「だって、彼女があなたを求めていたのは間違いないもの」

「おれはきみに誓いを立てた。その誓いが無効になるまでは守るつもりだ。さあ、自分の部屋に戻れ」

　ジェーンは手を額に当てた。「そうだったの」どういうわけか顔が青ざめている。やがて彼女はうなずいた。「部屋を片づけてみるわ。それから、もうわたしの態度のことで心配しなくていいわよ」

「どういう風の吹きまわしだ？」いらだちのあまり、思わず大声を張り上げそうになった。「自尊心を傷つけられたと思ったのも、リセットとの競り合いに負けたと思ったのも、誤解だとわかったからか？　それで、またおれに素直に従うことにしたのか？」

　その言葉にジェーンはたじろいだようだった。「競り合いとか自尊心なんて関係ないわ。ひどい態度をとってごめんなさい」本気で後悔しているようだ。

いくらか怒りがおさまり、ヒューは声の調子を和らげた。「じゃあ、なんなんだ?」

彼女は両手を組み合わせながら黙っている。

「きみといるとおかしくなりそうだ。きみが不満を抱えているのはわかっているのに、それを解消する方法がわからない」ヒューは額をなでてため息をついた。「どうしたらいいのか教えてくれ」

沈黙が続いたあと、ジェーンがささやくように言った。「不満だったのは、嫉妬していたからよ」

ジェーンは口をぽかんと開けて眉根を寄せているヒューを置いて自分の部屋に戻り、わずかな隙間を残してドアを閉めた。

体を震わせ、贅沢な羽目板に両手を押し当てて壁に寄りかかる。あのままヒューの部屋にいたかったが我慢した。その決断ができた自分は、分別のある女である気がして誇らしかった。本当は、抑えがたい衝動とそれを処理するための〝悪い思いつき〟に満ちあふれていたのだが。ジェーンの中ではさまざまな感情が渦巻いていた。

たしかにここ数日のヒューに対する態度はそれまで以上にひどかったかもしれないけれど、どんなふうにひどかったのか自分ではわからない。〝きみが不満を抱えているのはわかっているのに、それを解消する方法がわからない〟彼は疲れきった様子で言った。それを聞いたとき、ジェーンは即座に父の言葉を思い出した。〝ヒューは努力している……〟

ジェーンはかたく目を閉じた。ヒューがリセットに手を触れていないと知ってうれしかったのに、冷たい態度をとってしまった。それが恥ずかしかった。彼に対する思いを抑えていたもっとも大きな要因が消えたために、自分の気持ちが明らかになった。

今のわたしは、あの宿でテーブルに座らされたときのわたしに戻ったのかしら？　ヒューが自分の視界から消えるのを恐れていたわたしに？

そうなんだわ。

はっとして彼女は目を開けた。ヒューの手がうなじにかけられていた。彼はズボンをはいてから静かに入ってきたらしく、ジェーンは警戒する間もなく裸の胸に引き寄せられた。ヒューが顔を傾けて彼女の唇に唇を重ね、うめき声を漏らす。彼は「本当に嫉妬していたのか？」と尋ねて、また唇を合わせた。

ヒューに真実を話すのは危険だわ。例の、崖から突き落とされたという感覚は今も残っている。真実を話せば落ちる速度が増すかもしれない。そう思いながらも、キスの合間にささやいた。「彼女とキスしてほしくなかったの。あなたがキスするべき相手はわたしだから」

その告白を聞いてヒューは体をこわばらせた。ほんの一瞬ためらったあと、彼はジェーンを抱き上げて自分の寝室に戻った。

「ヒュー！」彼女は呆然としながらつぶやいた。「何をしているの？」

「考えがあるんだ」彼はジェーンをベッドに下ろした。それから上にのしかかり、飢えた瞳で彼女を見据えて低い声で言う。「見たいものがある」

ヒューはいかにもつらそうな顔で、震える手を口にやった。緊張のあまり全身が脈打っているかのようだ。ジェーンは眉をひそめ、両手で彼の顔を包んだ。そっと触れただけなのに、ヒューは身震いした。いったいどうしたのかしら？

本やいとこたちやロンドンでの生活からいろいろ学んできたつもりだが、男性がこんなふうになるとは想像したこともなかった。まるで欲望で今にも死にそうな様子だ。これまでに読んだ官能小説の中では、男性が欲望で体を震わせたり、強い情欲で口もきけなくなったり、触れられるのすら耐えられなくなったりする場面は一度も出てこなかった。

彼は手を伸ばしてナイトドレスの紐を肩から滑らせ、鎖骨にキスをした。ジェーンが胸と腹部に冷たい空気を感じた瞬間、ヒューはゲール語で何かつぶやくと体を引いてベッドに座り、彼女を見つめた。ジェーンは肌に直接触れているかのように彼の視線を感じ、背中をそらした。

ヒューが再び身を乗り出し、かすれた声で言った。「きれいだ」

うずく胸の先端を彼の舌がかすめたとき、ジェーンは歓喜の叫びをあげそうになった。ヒューがふくらみを手ですくい、頂を唇で挟んで吸う。

「ヒュー」うめき声とともに、彼の豊かな髪に指を通した。「あなたにそうしてもらうと、とても気持ちがいいわ」

彼のもう一方の手は、ジェーンの脚をなでながら、ゆっくり上に向かって移動している。

「やめて、と言ってみろ」ヒューが彼女の胸に向かって言った。

ジェーンは首を振った。腿の内側を愛撫されてさらに脚を広げ、全身を震わせる。彼のざらざらした手がやわらかい肌をこすったが、その感触は心地よかった。

「さあ、言うんだ」手がさらに上へ移動する。ジェーンは再び首を振り、すすり泣くような声を出した。もう少しで頂点に達してしまいそうだ。いつまでも終わってほしくない。

「ああ、おれにはやめられない」ヒューの指が脚のあいだの茂みをかすめた。「ここに触れたくてたまらないよ」

親指の腹が芯《しん》をそっとさすり、ジェーンは声をあげた。別の指が滑らかな箇所を探る。

「濡れているね」ヒューは頭を下げ、湿った胸の頂に向かって言った。「おれを迎える準備ができているんだ。そうだろう?」

彼は潤った部分を広げるようにして愛撫を続け、ジェーンは身もだえした。「ヒュー、お願い」あえぎながら言う。「やめないで」

彼はジェーンの顔を見つめた。「やめないさ」われを忘れたようなかすれ声だ。「きみに……最高の気分を味わわせたい」ヒューは指に力を込めた。

ジェーンはあえいだ。すでに最高の気分だった。

# 23

ジェーンが不意に背中をそらしてシーツをつかむのを、ヒューはうっとりと見つめた。何も考えずに、四本の指を彼女に当ててすばやい動きで秘所を愛撫しながら、口では胸の先端をむさぼるように吸った。喜びにもだえる体を見られるよう、空いているほうの手でナイトドレスをまくり上げる。

ジェーンが息も切れ切れに声をあげ、それに反応してヒューの下腹部は痛いほどかたくなった。彼女は脚を大きく開き、ヒューの手に何度も腰を押しつけた。

やがてジェーンの体から力が抜けた。ヒューが差し伸べた腕に、彼女は震えながら身を預けた。

ヒューは息がつけなかった。自分の指先が濡れた赤褐色の茂みに触れているところを見ると……ズボンの中で爆発してしまいそうだ。

ジェーンが上体を上げて彼の首に顔をうずめた。信じられないことに、彼女はヒューに触れられるのが好きだとささやいた。ヒューに触れられるのが、と言ったのだ。一〇年間、ジェーンを絶頂に導きたいと夢見てきて、とうとうその夢が実現した。

これまでにないすばらしい経験だった。

ジェーンの息は速く、あたたかかった。彼女はささやきながらヒューの首に軽く舌を走らせ、彼の下腹部はありえないほどかたくこわばった。

今なら、ズボンの中に放つのもそんなに悪い思いつきではないように感じられる。

ヒューはひそかに身震いして彼女から離れたが、ジェーンはやわらかな腕を彼の首にまわし、彼の腰の横に片膝を立てた。

「ヒュー、あなたはどうなの？　わたしと一緒にいたくない？」ジェーンはやさしく彼を引っ張り、自分の脚のあいだに腰を落ち着けるよう促した。

彼女もおれを絶頂に導きたいと思っているのだろうか？　おれはここでやめることができるのか？　無理だ。こんなふうに大事な部分を押しつけられながら身を引くなんて。自分を解き放ち、ジェーンのほてった体の中に深く沈み込みたい。彼女に覆いかぶさり、長いあいだ望んできたものを手に入れたい。

だがそうする代わりに、再び腰を押しつけてきたジェーンをためらいがちに押し返した。

彼女が息をのんだ。

「痛くなかったか？」

「いいえ、ダーリン、大丈夫よ」彼女が答えると、ヒューは上体を起こしてファスナーを開け、ズボンを腿まで下ろした。ジェーンの上で彼の下腹部がむき出しになる。

ふたりは荒い息を吐き、今にも互いの体が触れ合いそうな箇所を見つめた。ジェーンは半ば閉じかけた目で、彼の滑らかな先端を見ている。彼女がまた腰を動かして求めてくるのを、ヒューは夢見心地で眺めた。伸ばした腕をジェーンの両脇について自分の体を支え、衝動に負けないよう汗を流しながら我慢する。

ジェーンを自分のものにできないのはわかっていた。彼女どうしているのがどんなに正しいことに思えても。だが、こらえきれずに腰をゆっくりと下ろしていった。ヒューの先端が、期待にふくらむジェーンの秘所に軽く触れる。

彼は歯を食いしばった。

ジェーンが声をあげ、腰を動かす。その拍子に、ヒューは彼女の中に滑り込んですべてをおしまいにしてしまいそうになった。急いで片手をジェーンの腰に当てて動きを止め、こわばりを彼女の下腹部に強く押し当てる。脈打つ分身を押しつけたまま、しばらくじっとしていた。自制心がどこから生まれるのか、自分でもわからない。ただ時間を引き延ばして、この一瞬を永遠のものにしたいと思った。

だが、ジェーンが手を伸ばしてヒューを包もうとすると、彼はその手首をつかんだ。彼女の指に包まれた瞬間、頂点に達してしまうだろう。「両腕を頭の上に上げるんだ、シアナ」彼女は言われたとおりにした。「おれのために、そのままにしておいてくれ」ヒューが自制心と闘っているのを承知しているように、彼女がうなずく。

ジェーンの中に入りたいという衝動が耐えられないほど大きくなってきた。ヒューはその衝動に従い、ゆっくりと彼女の秘所に下腹部を押しつけ、平らな腹部まで動かしてから、再び秘所に戻った。絶えずうめき声が漏れてしまう。位置と動きのせいで、あと一歩で彼女の中に入りそうだった。これが自分に許した限界だ。実際に入っても、ジェーンは今と同じ叫び声をあげ、今と同じように脚を広げて〝ああ！　ヒュー！〟とささやきながら見上げるだろう。

ヒューはこの苦しみを楽しんだ。もう一度、ゆっくりと彼女の秘所に自身を押し当てる。「ジェーン」彼はうなった。すさまじいほどの快感だった。今にも絶頂に達しそうだ。それも激しく。

頭を下げ、かすれた声で言う。「背中をそらしてくれ。もう一度きみを味わいたい」ジェーンがすぐそのとおりにすると、ヒューは胸の先端を唇に挟み、彼女がうめくまで歯で引っ張った。

また達したいというのか？　よし、それまで続けてやろう。

ジェーンが彼の名を叫び、絶頂の中で身もだえしたので、下腹部にかかる力が痛いほど強くなった。

ヒューはわれを忘れ、彼女に向かって体を上下に動かした。「ああ、シアナ。おれは……おれは最後までいきたい」彼はうなり、自らを解放した。ジェーンの腹部に精を放ちながら、そのたびに獣のような叫び声をあげた。

快感の余韻にぐったりして両肘をつき、ジェーンの湿った首に向かって荒い息を吐く。こんなことをした自分が信じられない。ヒューは恥じ入って目を閉じた。ジェーンの上に放つとは。

　彼女から体を離すと、まだ敏感な下腹部をズボンの中にしまい、立ち上がってタオルを取りに行った。そばへ戻ってもジェーンを見ることができなかった。目をそらしたまま彼女の肌を拭き、ナイトドレスをかけてやる。そしてタオルを放り投げ、ベッドの端に座って頭を抱え込んだ。これほど自分を恥じて落ち込んだことはない。明日、どんな顔でジェーンの前に立てばいいんだ？　だが、どのみち顔を合わせなければならないのだ。

　いくら彼女がここを出ていきたくても、おれたちは離れることができない。

「ジェーン、なぜこんなことになったのかわからない。悪かった」彼女のそばにいるのを恥じるべきなのに、自らの恥とひとりで向き合わずにすむために一緒にいてほしいと思う相手もジェーンだった。こんな思いをしたら、どんな男だってわれを忘れるだろう。

「謝ることなんて何もないわ」彼女がヒューの後ろで膝立ちになった。「何も」

「いや、もっと自分を抑えるべきだった」

「ヒュー」ジェーンはささやくように言い、彼の背中をさすった。「昔から、お互い一緒にいると楽しかったじゃないの」

「あってはいけないことだった」

　ヒューが立ち上がろうとしたとき、彼女が言った。「行かないで。ここで寝てちょうだい。お願いだから」ジェーンは彼にそっと触れて甘い声で頼み、結局ヒューはズボンを脱いでベッドに入った。昔、こんなふうにジェーンと一緒にいることをあきらめたとき、彼女を胸に引き寄せ、それまで何度もしてきたかのように両腕で抱きしめた。

あの最後の夏に何度も思い描いたように、今、ジェーンは裸でおれのベッドにいる。あの夏、ヒューは今見ているのと同じ天井を見つめながら、彼女に触れ、キスするところを想像した。そして、眠っている彼女を抱くことを夢見た。

現実は夢以上にすばらしかった。ジェーンの髪からいい香りがするのは想像どおりだ。うめきながら、その髪を自分の顔に押しつけたくなるのは予想外だった。彼女がヒューの上に座って首をのけぞらせると、長い髪が彼の脚に触れることも。

ジェーンの感触を好きになるのはわかっていたが、ヒップがこれほど丸いことや、パズルのピースみたいに自分の膝にぴったりおさまることは予想していなかった。

「もう悪い夢は見ないでね、ヒュー」彼女が眠たげにささやいた。「でないと、また一から同じことを繰り返さなければならないわ」

ヒューはすでに繰り返したい気分になっていた。彼女の下半身にくっついた下腹部がこわばっている。ジェーンが満足げにため息をつくと、彼は顔をしかめて思った。なぜおれは、彼女と一緒に暮らすのがあんなにいやだったのだろう？

# 24

翌朝ジェーンが目覚めると、ヒューはぐっすり眠っていた。彼女は横になったまま、目の前の彼をうっとりと見つめた。

歯を食いしばっていないときのヒューの顔はふだんと違っていて、若く見える。頬の傷はまだ癒えておらず、彼を悪者のように見せている。ジェーンはほほえんだ。たしかにヒューは悪者だわ。傭兵なんだもの。でも、放蕩者ではない。

ジェーンは人差し指でヒューの下唇をなぞりながら、昨夜の彼のキスを思い返した。強烈な、どこか切羽詰まったようなキスだった。まるで、これを最後のキスにしなければならないとでもいうような。

全身がキスに反応し、ジェーンはそれに身を任せた。ヒューがあの大きな体を自分の上で前後に揺らし、下腹部を押しつけて二度も歓喜の頂へ導いてくれたことを思い出すだけで身震いがする。それから彼も絶頂を迎え、わたしの上にすべてを放った……夢のようだわ。そのあとの彼の恥ずかしげな様子からすると、あんなことは二度とないかもしれない。

それは問題だった。ジェーンはヒュー・マッカリックを初めての相手にしようと心に決めたのだから。

今こそ、いとこたちの助言が必要だった。そして彼女たちは今日にも到着する。

ジェーンがヒューの額から黒髪をそっと払ったとき、彼のまぶたが開いた。まだ半分眠ったまま、彼はジェーンの頬をなでた。彼女がほほえむと、ヒューはいぶかしげに眉根を寄せた。

次の瞬間、はっとしてジェーンから離れた。

彼はズボンをはいたあと、長いあいだ部屋の中を歩きまわった。上半身が次第にこわばっていくのがわかる。「あれは起きてはいけなかったことだし、二度と起こらない」

その口調はまるで、たとえば家族の誰かが亡くなったみたいな悲しい出来事について話しているかのようで、ジェーンが想像した喜びに満ちてはいなかった。彼女はばかにされた気がして、シーツで胸を隠しながら上体を起こした。「ヒュー、あなたったら、大げさに考えすぎよ」ジェーンは片手を振った。「ちょっとしたおふざけなんだから」

この言葉をありがたく受け取ってくれると思っていた――彼を下劣だと非難して、結婚を続けるよう強要することだってできたのだから――が、予想に反してヒューは腹立たしげな顔になった。「その〝おふざけ〟をあとわずかでもやりすぎていたら、恐ろしいことになっていた。ああいうことはしないとふたりで決めたのを忘れたのか？　最初に話し合ったはずだ。きみはこの結婚に縛られたいのか？」

「わたしとの結婚に縛られるのを恐れながら生活するのはやめて。わたしたちは最後までいってないわ。単純なことよ。もうこのことは忘れて、二度と話題にするのはやめましょう」

「きみのような男の自尊心を傷つける女は初めてだ。きみと本当の結婚をする相手は、おれよりも立派な男でないとだめだな」

ジェーンはヒューをにらんだ。彼を傷つけるつもりなどなかったが、今は傷つけたことを後悔する気になれなかった。「あなたは考えすぎなのよ。取り返しのつかないようなことなんて何もなかったのに、どうしてそんなに怒っているの？　野暮な人ね」

「きみは簡単に忘れられるかもしれないが、おれはきみの言う〝おふざけ〟に惑わされた」

彼が不意に迫ってきてジェーンの肘をつかんだ。目が細くなっている。「きみは処女じゃないな？」

彼女はとまどいながら顔を引いた。「なぜそんなことをきくの？」

やめて、ヒュー。そんなことは言わないで。この一〇年、彼ときたら自分は好き放題やってきたのに、わたしには結婚相手が現れるのをじっと待っていることを期待していたのね。もちろんわたしは処女よ。でも今は、そうでなければよかったと思う。

そんな身勝手な期待など、腹立たしいばかりだわ。

「答えろ」

ジェーンは氷のように冷たい声で言った。「あなたと最後に会ってからのわたしの禁欲ぶりは、あなたと同じぐらいよ」

ヒューは彼女の肘を放し、両手を上げたまま後ろに下がった。自分がジェーンに触れたのが信じられないといった様子だ。

「わたしが何人と寝ようと気にすることないでしょう？　どうして気にするの？」ジェーンは混乱しながらきいた。

ヒューは髪に指を通した。「きみのような女は簡単に結婚を無効にしないからだ。契りを結ぼうと結ぶまいと、きみにはたいした問題じゃない」

わたしのような女……。

彼が壁を殴り、ジェーンは飛び上がった。こちらを振り返ったヒューは、罠にかかって終わりが近いことを悟った野獣のようだった。わたしを妻にするのがそんなにいやなのかしら？

「きみはどうやってこの結婚を終わらせようと思っていたんだ？」

「お父さまがどうにかしてくれると――」

「おれを止めることはできないぞ。予定どおりに結婚を無効にできなくても、おれはきみを置いていくからな」

ジェーンは心が凍りついた気がした。寂しさと無力感がよみがえる。

ヒューはかつて、ひと言も告げずにわたしを置いていった。今度は、何があろうとわたしとずっと一緒にいることはないとはっきり言ってから置き去りにするだろう。たとえわたしが、まだ彼のぬくもりを感じながら裸でベッドに座っていても。

これ以上、ヒューに気持ちをさらけ出すのはやめよう。自分を守るのよ、ジェイニー。ヒュー・マッカリックは、わたしを泣かせることのできるただひとりの男性なのだから。偽りの笑みを浮かべて、ジェーンは言った。「もちろん置いていくでしょうね。そんなことわかっているわ」

ヒューは幻滅したような目で再び彼女を見ると、部屋を出ていった。

昨夜の自分の行動を振り返るだけでも憂鬱な朝だったが、ジェーンがこれまでに男と交渉を持ったことがあるとわかったのは、ヒューにとって大きな打撃だった。

ビッドワースとそうなっているのではないかと疑ってはいたが、実際に知ってしまうと……。

ビッドワースにしろ、別の男にしろ、誰かがジェーンの純潔を奪う場面を想像すると胃が締めつけられて、怒りの声を発したくなる。自分にはそんな権利――彼女がほかの男をベッドに迎え入れたという事実を憎む権利――などないとわかっていても、どうしようもなかった。

ジェーンにあんなことを言ったのは嫉妬心のせいでもあるし、自分に腹が立ったせいでもあった。目が覚めてまだぼんやりしていた一瞬、もう少しでまたあの愚行を繰り返しそうになったからだ。今となっても、昨夜、あるいは今朝、心ゆくまで愛されたあとのようだった彼女をそのまま自分のものにしてしまえばよかったという思いがある。

おれは融通のきかない保守派みたいに自分の怒りをジェーンにぶつけてしまった。彼女には、そんなことをされるいわれなどないのに。

ジェーンは個性的で自由な女性だ。世間一般のものさしで測ることはできない。二七歳で、健全な性欲を持っている。それはわかっているのに、彼女が自分の欲望を別の男で満たしていると思うと、ヒューは頭がどうかなりそうだった。

それというのも、ジェーンのことばかり考えているからだ。あの欲望をおれで満たしてほしい。彼女をひとり占めにしたい。ビッドワースがジェーンの情熱を満たそうとするところを想像すると滑稽《こっけい》だった。昨夜のことでわかった。おれこそがそれをすべき男なのだ。彼女を抱くことをけっして自分に許せないのは充分承知しているが。

朝の言い争いから数時間がたっていた。ジェーンの怒りも静まっただろう。そろそろ、結婚無効の申し立てをどうするか話し合わなければならない。ヒューはジェーンの部屋に急いだが、彼女はいなかった。居間に向かった。朝、身仕度を整えたあと彼女は何時間も居間の窓際に座って、昨日までの二日間と同じようにバインランドを見つめていた。

ヒューも兄弟たちも、よく同じことをした。初めてここへ来たのは、心配したクランの人々に助言されてのことだ。顔に傷を負ったばかりだったイーサンは、ここなら落ち着いた環境で静養できるだろうし、コートが喧嘩をする相手もいないだろうという話だった。

だが、それもわずか一週間のことだった。一週間後、ウェイランド一族の人々が現れたのだ。

崖の上のロス・クリーグから、三人の兄弟たちはバインランドで起きていることを見守った。戸外ではいつも大きなたき火がたかれ、人々が中庭で踊っていた。歌声や騒がしい笑い声が入り江を越えて聞こえてきた。

ヒューとイーサンとコートは啞然とした。マッカリック家はいつも陰気で、スコットランド北部にある屋敷は、父が死んでからというもの常に重い空気が漂っていた。愛する夫、リースの死から立ち直れずにいた母のフィオナとは、三人ともほとんど口をきかなかった。リースが死んだ日、フィオナは自分の髪をかきむしりながら息子たちに向かって叫んだのだ。〝読んではいけないと言ったのに！　何度そう言ったことか！　いつだってあの本が勝つんだわ！〟

ヒューは頭を振り、ジェーンと向き合う覚悟を決めて居間に入った。だが、室内は空っぽだった。窓際の席にも彼女はいない。またおれを避け始めたんだな。

それとも、今朝のおれの無神経な言葉を聞いて、出ていくことにしたのだろうか？

彼は落ち着かない気分になった。大声でジェーンの名を呼ぶ。返事はない。ヒューが駆けだそうとしたとき、窓の外で何かが動いた。見ると、バインランドの芝生に子供たちが馬車から走り出てくるところだった。そのあとを女性が怒ったように追いかけている。おとなたちが馬車から降りてきた。ウェイランド一族の人々が来たのか？　この時期に？　ヒューは眉をひそめ、もっとよく見ようと窓に近づいた。

そのとき、バインランドへと向かう湖畔の道に、ジェーンの緑色の乗馬服が見えた。

ヒューは自分の目が信じられず、階段を駆け下りてテラスに出た。ジェーンが彼の気配に感づいたように振り向き、皮肉を込めて敬礼してから再び前を向いた。ヒューは馬小屋に向かって走りながら、二度とこんなことができないよう彼女を椅子に縛りつけてやろうと心に誓った。馬にはみを嚙ませ、鞍もつけずにまたがって、全速力で走らせる。

　ヒューが後ろに迫ると、ジェーンは国境から友好的な国に逃げ込もうとでもするようにバインランドへ向かって足を速めた。だがヒューは、馬から降りて彼女のウエストをつかまえた。

　ジェーンを自分のほうに向かせて言う。「二度とあんなふうに出ていくんじゃない！」

「またやったらどうする？」彼女は息を切らしながら尋ねた。

　彼はジェーンのほっそりした肩をつかんだ。「ベッドに縛りつける」いつのまに椅子がベッドに変わったのだ？

「そんなことできやしないわ、このけだもの――」

「けだものだと？　このけだものはきみを守ろうとしているんだ。それなのにきみはゲームとしか思っていない」

「何も話してくれないんだもの、そうとしか思えないじゃないの。あなたは具体的なことを何ひとつ教えてくれないわ！　あなたもお父さまもグレイは英国にいないと言うけれど、だったらどうやって彼はここまでわたしたちを追ってこられるのよ？」

「どうして危険を冒す？」彼女の肩をつかむ手を緩めながら、ヒューは言った。「ウェイランド一族はなぜ今ごろ、ここに来たんだ？」

「静かな季節が好きなのよ」

「彼らが来るのを知っていたのか？」

ジェーンはうなずいた。「ヒュー、行かせて。わたしにとってはとても大事なことなの」

「なぜ連れていってほしいとおれに頼まない？」

彼女はあきれたようにヒューを見た。「連れていってくれるわけがないからよ。でも、今お願いするわ。一緒に行って」

一緒に行く？　向こうへ？　できるわけがない。「あの中に入ったら、きみから目を離さずにいることができなくなる」彼は集団の中にいることに慣れていない。気が休まらないのだ。相手がウェイランドの面々とあってはなおさらだ。「おれたちのことをなんと説明する気だ？」

「本当のことを話すわ」ジェーンは顎を上げた。「わたしたちは結婚した。今のところはそれしか言わないつもりよ。でも、いずれ何があったか明かすわ」

「人数が多すぎる」ヒューは言い張った。自分の社交下手を彼女に知られたくなかった。

「わたしの親戚なのよ。何も言ったりしないわ。うちほど互いに忠誠心を持っている一族なんていないわよ」

「ジェーン、きみの命は危険にさらされているんだ。それをわかってくれ」

「バインランドで一日過ごすのがロス・クリーグにいるよりも危険だというなら、わたしの目を見て、そう言ってちょうだい」

ヒューは口を開きかけたが、そのまま閉じた。万が一グレイが英国に入国しているとしても、彼がロス・クリーグに近づこうとする前にイーサンが邪魔をしているだろう。もしイーサンを振り切ったとして、ロス・クリーグに来るには渡し船で湖を渡ってくるはずだから、バインランドから見えるに違いない。

理論上は安全だ。だが、ヒューは不幸な結末に終わったイーサンの結婚式前夜のパーティー以来、社交的な集まりには参加していない。せいぜい仕事で物陰に潜んで客を見張るぐらいだ。

バインランドで一日過ごすことが、おれの次の試練になるのだろうか？　これまでずっと避けてきたのに、今、ジェーンは能天気な一族の中に自ら入っていくことをおれに望んでいる。銃弾の飛び交う中を歩くほうがまだましだ。

それに、彼女が昨夜のおれのふるまいをいとこたちに話したらどうする？　考えるだけで体が震えた。まるで地獄の試練だ。「関係ない。おれは帰れと言った。だから帰るんだ」

ジェーンは唇を嚙み、大きなグリーンの瞳でヒューを見上げた。今に、おれがノーと言えないような頼み方をしてくるだろう。そうなる前に彼は言った。「絶対にだめだ」そして彼女を馬のほうに引っ張った。

ヒューはゲール語で悪態をつき、ジェーンは彼の向こうずねを蹴《け》って、肘をつかんでいる手を叩いた。そのとき声がした。「ジェーン！」

ふたりはそちらを見て凍りついた。

# 25

「まるで地獄だ」本当にそうだわ。屋敷の中から続々と出てくる親戚たちを迎えるヒューはまさに、これから地獄に乗り込むところのようだった。ベリンダが夫と子供たちを連れてきていたし、サマンサ一家も来ていた。

ジェーンは意地悪く笑わずにはいられなかった。「もう逃げられないわ。気の毒だけど、つかまっちゃったわね」

「せいぜい楽しむんだな」ヒューはつぶやいた。「帰ったら地下室に閉じ込めてやる」

「ジェーン！」サマンサが黄褐色の巻き毛を揺らして再び叫んだ。「ここで何してるの？」

「ジェーンおばさま！」五人の子供たちが取り囲み、笑っているジェーンに飛びついて地面に転がした。

ベリンダが喜んで手を叩いた。「今週は来られないと言っていたじゃないの！」

そのとき彼女たちはジェーンの後ろにいるヒューに気づき、あっけにとられた顔で黙り込んだ。子供たちは、そびえるように立つハイランド人を驚きの目で見つめた。気まずい雰囲気を破ろうと、ジェーンは片手を差し出した。期待どおりにヒューが進み出て、立ち上がるのに手を貸してくれた。

「彼はここで何をしているの？」いつもずけずけとものを言うサマンサが尋ねた。

ヒューが、同感だと言いたげな顔でジェーンを見た。

「彼は……その……わたしたち、結婚したの」

サマンサの夫で陽気な医師のロバート・グレンジャーが妻にささやいた。「ジェーンはビッドワースと結婚するときみが言ったのは、たった四日前だぞ」

サマンサが口を動かさずに応えた。「そうだったんだもの」

「そういうふうにはならなかったってことよ」ジェーンは明るく言った。「だからわたしたちの幸せを祈って、結婚したばかりのわたしの夫と仲よくしてちょうだい」

いとこたちのことはヒューもわずかながら知っているので、ジェーンはロバートに紹介した。ヒューとロバートは握手をした。ヒューの威圧的な外見に圧倒されなければ、ロバートは彼を抱きしめて一族の中に迎え入れただろう。

続いて、ベリンダの夫のローレンス・トンプソンに紹介した。茶目っ気があって頭がよく、いつも笑っているローレンスは、握手のあとヒューの手を包んだ。

いとこたちに会って、ジェーンは元気が出てきた。ヒューのひどい言葉にそれだけ傷ついていたということだ。〝おれはきみを置いていくからな〟彼はそう言った。

ヒューがあまりにも落ち着かない様子でみんなを用心深く見つめているので、ジェーンはからかいたくてたまらなくなった。いかにも意地悪そうな光を目にたたえて彼を見る。「いとこたちとおしゃべりして指輪を見せたいの。女だけで」ヒューがわずかに首を振った。「ヒュー、ほかのご主人方と仲よくなったらどう？　あの人たちは午前中のこの時間にスコッチを飲んだり、芝生に座ったりするのが好きなのよ。株の話でもしたら？」

彼が子供たちをうんざりした目で見ていたのも、ジェーンは気づいていた。「そうそう、子供たち、このヒューおじさまはプレゼントやおやつを買うのが大好きなの。欲しいものを言ってごらんなさい！」

「さあ、もう離れなさい！」ロバートが、ヒューにくっついていた子供たちを追い払いながら言った。「あっちで遊んでおいで！」

最後のひとりがおねだりをしてから、脚につかまっていた手を離して走り去っていくと、ヒューは安堵のあまり寝転がりたくなった。ジェーンは本気だった。本気で彼にロバートとローレンスの相手をさせていた。自分はいとこたちと一緒に、ワインの瓶を手にさっさと桟橋へ向かった。

「まったくジェーンはどういうつもりだ？　あの子犬たちをきみにけしかけるなんて」ロバートが柔和な笑みをヒューに向けた。「やっと男だけになったな」彼はあとのふたりを椅子のところに誘った。まだ一〇時にもなっていなかったが、三人は腰を落ち着けて酒を酌み交わし始めた。

「それで、仕事は何をしているんだい、マッカリック？」

ヒューは渋々座ってグラスを受け取った。どうふるまえばいいのかわからない。「おれは……引退したんだ」これまで無理に会話をするという経験はなかった。言うべきことがあるときしか口を開いたことがない。あらゆる意味で、今の仕事にうってつけなのだ。

「男はそうあるべきだね！」ロバートがグラスを掲げ、中身を飲み干した。「引退し、美しい妻をめとり、人生を楽しむ」

ローレンスはロバートよりは遅いが、それでもグラスを口へ運ぶペースは速かった。「きみとジェーンはすぐに子作りを始めるつもりかい？」

ヒューは肩をすくめた。子供たちに囲まれて幸せそうだったジェーンを見た今、自分が彼女に子供を産ませてやれないのをこれほど痛切に意識したことはなかった。

ロバートが二杯目の酒を膝にのせ、椅子に深く沈み込んだ。「ぼくとサマンサは三年近く待った」

待った？　上流階級の紳士たちがこんな話をしているのを聞くのは妙な気分だった。待ったとは、つまり避妊したということだ。

それからロバートとローレンスは、妻たちが妊娠中にどんな態度でどんな様子だったか――〝実に元気でおもしろいほどふくよかだった〟――子供がいかに男を変えるか――〝子供が生まれるまでは自分というものがわかっていなかった〟――と、ほかにもヒューが避けたいような話を続けた。

ヒューはおしゃべりに夢中になっているジェーンといとこたちに何度も目をやった。ジェーンが昨夜のことを逐一説明しているのは間違いない。彼女がふたりに顔を近づけて何かささやくたびにヒューは身がすくみ、顔が真っ赤になるのを感じた。

彼がほとんど耳を傾けないまま退屈な会話は終わり、ローレンスが射撃をしようと誘った。ヒューはうなじをさすった。わざと的を外さなければなるまい。本当はみなが驚くほど見事な腕前でジェーンを感心させたくてたまらないが、自分の得意技を見せびらかすのは愚かなことだ。

ジェーンのほうにちらりと目をやると、彼女は手をひさしのようにしてこちらを見ていた。おれの射撃の腕を覚えているだろうか？　ジェーンはいつも狩りに出かけるおれについてきて、このあたりの森を歩きまわった。

彼女がついてくるようになってまだ日が浅いころの話だ。狩りから戻ると、ジェーンは父にヒューの腕前を自慢した。「ヒューはものすごく射撃がうまいのよ。とても落ち着いていて、岩みたいにどっしり構えているの。風が強いのに、少なくとも六〇メートルは離れたところにいるあひるを撃ったのよ」

ウェイランドがそれまでと違った目でヒューを見た。「そうなのか？」そのときは、なぜなのかヒューにはわからなかった。ウェイランドが人を殺す仕事――財産を持たない次男坊を裕福にし、死とともに歩ませる仕事――に使えるかどうか自分を吟味していることは、知る由もなかった。

# 26

「あなたのスコットランド男はベッドではどうなの？　想像どおりだった？」サマンサが尋ねた。

ジェーンは目をぐるりとまわした。当然のことながら、この話題になった。すべてが明らかになるまで、サマンサはこと細かに聞きたがるだろう。だからジェーンは全部話した。ほぼ全部を。

リセットの件で傷ついたこと、ヒューが裏切っていなかったとわかってほっとしたこと。昨夜親密な行為に及んだものの、契りを結ぶところまではいかなかったこと。さっきの会話――というよりも、むしろ喧嘩――のこと。そして、彼が傭兵か何かではないかと思っていることも打ち明けた。

サマンサが言った。「あなたを無理やりヒューと結婚させるなんて、エドワードおじさまはどういうつもりなのかしら？」

「それに彼が傭兵ですって？」ベリンダはヒューのほうに目をやった。「たしかにぴったりだけど」

「便宜上の結婚かもしれないけれど、すでに不便な結婚になっているんじゃないの?」サマンサがきいた。

ジェーンは目立たないようにストッキングと靴を脱ぎ、足を水につけた。「ヒューは縛られるのが嫌いで、そこから抜け出すためならなんだってするの。充分すぎるほどはっきりわかったわ。彼はこう言ったのよ。〝おれはきみを置いていく〟って」

ベリンダは二本目のワインのコルクを途中までしか抜くことができず、瓶をサマンサに渡して言った。「ジェーン、あなたがなぜ最後までいきたくないのかはわかるわ。でも、彼がどうしてそんなにいやがっているのかがわからないのよ。恋人がいるの?」

「いいえ、今はいないって」

サマンサはコルクを歯で引き抜き、湖面に向かって吐き出した。バインランドでは、一度開けた瓶は最後まで飲みきるのがならわしだ。「彼、傭兵をして稼いでいるの?」

「お父さまはいくらか稼いだと言っていたわ。でも、彼の本当の仕事は教えてくれなかったのよ」

サマンサが尋ねた。「傭兵なのは間違いないの?」

ジェーンはうなずいた。「弟がそうだし、ヒューはついこのあいだまで大陸で弟とともに戦っていたのよ。顔の傷はそのときにできたらしいわ」

サマンサはベリンダに瓶を渡した。「弟?」

「コートランドよ。いつも怒っていた人」

サマンサとベリンダはそれでわかったようだ。ベリンダが言った。「少なくとも、お兄さんよりはましだったわよ」

「顔が傷だらけの人ね！　夜になると、あの顔を思い出して怖くなったものだわ」サマンサが言った。

「わたしもよ！」とベリンダ。「ある朝、クローディアとふたりでいちご摘みに出かけたら、霧のかかった道に彼がいたの。わたしたちは凍りついて、彼は何が起こるかわかっているみたいに顔をしかめたわ。わたしたちが籠《かご》を落として逃げたら、ひどい悪態をついたのよ」

ジェーンはなぜか、一瞬イーサンに同情を覚えた。そのころはまだ二〇歳ぐらいだったはずだ。

「あとで悪かったと思ったわ。ばかよね」つけ足すようにベリンダがつぶやいた。「でも、籠を取りには戻らなかった」

「それで、ヒューは何をためらっているわけ？」サマンサが眉をひそめて尋ねた。「あなたを食べさせるお金はあるし、恋人はいない。そのうえ、あなたにすっかり夢中になっているのに」

ジェーンはむっつりした顔でサマンサを見てから、ヒューに見えないよう背中を向けてワインを飲んだ。今朝の言葉でわかったが、一時的とはいえ妻である女が、ストッキングを脱いでワインをまわし飲みするのをヒューは喜ばないだろう。「そう、あんまりわたしに夢中なものだから、毎日二回、どうやって結婚を終わらせるか話してくれるのよ」

サマンサはジェーンの言葉を打ち消すように手を振った。「わたしは自分の目に映るものを口にしているだけ。パズルみたいなものよ。パズルは大好き」

「きっとクランに戻れば、大柄なスコットランド人の恋人が待っているのよ」ほかのふたりよりも上品にワインを飲みながら、ベリンダが言った。「胸とヒップが大きくて、料理上手な恋人がね」

ジェーンは眉根を寄せた。急に、ヒューのクランが待つ土地まで旅することが楽しみに思えなくなった。そこではわたしはよそ者だろう。言葉は話せないし、ヒューと親戚たちや彼が残してきた女性たちとの会話が理解できないのだから。

サマンサが言った。「少なくともジェーンはいい具合に色っぽいわよ」

ジェーンは否定しようともしなかった。これまで欲望は彼女をいらだたせるだけだったが、ヒューと一緒にいる今は――昨夜のことがあったあとでは――ジェーンを消耗させる。「ときどき――」サマンサのふたりの娘が桟橋を走り、乳母が息を切らして追いかけるのを見ながら、ジェーンはいとこたちに顔を近づけた。「ときどき、愛を交わすことについて、二七歳の男性が考えるみたいに考えることがあるわ。性のことばかり考えている人たちがいるけれど、わたしもそのひとりなのかもしれない」

サマンサがあきれた顔をした。「二七歳の処女からそんな言葉を聞くとはね」

「サマンサ、そんな言い方はよくないわ」ベリンダがまじめな口調でたしなめた。「ジェーンは好きで処女でいるわけじゃないの」ワインの瓶に向かって指を鳴らし、催促する。「それで、契りを結ばなかったらどうなるの？　この冒険が終わったとき、何が起きるのかしら？」

ジェーンは頭の後ろに手をやって背中を椅子に預け、深々と息を吸った。空気はワイルドローズの芳香に満ちていて、まだ秋の初霜のにおいはしなかった。「結婚は解消されて、ヒューは傭兵だか盗賊だか知らないけれど、とにかく秘密の仕事に戻るわ」

サマンサがきいた。「ジェイニー、ちょっと思ったんだけど、あなたは結婚を続けたいの？」

これまでサマンサとベリンダはヒューの動機について話すばかりで、ジェーンが昔、彼に夢中だったことには触れなかった。彼女が再びヒューのことで泣くのを恐れたのだろう。

質問の答えを考えつつ、ジェーンはヒューがローレンスに背中を叩かれ、肘で突かれながらも、またもやわざと的を外すのを見つめた。ヒューがローレンスとロバートに気まずい思いをさせることもできるのに、ヒューはそうしなかった。ロバートがライフルを構えるのを黙って見つめているが、さぞ彼の姿勢を直してやりたいに違いない。ヒューはジェーンの親戚たちとうまくやっていこうと頑張っているのだ。

ジェーンはため息をついた。昨夜のことがあって以来、これからの晩をヒューと過ごしてもいいという気持ちになっている。今朝は喧嘩をしたけれど、それでも彼はいい夫になるだろう。

まだ子供だったとき、ジェーンは彼の性格が自分にとって驚くほど魅力的であることに気づき、気を引こうとした。ヒューが去ったあと、彼に匹敵するような男性には会っていない。彼女はいとこたちにこわばった笑みを見せた。「どうでもいいことよ。彼ははっきり言ったんだもの。これが終わったらわたしから離れ、二度と戻ってこないって。わたしが禁欲主義を守ってこなかったと言ったときの彼の顔を見せてあげたかったわ」

ベリンダが言った。「公平に言うなら、すぐに結婚を無効にできるというのが、彼が結婚に同意した条件のひとつだったのよ。その条件がないと面倒なことになるもの。彼はあなたが離婚することになるのを恐れているのかもしれない。シャーロットがよく知っているけれど、離婚するのはとんでもなく大変らしいわ」

サマンサが首を振った。「違うわ、彼は嫉妬しているのよ。長いあいだ裁判所に足止めされて、あなたがほかの男と一緒にいるところを思い描いて、それに反応したんじゃないかしら」

ベリンダは三本の指を口に当ててしゃっくりを抑えると、再び瓶のほうへ指を鳴らして催促した。今度はジェーンに。「ジェーン、この点に関してはわたしもサマンサと同じ意見よ。彼は飢えた人がごちそうを見るみたいな目であなたを見ているわ」

「わたしたちが一緒にいるところなんて、ほんのちょっとしか見ていないじゃない！」

サマンサが言った。「でも、さっきからあなたをちらちら見ているわよ。五秒数えてごらんなさい。五、四、三……」

ジェーンはサマンサの黄褐色の巻き毛を引っ張ったが、二秒後、本当にヒューはこちらを見た。「たしかに独占欲が強そうに見えるかもしれない。でも、それも当然なの。わたしを守っているんだもの」

「熱烈な恋をしているハイランド人を見たことがないの？」感情を押し殺してジェーンを見つめているヒューを、サマンサは肩越しに親指で示した。「あそこにいるわよ！」

「熱烈な恋だなんて、ばかばかしい」そう言ったものの、ジェーンの心臓は激しく鳴り始めていた。

ベリンダが眉をひそめる。「ジェーン、自信家で有名なあなたなのに、その自信はどこへ行ってしまったの？」

「追いつめられて、悲鳴をあげながら山に逃げていったわ。夫に自分の結婚は熊の罠にかかったようなものだなんて思われたら、誰だってそうなるわよ。逃げるために片足を切り落とそうとしているのを見ても、そうね、やっぱりそうなるわ」

「たぶん彼は自分があなたにふさわしいほどお金持ちじゃないとか、優秀ではないとか思っているのよ」ベリンダが言った。「なんといっても、あなたはずば抜けてハンサムでお金持ちの伯爵と結婚するところだったんだもの」

「そうよ」サマンサも言った。「わたしに言わせれば、彼がしていることは自己犠牲に思えるわ」

「つまりあなたたちは、彼がわたしに恋していて、わたしが傷つくのを見るのが耐えられないから、ここにいてわたしのために命を投げ出そうとしていると言うのね？」

ベリンダがうなずいた。「まさにそのとおり」

実際、ヒューはなぜこんなことをしているのかしら？　彼がお父さまに仕事をもらって恩義を感じているのはわかっている。でも、ヒューが今していることは恩返しの域を超えている。「どうして彼は、以前はわたしを置いていって、今回はわたしと本当には結婚しないことをあれほど強く心に決めているのかしら？」

「わからないわ。でも、わたしだったらその答えを探すわね」サマンサが言った。「そして戦略を練るの」

「ヒューを攻略する戦略ね」ジェーンは顎に指を当てた。「前にも同じことをした気がするわ」

サマンサが肩をすくめた。「たしかに前回の計画は完全に成功したとは言えないけれど――」

「成功したとは言えない？」ジェーンは笑った。「わたしたちはヒューをわたしと結婚させようとして、その結果、彼は一〇年も姿を消してしまったのよ」

「それで、どうするつもりなの？」ベリンダが尋ねた。

ジェーンは眉根を寄せた。「答えが浮かんでくるまで待つわ。浮かんできたら、衝動的かつ大胆に行動するっていうのはどう？」

サマンサが考え込むように顎をなでながら言った。「きっとうまくいくわ」

## 27

日が暮れるころ、通用口から屋敷を出ようとしているジェーンをヒューがつかまえた。「一日中おれを避けているわけにはいかないぞ」そう言って、彼女を壁の前に立たせた。

「あなたから見えるところにずっといたでしょう?」ヒューがジェーンの頭の脇に手をついて顔を近づけてきたので、彼女は驚いた。「それにあなたはロバートやローレンスと楽しんでいたじゃないの」

彼は目を細めた。「ああ。今日は射撃、釣り、それに煙草を楽しんだ。そのあいだも常にきみから目を離さずにいたものだから、ふたりにはさんざん、きみの言いなりになっているといってからかわれた」そう語る声がひどくぶっきらぼうなので、ジェーンは笑みを浮かべそうになった。「いとこたちに昨夜のことを話したのか?」

「もちろんよ」

「全部? おれが……いや、おれたちが……その、どんなふうに……」最後は言葉が途切れてうめき声になり、ヒューは彼女の額に額をつけた。「ジェーン、まさか」

「一日中、その心配をしていたの?」

彼は額を離した。「ああ、そうだ」

ジェーンは爪を見つめた。「今朝あれだけひどいことを言ったんだから、苦しんで当然だわ」

「そうかもしれない。だが、おれたちふたりのあいだのことを、いとこたちに言いふらされるのはいやだ。手紙でも書かれたら、一日できみのいとこ全員に知れ渡ってしまう」

「サマンサとベリンダに話したけれど、詳しいことは言っていないわ。ただ、いい感じになったものの、最後まではいっていないと話しただけよ」

「それでも話しすぎだ」ヒューはそう言ったが、いくらかほっとしたようだ。彼は再び顔を近づけた。「今朝の件があるから、きみが自分から口をきいてくれるとは思わなかった」

「あなたが言ったことは忘れることにするわ」

「それはありがたい」

「取引に応じてくれるならね。これから二週間、くよくよ悩んだら、その都度わたしに一〇〇ポンド払うこと」

「一〇〇ポンド？　なぜだ？」

「今日わかったの。わたしたちは無理強いされて一緒にいるけれど、だからといって不愉快な思いをする必要はないって。わたしは楽しみたいのよ。あなたと。あなたがほかのことで頭を悩ませていたら、楽しむことなんかできないわ」

「おれは自分を変えられない」

「取引に応じてくれないなら、今朝あなたが言ったこと、忘れないわよ。全部いとこたちに話すわ。あなたがわたしの上にのりながら言った言葉も、一字一句漏らさずにね」

ヒューは目をそらし、金属でも嚙み切れそうなほど強く歯を食いしばった。やがて歯のあいだから言った。「取引に応じよう」

「わかったわ。でも覚えておいて。罰金はきっとどんどんたまっていくわよ」

「なんとかなるだろう」

「お金のこと？　それとも、くよくよ悩むのをやめること？」

そこへサマンサの娘のエミリーが現れて、ヒューは答えるのを免れた。

「ジェイニーおばさま、来て」エミリーはジェーンの手を取って芝生のほうに引っ張っていった。

ジェーンはヒューの手を取り、肩越しに振り返った。「エミリーは小さいころのわたしにそっくりなの。立ったまま眠ってしまうほど、一日中走りまわったものだわ」

「小さいころ？」彼が眉を上げた。「二三歳になっても、そんな感じだったじゃないか」

彼女はくすくす笑い、ヒューはそれに驚いたようだった。芝生に敷かれた毛布まで来るとジェーンは座り、ヒューの手を引っ張って隣に座らせた。エミリーがジェーンの膝の上にのった。

「ジェイニーおばさま」声をひそめているつもりらしいが、丸聞こえだ。「この人が、おばさまが結婚した粗野なスコットランド人？」

たちまちヒューの顔がこわばった。「そうよ」

エミリーは疑い深げに彼を見た。「じゃあ、本当におじさまって呼ばなければならないのね？」

「ええ、そう。ヒューおじさまよ」

「本当にプレゼントを買ってくれるのかしら？」

ジェーンはヒューにも聞こえるように言った。「自分できいてごらんなさい」

エミリーは首を傾けて彼に言った。「わたしがお願いしたお人形、本当に買ってくれる？」

ヒューはちらりとジェーンを見てから答えた。「ああ」

「忘れない？」

彼がうなずくと、エミリーは心からうれしそうな笑みを見せた。ジェーンが以前、ポニーを買うことを約束させられたのと同じ笑みだ。茶色と白のまだら模様のそのポニーを、エミリーは〝ぶち《フレックルス》〟と名づけた。ヒューはまるでクラブで会った知り合いに対するみたいに、エミリーに向かってひとつうなずいてみせた。

エミリーは「じゃあね、ヒューおじさま」と言って走り去った。

ジェーンは顔をしかめて彼を見た。「まるで一度も子供の相手をしたことがないみたいね」

「ないよ。ここ何年も」そう言ったあとで、ヒューは身をこわばらせた。「どうすればよかったんだ？」ジェーンの答えを真剣に待っているようだ。

〝ヒューは努力している〟「こんなふうに言えばよかったのよ。〝ああ、いいよ、ただし一週間いい子にしていたらな〟とか」

彼はその忠告を頭に刻み込んでいるみたいだ。「きみがそんなに子供好きだとは知らなかった」

「大好きよ」ジェーンは全身草まみれになって遊んでいる子供たちを見て言った。「子供たちの何もかもが好き。一日の終わりに髪から太陽のにおいがするのも、感受性が強いのも、すぐに笑いだすのも……」ヒューの顔が暗くなっていくのを見て口をつぐむ。「何か悪いことを言ったかしら？」

「なぜ今まで自分の子供を持とうと考えなかった？」

ジェーンはひるんだ。「子供を持つのに必要なものがあるじゃないの。夫よ」

「どうやら夫の条件を厳しくしすぎたようだな」

「まるで、もう遅いみたいな言い方ね。わたしはまだ二七歳なのに！　母がわたしを産んだのは二九歳のときよ。わたしが落ち着かなければならない理由なんてないわ。というか、なかったと言うべきよね。なんだか混乱してきたわ。完全に結婚しているか、完全に未婚でいるかのほうが楽ね」

「だが今は、粗野なスコットランド人と中途半端な結婚をしているというわけだな？」

相当こたえたのだろう。「あの人たちも、別に深い意味があって言っているんじゃないのよ」

ヒューは横を向いて草を抜きながら尋ねた。「きみはおれが夫で恥ずかしかったか？」

「まさか、そんなわけないじゃない！」彼の厳しい表情はいくらか和らいだが、ジェーンはこんなふうに叫ぶのではなく、もう少し落ち着いて答えればよかったと後悔した。

いとこたちが何を言おうと気にならない。ジェーンはずっと、ヒューの無骨な顔をハンサムだと思ってきた。着るものは簡素だけれど悪くないし、無口だが行儀はいい。もっともサマンサの話だと、握手はちょっと力がこもりすぎだとロバートは言っていたらしい。

「それに粗野なスコットランド人なんて、ロバートの呼ばれ方よりはずっといいわ」眉を上げたヒューに、彼女は説明した。「ロバートは〝笑うあひる〟と呼ばれているの。そういえば、彼はあなたとはいい友だちになれそうだと思っているわよ。あなたをふた言以上しゃべらせることはできなかったけれど、印象はいいと言っていたわ。ロバートはそういうことに鋭いの」

「印象はいい、か。だったらなぜ……」ヒューはそこで、ローレンスがたき火を始めたのに目を留めた。「火をたくのか？」周囲を見まわす。「ここで？」

ジェーンはうなずいた。「天気がいいときは、いつもここで夕食をとるの」

「それは知っている」ベリンダとサマンサが料理とワインの仕度を始めるのを、彼は用心深く見つめた。

「わたしたちも食べていくでしょう？」

ヒューはテムズ川の水を飲めと言われたみたいな顔で振り返った。

ここで食事をしようというのか。全員で。とんでもない話だ。

「いや、おれたちは食べない」ヒューはジェーンを引っ張って立ち上がった。そんなことは絶対にできない。

ヒューや兄弟たちは、たき火を囲んでの食事に招かれてもけっして応じなかった。ウェイランド一族の奇妙なふるまいが理解できなかったのだ。男たちは妻たちの前でためらうことなく酒を飲み、葉巻を吸う。夜中に笑い声が響き、子供たちは眠くなると両親の膝で眠り、いくら大きな笑い声があがっても目を覚まさない。ヒューは何度テラスに座って耳を傾け、とまどいながら兄や弟と顔を見合わせたことだろう。

そのおれに入り江のこちら側で火を囲めというのか？

ひどくうろたえた顔になったらしく、ジェーンが寄り添いつつ、ワインで赤らんだ唇に笑みを浮かべた。ついさっき彼女を壁際に立たせたとき、あの唇の味を見たくてたまらなかった。

「今日はどうしてもここで食べていきたいの」

ヒューはかたくなに首を振った。

「お願い」ジェーンが甘い声で言う。彼女がおれを支配できることと、それをおれたちふたりともが承知していること。より始末が悪いのはどちらだろう？

彼女はヒューの手を取り、再び毛布の上に腰を下ろした。「ただ座っているだけでいいから」ジェーンが自分を操ろうとしているのは承知していたが、座れば腕をつかんで体を寄せてくるのもわかっていた。たき火に我慢すれば、この特典がつく。

ヒューは特典のほうを取ることにした。

やわらかい胸が腕に触れるほど体を寄せると、ジェーンは彼のうなじに手を走らせ、爪でゆっくり円を描いた。「悪くないでしょう?」

ジェーンとなら悪くない。だがほかの者も、乳母や子供たちや夫婦全員が集まっていた。彼らはたき火を囲み、陶器の皿にのったごちそうを前に座った。ジェーンが取り分けてくれた料理はいいにおいがしていたが、ヒューは食欲がわかなかった。

毛布にくるまってジェーンの足元で丸くなったエミリーをはじめ子供たちが眠りに落ち、乳母たちが引き上げたあと、さらにワインが出てきた。会話が盛り上がり、レディーたちの前にもかかわらず言葉も露骨になった。女性たちがつかう言葉も、それに負けず劣らずあからさまだった。

ロバートの声がしてヒューは顔を上げた。「ヒューは少なくともジェーンがどんな女かは知っているはずだ。昔からの彼女を知らないで結婚していたら、何かと困惑するだろう」

サマンサが言った。「〝八人娘〟の中でも一番過激だということは知っているはずよ」

「そんなことないわ!」ジェーンが叫んだ。

「ヒューはロシア王子の話は知っているの?」サマンサが尋ねると、ジェーンは満足げな笑みを浮かべた。

ロシア王子の話とやらを聞きたいのかどうか、ヒューは自分でもわからなかった。

だが、サマンサはすでに語り始めていた。「この春、ある舞踏会で、年寄りのいやらしい王子がシャーロットのボディスに手を入れたの。シャーロットはそれは悔しがったわ！　だからわたしたち、彼の持ちものがいかに小さいかを言いふらしたのよ」彼女の目が楽しそうに輝いている。「でもジェーンは獲物を観察して時機を待つ雌虎みたいに、ただ横で見ているだけ。王子がすれ違うとき、彼女は誘うようにほほえんだの。王子はすっかり気を取られて、ジェーンがスカートの下から足を出したのに気づかなくてね。その足につまずいて、巨大なパンチボウルに顔から突っ込んじゃったのよ」

ヒューは口の端で笑った。気の強い女だ。

ベリンダがつけ足した。「ジェーンは手を払いながら、わたしたちのところにやってきて言ったわ」ジェーンの色っぽい声を真似る。「〝ヴェイランドの八人娘〟の前ではお辞儀をしないと転ぶことになるのよね、って」

ヒューはジェーンに向かって眉を上げ、思わず言った。「みんな、お辞儀するだろう？」

「聞いてなかったの？」ジェーンはにやりとした。「そうしないと転ぶのよ。あなたみたいな大男は派手に転ぶわ」

冗談じゃない。

みんなが笑った。一同はやがて、五行詩《リメリック》を即興で作る遊びを始めた。ヒューはもう少しで笑いそうになっているのに気づき、気持ちを引きしめた。一歩引くよう自分に言い聞かせる。

それがおれなのだ。常に離れたところから眺める。常に。難しいことではない。目の前の人々とおれは、昼と夜みたいに正反対なのだから。

彼らはみな、気楽に自分をさらけ出している。互いの結びつきに自信があり、愛情を素直に示す。サマンサはロバートの首に唇を押し当てて笑っているし、ベリンダとローレンスは三メートル先にベリンダのショールを取りに行くのにも手をつないでいる。

ジェーンが本当におれのもので、おれもここに属しているとしたらどんな感じだろう？『運命の書』が常に投げかける影がなかったら、おれはどんな人生を送るんだ？　そういう人生がうらやましくてならない。

祝福された一族と、呪われた一家。

ヒューがため息をつくと、ジェーンがそっと彼のうなじに爪を走らせた。まるで今のヒューがそれを必要としているのを感じ取ったかのようだった。

彼は火を見つめた。ほんの数週間前、弟のコートが初めて心から愛した女性、アナリアが命を落としかけた。コートの無分別な行動のせいで、彼とアナリアは殺し屋に追われるはめになったのだ。

ふたりの殺し屋がアナリアの兄のあとをつけて、ロンドンのマッカリック家の屋敷まで来た。殺し屋はアナリアをつかまえ、こめかみに強く銃口を押しつけて外へ引っ張り出した。コートは手も足も出ず、押し殺した声で、いつものように離れたところから見ていたヒューに助けを求めた。

ヒューは二階の自分の部屋まで行き、ライフルを取ってその階の窓から撃った。一発の銃弾がこれほど重い意味を持ったのは初めてだった。もしアナリアが死んだら、コートが生きていけないことはわかっていた。

ヒューは相手に発砲させずに撃ち殺すことに成功した。だがアナリアは、まだ自分をつかまえて放さない死体から逃げなければならなかった。彼女は血だまりで足を滑らせ悲鳴をあげた。

アナリアに駆け寄るコートを見たときに自分の頭に浮かんだ思いをヒューは恥じた。自分はジェーンの命を危険にさらしたことがないと考えてほっとしたのだ。〝ジェーンをこんな目に遭わせるぐらいなら、その前におれは命を投げ出すだろう〟そう思ったのを覚えている。

それなのにおれは……。

ジェーンが彼の耳にキスしてささやいた。「これで一〇〇ポンドよ。一回につき二〇〇にする？」

# 28

うなじの毛が逆立つのをグレイが感じた瞬間、酒場は沈黙に包まれた。

彼は頭を振り、酒を飲みながらほほえんだ。昼のあいだ休憩をとったこの湖畔の酒場に、あの無慈悲な男が入ってきたのだ。グレイは、夜が明けると同時に船でここを出発するつもりだった。

すでに逃げ道は決めてあったので、すばやく通用口に向かった。だが追跡者をよく見ようと、暗がりの中で足を止めた。

イーサン・マッカリック。世の鬼どもが恐れる本物の鬼。

そう思うと、グレイは笑いたくなった。

イーサンがにらみをきかせて店内を見まわした。顔は険しく傷跡が白い。誰にやられた傷なのか、グレイは知りたくてたまらなかったが、ヒューは絶対にその話をしようとせず、きかれるのをいやがった。たしかなのは、イーサンがまだ若いときに腕の立つ人間にやられたものだということだ。

イーサンは壁際まで後退しながら、常連らしい酔客たちを依然として、探るように見ている。彼らはあらゆる情報を持っている門番みたいなものだ。なぜなら酔っ払いはひどく察しがいいし、人の秘密でもなんでもしゃべる。

イーサンににらまれて、客のひとりがドアへ向かって突進した。イーサンはすかさずその男の髪をつかみ、外へ引きずり出した。

グレイもこっそり外に出て、霧のたちこめる路地に男を引っ張り込むイーサンのあとを追った。イーサンが片手で男の喉をゆっくり絞め、言葉を吐き出させるのを遠くから見つめる。イーサンはいつもあんな調子だ。小細工などせず力に頼る。

男がある名前を叫んだとき、グレイはイーサンが成功したのを悟った。男を叩きのめしたあとイーサンは酒場に戻ったが、男が叫んだのは渡し船の船頭の名で、その船頭は酒場でエールを飲みながらグレイが出発の指示を出すのを待っていたのだ。

くそったれめ！　ロス・クリーグまで船でわずか三〇分のところにいるのに、グレイは焦りを感じた。ヒューはいつまでもそこにとどまるつもりではないだろう。いずれは隠れ場所がおれに見つかるとわかっているはずだ。

もしイーサンが酒場を出てそのままこの町から立ち去らないとしたら、今夜殺さねばなるまい。殺す予定ではなかった。今のところは。殺したいのはジェーンだ。能力以上のものを背負い込まないよう、グレイは常に物事に優先順位をつけるようにしている。しかしそれを言うならすでに、予定した優先順位を崩してリセットを追った。

どうやら選択肢は限られているようだ。

だが、イーサンを殺すのは簡単ではない。気づかれずにナイフで襲えるほど近づくには時間をかけて準備しなければならないが、そんな暇はなかった。

一五分が過ぎ、イーサンはまだ店内にいる。彼を殺すには銃を使うしかなさそうだ。見晴らしのいい場所を探したところ、酒場の入り口に面していて脇の路地も見渡せるバルコニーを見つけた。鉄の手すりにつかまってバルコニーへよじ登るとき、胸の古傷が抗議の声をあげた。

なんとかバルコニーに落ち着いたが、イーサンはなかなか出てこない。グレイは通りを歩く人々や、酒場のドアから出入りする客たちを眺めた。イーサンは食事をしているのだろうか？　あるいは聞き込みをしているのか？　女を買っているわけではないだろう。彼は人生の楽しみを享受しようとしない。もはや女を楽しむことすらやめてしまった。

たっぷり一時間は過ぎたころ、イーサンが通用口から出てきた。グレイはピストルの狙いを定めた。手が激しく震える。それを抑えるため、もう一方の手で例の〝薬〟を取り出して口の中に入れた。

イーサンの様子がおかしいとすぐに気づいた。点滅する街灯の明かりの中で、何か別のことに気を取られているように見える。

彼があんなふうになる理由はひとつしかない。ヒューの顔に同じ表情が浮かぶのを幾度となく見たことがあるからだ。

イーサン・マッカリックは女のことを考えている。

かつて彼は自分の外見などおかまいなく、したいようにしていた。だが今、ふたりの少年が立ち止まってイーサンの顔を見つめると、彼は他人からどう見えるか気にするように眉根を寄せた。少年たちをにらみつけて追い払ったが、それで満足したふうには見えない。それどころか、手の甲で傷跡を乱暴にさすった。

けれども、イーサンに同情は感じない。あのじめじめした地下室に閉じ込められていたときの苦しみを思い出せば、同情などするはずがない。怒りが炎となってグレイの中で燃え始めた。いくら必死に薬を噛んでも、炎は消えなかった。

イーサンに解放されたとき、グレイは感謝するふりをして、快復へ向かっているように見せかけた。ヒューは心からほっとしたらしく、グレイを殴ったことに罪悪感を抱いているらしかった。「戻ってきてくれてよかったよ」とヒューは言った。だがイーサンの目は、〝ずっと見張っているからな〟と語っていた。

今、見張っているのはグレイのほうだ。震える手が落ち着くのを再び祈りながら、狙いをつける。

この距離で音が聞こえるはずはないが、グレイが撃鉄を起こした瞬間、イーサンは凍りついた。ついにおれの存在を感じ取ったのだろうか？　それとも、どこからでも狙われやすい路地に入ってしまった自分の不注意に気づいたのか？

イーサンが目を上げてグレイを見つけた。そして、信じられないという顔になる。それはグレイも同じだった。イーサン・マッカリックをこんなにたやすく殺せるとは思ってもいなかった。イーサンの表情が怒りに変わる。彼は銃を取り出して撃った。

銃弾が自分の大きすぎる服をかすめた瞬間、グレイは引き金を引いた。

イーサンの胸から宙に向かって血が噴き出し、倒れたその体に降り注いだ。

射撃が下手だと？　今夜のおれは違う。狙いは外れなかった。

# 29

ヒューはうとうとしているジェーンを腕に抱えてロス・クリーグに戻った。彼女はたき火の前で、足にエミリーをのせたままヒューの胸にもたれて眠ってしまったのだ。ロバートがエミリーをどかすと、ヒューはそっとジェーンを抱き上げ、泊まっていけという誘いを急いで断った。

ウェイランド一族との夕べに耐えたと話したときの兄弟たちの顔を想像して、ヒューはほほえんだ。イーサンとコートは絶対に信じないだろう。

だが、それほどひどい夕べではなかった。正直に言えば、こんなに楽しい時間を過ごしたのは久しぶりだ。今おれは再びジェーンを抱きかかえ、空には月が昇り、そして彼女は……おれの胸に頬をすりつけている。ヒューは顔を引いた。「ジェーン、起きているのか?」

「ちょっとだけ」彼女はつぶやくと、両手を上げてヒューの肩をつかんだ。

ヒューは眉をひそめて見下ろした。「酔っているんじゃないか?」

「いいえ、頭ははっきりしているわ」

彼はかすれた声で尋ねた。「なぜおれのシャツのボタンを外しているんだ?」彼女の座っている位置からして、ヒューの体の反応に気づいていないはずはない。彼はジェーンの腕をつかみ、下腹部のこわばりの上から彼女をどかした。「ジェーン、わかっているだろう、こんなことをしてはいけないんだ」彼女は今、おれの胸に唇と舌をつけなかったか？　ヒューは空を仰いで月を見つめた。今日、何度も自分に言い聞かせた誓いが頭の中でぼやけてきたので、激しく頭を振る。「きみは相変わらず、これをゲームのように考えている」

彼女はたった今夢から覚めたみたいに瞬《まばた》きをした。「そんなことないわ」

「ひとりで出かけようとするほど浅はかだとは思わなかった」

「いとこたちと話したかったの。とにかく助言が欲しかったのよ」ジェーンは謎めいた言い方をした。

彼女が答えないとわかっていながら、ヒューは淡々とした声で尋ねた。「なんの助言だ？」おれをあざける新たな秘密の誕生か。

「それは――」ジェーンが伸び上がって彼の唇にやさしく唇をつけた。「あなたにベッドの中で愛してもらいたいというわたしの気持ちに対する助言よ」

ヒューは思わず、彼女を抱えたまま馬から滑り落ちそうになった。

昼のあいだ何度かジェーンに触れられたせいで、昨夜の出来事のあとに芽生えた彼の欲求は激しくかきたてられていた。それに一日中、彼女の夫の役割を演じるうち、つい本当の夫婦のような気がしてきた。

今夜、夫としての権利を要求したい。

「おれと最後までいきたいのか？」考えるだけで声がかすれた。

　ジェーンがヒューの胸の中でうなずき、彼は無意識のうちに止めていた息を吐き出した。彼女を膝の上にまたがらせる。ジェーンが脚を両脇に垂らすと、彼はスカートをまくり上げた。首にキスをしながら、片方の手を彼女のうなじに添え、もう一方を背中からシルクの下《パン》ばき《タレット》の中に滑り込ませた。

　ヒップをつかみ、下腹部のふくらみの上にジェーンを移して揺らす。彼女は甘えるように鼻を鳴らし、ヒューは苦悩のあまり悪態をついた。彼がジェーンをふくらみから下ろすと、彼女ははっとして息をのんだ。ヒューが彼女の脚のあいだに手をやり、秘所に手のひらが当たるようにしたからだ。そこはあたたかく湿っていて、彼の手の感触にジェーンはうめいた。だがヒューの指が中に入ると、そのうめき声は苦痛の声に変わった。

　ジェーンの中は驚くほど締まっていて、彼の指をしっかりと包み込んだ。ヒューの下半身が、指に取って代わりたいとうずく。「自分を抑えられそうにない。昨夜のようにはいかないぞ」

　親指と人差し指でまさぐられ、ジェーンは首をのけぞらせたが、ヒューは彼女のうなじをしっかり支えて自分と向き合わせた。

　ジェーンがとろんとした目でうなずいた。

「わかるか？」ヒューはゆっくりと愛撫し、ジェーンは彼の指に向かって体をくねらせた。

「ああ、ヒュー！　ええ、わかるわ」

彼女がそう言った瞬間、ヒューはその意味するところを意識して体をこわばらせた。「今日、おれはきみの中に入る」ついに。「そうしてほしいんだろう?」その言葉とともに、再び指を突き入れる。

「ええ!」ジェーンは頂点に近づこうとしている。体が震え、緩急を求めるようにヒューの腰にまわした腿の筋肉が締まったり緩んだりした。彼はもう少しで爆発しそうになった。もう止められない。おれはジェーンを自分のものにしたい。彼女もそうしてほしがっている。抵抗などできるわけがない。彼はジェーンの耳元でささやいた。「先に達してくれ」

「ええ、ヒュー……」絶頂を迎え、ジェーンは激しく彼にキスをしながら叫び声をあげた。肩にジェーンの爪が食い込み、彼女の中に入れた指を締めつける力が強くなる。もうすぐそこへ入るのだという期待で、ヒュー自身の先端も湿り気を帯びてきた。

彼の肩につかまっているジェーンの体から力が抜け、ヒューは彼女のヒップを手で支えた。ロス・クリーグに着くと、腰に彼女の脚を巻きつけさせたまま馬を降り、手綱を近くの柱にかけた。

屋敷の中に入って玄関の錠を下ろしたとき、ジェーンがヒューの肩から顔を上げて唇を重ねた。彼の腕をつかみ、次に手を握る。

ジェーンの中に身を沈めるのが待ちきれず、ヒューは彼女の首筋に荒い息を吐きかけながら階段を駆け上がり、自分の寝室へ向かった。室内に入ってジェーンをベッドに下ろし、上着を脱いでピストルのホルスターを外す。頭からシャツを脱ぐと、彼女が両腕を差し伸べた。

彼はベッドのマットレスに片膝をついた。長いことジェーンを求めていたが、ついに――。

ヒューは凍りついた。

外で、テラスの門の蝶番《ちょうつがい》がきしむ音がした。


ヒューがはっと頭を上げた。目に光が揺れている。彼はピストルに飛びついた。

「ヒュー？　どうしたの？」つい今しがたまで快感に酔いしれていたので、ジェーンはうまく言葉が出てこなかった。

「そこにいろ」彼は窓辺に寄って、カーテンを閉めた。「動くな。特に窓の前では絶対に」

「グ……グレイがいるの？」

「なんでもないかもしれない」彼はカーテンの端から慎重に外をのぞいた。

「まだ英国に着いてもいないはずでしょう？」

「用心するに越したことはない」

グレイが外にいるかもしれないというのは驚きだったが、怖くはなかった。ヒューがいるから安心だ。「わたしも弓を持っていたほうがいい？」

「いや、その必要はない」

「あなたはいつまでそこにいるつもりなの？」

「夜明けまでだ」

「なんですって？　ベッドに来ればいいのに。玄関の錠を下ろしたから、グレイが入ってくることはできないわ」

「もし外にいるなら、見つけられるかもしれない」

ジェーンはゆっくりと尋ねた。「見つけたらどうするの？」

ヒューの声は静かで冷たかった。「殺す」

「でも、友だちなんでしょう？　わたしたちは逃げているのであって、彼の命を奪うわけではないのだと思っていたわ」

「グレイは前にも人を殺している」

「嘘でしょう、まさかそんな……」ヒューに目を見つめられ、その先まで言えなかった。

「男も女もだ」

「なぜなの？　どうしてそんなことをしたの？」

「言っただろう、やつは精神を病んでいるんだ。これまでにない苦しみを味わっている」

ジェーンは目を見開いた。「バークとヘア（一八二七年から二八年にかけてエジンバラに出没した連続殺人魔）や、ばね足ジャック（切り裂きジャックが出現する数十年前、銀色の衣装に身を包み消防士と偽り、炎を吹きかけたりナイフで刺して逃走したとされる）みたいだということ？」息ができない。「グレイは『タイムズ』に載るような殺人鬼のひとりなの？」

「ああ。そういう人間との共通点は多いと言っていい」

「どうして話してくれなかったの？」

「無駄にきみを怖がらせたくなかった」取り乱した様子でつけ加える。「それに、やつがおれたちに近づくとは思っていなかった」

「グレイが恐ろしい殺人者だと知っていたのに、なぜこの結婚に同意したの？　自分の命を危険にさらすことになるじゃないの」

ヒューは答えない。

「ヒュー、あなたはわたしの命を守るために命をかけたりしないわよね？」

「それはどういう質問だ？」

ジェーンはいらだった。「いいから答えて。どうなの？」

彼の体がこわばった。あからさまな葛藤《かっとう》の末に、ヒューは食いしばった歯のあいだから言う。「きみを守るためなら命をかける」

「本当？」声が高くなった。

「いいから寝るんだ」

寝られるわけがない。しばらくたってからジェーンは尋ねた。「グレイはどうやって人を殺すの？」

「ナイフを使う」

彼女の顔から血の気が引いた。「刺すの？　女性も？　わたしにもそうするのかしら？」

ヒューはためらった。「きみにこんなことを話しても――」

「知りたいのよ、ヒュー。グレイが何をしようとしているか知りたいの」

彼はジェーンの顔を見つめ、ようやく口を開いた。「喉を切り裂いて――」

そのとき、ドアを激しく叩く音が静かな邸内に響いた。

# 30

　ジェーンがびくりとしてささやいた。「いったい誰がノックしているの？」

「イーサンだ」ヒューはわずかに緊張を解き、ズボンのウエストにピストルを差した。イーサンに違いない。「ここで会うことになっているんだ。ジェーン、おれが部屋を出たら鍵をかけて、おれが戻ってくるまで外に出るな」

　彼女はドアまでついてきた。ヒューは部屋を出ると、鍵をかける音がするのを確認した。

　イーサンはいつもどおり申し分ないタイミングで現れた。おれがジェーンを自分のものにしようと決めたとたんに。

　ヒューは急いで階段を下りて正面の窓に向かった。カーテンの隙間からのぞいたとき、背筋を不安が駆け抜けた。外にいるのは兄ではなく、ウェイランドの使者だった。

　その瞬間、ヒューはイーサンの身に何かが起こったのを悟った。ドアを開き、厳しい顔の使者から手紙をひったくる。「おれの兄のことを何か知っているか？」きかずにはいられなかったが、無駄なのはわかっていた。使者はたいてい重要な情報に通じていないのだ。

　使者は首を振ると、手紙がヒューの手に渡ったことを報告しに帰っていった。

再びドアに錠を下ろし、ヒューは手紙の封を切って中身を読んだ。そこに書いてあることが信じられずに手紙を握りつぶし、階段を駆け上がる。

ジェーンがドアを開けるやいなや、彼は叫んだ。「一番小さいかばんに必要最低限の服を詰めろ。弓は持っていっていいが、本は置いていけ。一〇分でここを出る」

「何があったの？」

「グレイは英国にいる。何日も前からだ」こうして〈ネットワーク〉をあざむき、現場のメンバーたちを翻弄できるのなら、グレイは思っていたほど阿片の影響を受けておらず、頭もはっきりしているのかもしれない。何ひとつ失うことなく、おれたちをからかっているように思える。「ここまでおれたちを追ってきた可能性もある」

おれはジェーンを自分のものにすることばかりに気を取られ、人を殺すだけの人生を送る男から彼女を守ることに集中していなかった。

グレイがどんなふうに襲ってくるかはわからない。井戸に毒を入れるかもしれないし、アルコールとテレビン油をまぜたもので屋敷に火をつけ、おれたちが逃げて出てきたところを殺そうとするのかもしれない。火をつけて標的をあぶり出すのは、グレイがとりわけ気に入っていた手段だ。

ジェーンが服を集めながら言った。「なぜ英国にいるとわかるの？」ヒューが返事を避けようとしているのを感じ取ったらしい。「隠しごとなんてしている場合じゃないでしょう！わたしだって渦中にいるのよ！」

彼は顔をなでた。「やつはリセットを殺した」

ジェーンが息をのみ、中身を詰めていたかばんを落とした。「グレイがこの近くにいるのなら、バインランドにいる人たちはどうなるの？」

「グレイは無差別に殺したりはしない。手にかけるのは自分が憎んでいる相手や、殺す予定の相手だけだ。だが念のため、すぐに立ち去ったほうがいいとロバートに手紙を置いていこう」

「憎んでいる相手だけなら、どうしてリセットを殺したの？」ジェーンは荷造りを再開した。

「恋人同士だったんでしょう？」

「以前はそうだったが、終わり方が悪かった。グレイはリセットに裏切られたと思っていたんだ」

「もし本当に外にいるなら、わたしたちを撃つかもしれないわ」

「グレイは銃が苦手だ」ヒューは彼女を安心させるように言った。「手が震えるようになる前から射撃は下手だった」

「でも、わたしたちはなぜこのままここにいないの？　鍵をかけて閉じこもっていれば――」

「グレイは屋敷に火をつけるだろう」ジェーンの前まで行って肩をつかむ。「必ずきみを守ってやる。だからおれを信じてくれ。どうすればいいか、おれにはわかっている」

彼女は震えながらうなずいた。

「じゃあ、森の中を馬で走れる服に着替えろ。できれば暗い色のものがいい」

「馬車は使わないの？」

「ここには御者がいないし、馬車だとグレイにあとをつけられるが、馬ならその心配はない」ヒューはそう言いながら、急に物がなくなってがらんとした床を見た。おれにはわからない特別な服の整理法があるのだろうか？「滝の横を通って北へ向かう岩の道を覚えているか？」

「ええ。昔はわたしがそこを馬で通るのを許してくれなかったわね」

「今日はそこを通る。ここから充分に遠ざかるまでは速度を上げて行くぞ」


一五分後、ふたりは森を進んでいた。霧は深く、油のまざった潮流のように月明かりの中を渦巻いている。

ヒューがジェーンの手綱をつかみ、彼女はごつごつした道を勢いよく進む馬のたてがみにつかまっていた。枝が服や髪に引っかかり、髪がほどけて後ろに向かってなびく。

ジェーンの馬がつまずきかけたのを見ると、ヒューはすかさず自分の馬に並ばせ、ジェーンを引っ張って背後に乗せた。彼女がしっかりつかまるのを確認してから全速力で馬を走らせる。ヒューの馬はふたり乗せても足元がたしかで、ジェーンの馬はその後ろについて走った。

ロンドンではこんなスリルを味わったことがない。夜だというのに、これまで彼女が経験したことのないほどの速さで馬を走らせるハイランド人に両腕でしがみついているのだ。

ジェーンにはすべてが夢のように思えたが、ヒューは明確な目的を持ち、警戒していた。相手の動きを予想するチェスの名手のように、北へ向かって夜通し馬を走らせた。まっすぐ進んだかと思うと速度を落として首をかしげ、来た道を戻ったりもした。

「大丈夫か？」ときおりジェーンの脚を叩いて尋ねる。

身に迫る危険を肌で感じた今、彼女はヒューが自分のためにどれほどのことをしているかを思い知らされた。いつでも戦う覚悟を決め、全身に緊張感を漂わせて月明かりの窓辺から見張っていた彼の姿が心に焼きついている。

ヒューはわたしのために命をかけると言った。ジェーンはそれを聞いて、彼が昔自分を置いていったのは無神経だったからではないこと、別れを告げなかったのは自分に関心がなかったからではないことを悟った。ヒューは見かけだけで判断できる人ではない。その裏にあるものをすべて探り出そうと彼女は心に決めた。

さらに強くヒューにしがみつく。初めての場所を探検するとき、いつもこんなふうに彼の後ろに乗ったものだ。こうしていると一七歳の自分に戻った気がする。

「止まったほうがいいか？」ヒューが肩越しに尋ねた。

「いいえ、大丈夫。とうとうハイランドに行けると思うとうれしくて」

彼は少しためらってから言った。「イングランドの民謡《バラッド》に歌われているのとは少し違うぞ」

「どういう――」

「頭を下げろ」ジェーンが下げた瞬間、ふたりは大枝の下を通り抜けた。「盗賊や略奪者は大勢いるが、彼らは本やバラッドで読むような英雄ではない」

「あら」昔、地図で調べたことがある。カリッククリフははるか北の海沿いに位置する。「あなたのクランのもとに行くの？」

「いや、今はそんなに遠くまでは行かない」

ジェーンは安堵の息を抑えた。あんなに行きたいと思っていたのに、いざとなると尻込みしてしまう。

「コートが所有する土地へ行く」

「どこなの？」

「ハイランドの南部だ。安全ならそこに泊まる。言っておくが、贅沢ができるところではないぞ。でも、そこが一番安全だと思うんだ」

「コートもそこに来るの？」お願い、来ないと言って。

「いや。たぶん今ごろはロンドンにいるだろう。あるいは大陸に残ることに決めて、部下たちと一緒に東へ向かっているかもしれない」そのあと、ひとり言のようにつぶやいた。「もし彼女のところに戻っていなければ」

「えっ？」ジェーンはヒューのかたい体につかまりながら尋ねた。背中に顔をすり寄せたくてたまらない。

「なんでもない。眠れそうだったら、少し寝るといい」

大きくてごつごつした手がジェーンの両手を包んで温めた瞬間、彼女は気づいた。わたしは崖から突き落とされたわけではない。自分から飛び込んだんだわ。地面はすぐそこにある。いつだってすぐそこにあったのよ。

わたしはただ、目をつぶっていただけ。

# 31

ジェーンが澄んだ小川にかがみ込んで手にすくった水を口に運んでいると、背後で枝の折れる音がした。彼女は振り向いたが、薄暗がりの中に人の姿は見えなかった。ヒューなら声をかけてくるはずだし、そもそも彼はまだ馬から荷物を下ろしている最中のはずだ。きっと動物だろう。この森にはノロジカがたくさんいる。

川岸に座り、スカートをたくし上げて素足と布を冷たい水につけた。布で顔を拭きながら、ヒューに連れられて深い森と岩だらけの平野をひたすら進んできた四日間を振り返る。

古代ケルトの砦《とりで》や広い荒野を通り過ぎるうち、景色は次第に壮大になっていった。木々の葉は赤、金、黄褐色とさまざまに色づいている。正真正銘のハイランド地方に入ると、すべてが軽快で鋭く感じられた。空気もさわやかだ。これと比べればロンドンの空気は汚れていた。

毎晩遅くになると、馬を止めて木の下で野宿した。ジェーンは毎朝ヒューが少しずつ目を覚ますのを見守り、痛みに耐えて歯を食いしばる彼に同情した。それでも彼は仕事に取りかかり、コートランドの地所に向けて出発する準備を整えた。

ヒューと並んで馬を進めながら、かつて狩りへ連れていってくれたときと同じように、彼があたりの様子を探るのをジェーンは見つめた。ヒューが狩りのときに見せた驚くべき能力は今も健在だ。一三歳のときと変わらず彼に畏敬《いけい》の念を抱いている自分に、ジェーンは気づいた。

その彼が今では夫になっている。

ヒューの真剣な顔に何度も目が行き、ロス・クリーグでの最後のふた晩に自分を見つめた彼の表情がよみがえる。残念なことに、あれ以来ヒューは彼女に触れようとしない。間一髪のところで最後まで行くのを免れ、よかったと思っているのだろう。ジェーンのほうは、次こそはきっと、と思っていた。

濡れた布を顔に当てながら、これからのことを考える。わたしの今後の生活の中にヒューはいるのかしら？　彼がわたしに魅力を感じ、最後まで愛し合いたいと思ったのは事実だ。ヒューはわたしのために命をも投げ出すに違いない。ロンドンに帰ってきた最初の晩、彼はほこりだらけだった。一刻も早くわたしのもとにたどり着こうと、何日も馬を走らせたのだ。

それなのに、なぜあれ以上わたしを求めようとしないの？

すぐ後ろから、乾いた葉を踏む足音が聞こえた。ジェーンが振り返る前に、男の手が伸びてきて口をふさいだ。別の男の手が彼女をつかまえ、川岸から暗い森の中に引っ張り込む。

ジェーンは足を踏ん張り、口をふさいだ手に嚙みついて、必死で爪を立てた。男がうめいて悪態をつく。手が緩んだ瞬間、彼女は振り向き相手の顔を見た。冷たい金属が喉に押し当てられ、恐怖のあまり動けなくなって……。

「おれの妻から手を離せ」ヒューの冷たい声がした。

男たちが凍りついた。ジェーンは目にかかった髪を払いのけた。ヒューがライフルを構えていた。その瞳は沈みゆく太陽の光の中で灰色に見える。ライフルの銃口は、汚れた布きれを首に巻いて狩猟用ナイフをジェーンの喉に当てている男に向けられていた。もうひとりがヒューにピストルを向ける。「彼女を放せ。さもないと命はないぞ」

ヒューは全身から激しい怒りを発散させているが、なんとかそれを抑えていた。

この男たちはヒューが言っていたような、英雄ではない盗賊だろう。なぜ首に巻いた布きれで顔を隠していないのかしら?

それは盗みだけですませるつもりがないからだ。

ヒューの鋭い目つきに動揺し、ジェーンにナイフを押し当てている男がごくりとつばをのみ込んだ。喉が布きれを押し上げ、ナイフを握る手に力が入る。彼女は血がしたたり落ちるのを感じて息をのんだ。

ヒューは目を細めたが、何も言わなかった。以前にも、彼がこんなふうに完全に動きを止めるのを見たことがある。狩りをしていて獲物を見つけたときだ。

時間の流れが遅くなったような気がした。人差し指が引き金を引く前の、この異様なヒューの集中ぶりを何度目にしたことだろう。彼の親指がライフルをかすめたとき、ジェーンは目の前の男たちが今まさに死へと向かっているのを悟った。

男がジェーンを引きずり始めた。ナイフを喉に当てる力が緩む。ヒューが撃てるよう、この男を叩くか蹴るかしなくては……。

男がすえたにおいのする息を吐きながら言った。「おまえのかわいい女房はおれが――」

銃声が響き、ジェーンは飛び上がった。ナイフは喉から離れていた。男は彼女の後ろで地面に倒れており、光を失った目のあいだの穴から血がにじみ出ている。

ジェーンはヒューを振り返った。

彼はもうひとりが震える手で構えているピストルを見据えたまま、ゆっくり時間をかけてライフルから弾薬を抜き出した。「撃ってみろ」じれったそうに言う。

男が発砲し、ジェーンは悲鳴をあげた。黒っぽい布が舞い上がったが、ヒューがどこを撃たれたのかわからなかった。彼がまだ立っているのを見ると、男は青ざめ、ヒューにピストルを投げつけて、向きを変えて逃げようとした。

ジェーンはよろよろと立ち上がった。危機一髪だった。ヒューにも怪我はないようだ。彼は空のライフルを放り、落ち着いた足取りで男をつかまえた。

すべてが静まり返っている。さっきの銃声で森も静かになった。それとも、わたしの耳がおかしくなったのかしら？　だが、すすり泣くような声が聞こえてきた。自分の声なのか、目を見開いて逃げようともがいている男の声なのかわからない。ヒューの大きな手と腕が男の頭をしっかり押さえ込んでいた。

ヒューはどうやってあれほど静かに動いているのかしら？　変わったやり方で相手の動き

を封じているけれど……。

彼が両腕を互い違いの方向にねじるのを見て、ジェーンはたじろいだ。突然、骨が折れる大きな音がした。男は不自然な方向に頭を垂れて膝をつき、地面にくずおれた。

一瞬のためらいののち、ヒューが彼女を振り返った。

# 32

ジェーンのほっそりした体は、荒い息を吐きながら震えていた。瞳孔が広がり、唇は色を失って開いている。

首の傷口から真っ赤な血がひと筋流れるのを見て、ヒューの頭に警報が鳴り響いた。「シアナ、見せてくれ」彼女は逃げ出すかもしれないと思いながら、そっと近づく。自分がジェーンの目にどう映っているかわかっているし、ふたりの男に対する自分のふるまいに彼女が怯えているのもわかっている。

返事はなかった。

「ジェーン、おれは安易な気持ちでやったわけじゃない」近づきながらゆっくりと言う。「おれがやらなければ、きみが殺されていた」やっと彼女の前まで来た。

反応はない。ジェーンの顔は恐怖で真っ白だった。前に立ち、彼女が逃げないことを祈る。おれから逃げるな。ジェーンに怖がられるのは耐えられない。

ヒューは彼女の首の傷に手を伸ばして指先でそっと触れ、かすり傷だとわかると安堵のあまり座り込みそうになった。思わず抱きしめ、腕の中のぬくもりを感じてうめく。だが、ジェーンの体は震えていた。「大丈夫だ」ヒューは彼女の髪に口を寄せて言った。「もう安全だよ」

「い、いったい何が起きたの？」ジェーンがささやいた。「あのふたりは盗賊なの？」

「ああ、そうだ」

「あなたは大丈夫？」ヒューのズボンの脚の部分に焼け焦げができていた。

「大丈夫だ。馬に乗れそうか？」

「でも、し……死体はどうするの？」

「このままにしておく。少なくともしばらくは誰にも見つからないだろう」ヒューは体を引いてジェーンの目を見つめた。彼女の腕をさすりながら言う。「すぐにここを出発しよう。おれが荷物をまとめているあいだに着替えられるか？」

ジェーンがうなずき、ヒューは彼女を放した。離れたくはなかったが、急いで仕度をしなければならない。ジェーンが着替え、濡れた布を首に当ててるのを見守りながら、彼は荷物をまとめて鞍につけた。

身仕度がすむとジェーンが言った。「あなたと一緒に乗ってもいい？」彼女は決まり悪そうに視線を落とした。

ヒューはすぐにジェーンを鞍に乗せ、自分もその後ろにまたがると、片方の腕を彼女にまわした。ジェーンがまだ自分のそばにいたいと思ってくれることがうれしくて、長い息を吐いた。

「休むといい。おれは夜通し馬を走らせる」

彼女は震えながらうなずいた。

一刻も早くこの場からジェーンを遠ざけたくて、これまで以上に速度を上げた。一時間で岩だらけの流れの浅い川にたどり着いた。川を渡るために速度を落としたとき、彼女がささやいた。「ありがとう。さっきしてくれたことと――今してくれていること」

「その話はするな」

「あなたはわたしが思っていたよりも、こういうことが得意みたいね」ヒューは応えなかった。「リセットの死に方からいって、グレイはもっと得意なんじゃないかしら」

彼は歯ぎしりした。

「あなたは傭兵ではないし、グレイは輸入業で生計を立てているわけではない」

「そのとおりだ」

「説明してくれる？」

ヒューは間を置いてから答えた。「話したくても話せないんだ」

「話したいの？」

「おれは……わからない」話したいという気持ちもあった。ジェーンの顔に浮かぶ嫌悪感を和らげるために。

長い沈黙のあと、彼女が尋ねた。「わたしのことを怒ってる？」

「まさか。なぜ怒るんだ？」

「わたしを守るためにこんなことになってしまったから」

「きみのせいではない。おれのせいだ。おれがもっと気をつけていれば――」

「違うのよ、わたしのせいだなんて言ってないわ。あなたのせいでもない。わたしが言いたいのは、わたしのためにあなたが人を殺さなければならなかったってこと。心が痛むでしょう?」

「痛んではいけないのか?」

ジェーンの肩がこわばった。「あなたがわたしの命を救うために気高い行いをしてそれを後悔しているとしたら、わたしは傷つくわ」

気高い行い? ヒューは誇らしい気持ちでいっぱいになり、悟った。おれはまさに、ジェーンの前で気高い人間でいたいのだ。彼女の目にそう映りたいのだ。

ジェーンはおれがこの手で人を殺すのを見た。それなのに、ほかに選択肢はなかったのをわかってくれている。その行為を受け入れてくれているのだ。おれを裁くことなく。

だが、おれのやり方も受け入れてくれるのだろうか?

新聞や本では、暗殺者は卑劣な人間として描かれており、世界中から――自国の人間からさえも――あしざまに言われている。大陸で最近起きた三つの大きな戦争では、どこの軍隊も狙撃手《そげきしゅ》をつかまえるとすぐに処刑した。捕虜にしたり、交換要員にしたりすることもなかった。ヒューのような銃を用いる暗殺者には、つかまっても助命の交渉などする余地はない。

でも、そんなのは関係ないのだ。おれのことをジェーンに話せば、ほかの人たちのことまで暴露する結果になってしまうのだから。

「ヒュー？」

「ふたり目は逃がしてやることもできた」

「もっと仲間がいたらどうするの？　それにあの男は、殺された仲間のかたきをとろうとしたかもしれない。そうでなくても、大騒ぎをしてグレイにわたしたちの居場所を知らせることになっていたかもしれないわ」

そういう点を考慮すべきだったのに、ヒューは考えもしなかった。ふたり目の男を捕らえたとき、頭の中には何の考えも浮かんでいなかった。ジェーンに触れたそいつを殺したいという思いしかなかった。

「悪いことをしたなんて思っていないでしょうね？」

「気分がよくなったとは言えない」

ジェーンが体をひねってヒューと向き合った。明らかにいらだった顔をしている。「まるで孤児か子猫を撃ってしまったみたいに言うけれど、あなたが倒したのは殺し屋なのよ」彼女は眉をひそめ、小さな声で言った。「わたしを助けるためにあんなことをしたのを後悔しているの？」

ヒューは彼女にまわした腕に力を込めた。「まさか。そんなことはない」それどころか楽しんだ。「だが……きみに見せたくなかった」

ジェーンがとまどいの目で彼を見た。「あなたがどんなに勇敢かを？　あの男があなたを撃つあいだ、あなたがただ静かに立っていたことを？」

「勇敢だったわけじゃない。おれがあいつに飛びかかる前に、あいつがおれの急所を撃つのはまず無理だろうと思ったんだ。おれがきみに見せたくなかったのは、血と、人の死ぬところだ。あれが記憶となって、いつまでもきみを苦しめるのがいやなんだよ」

「あれがわたしを苦しめる記憶だとしても、それにずっと縛られるつもりはないわ。わたしのことを軽薄だとか冷たいとか思わないでね」ジェーンは慎重に言葉を選んでいるようだ。「でも肩の荷物が重くなりすぎたときは、少し下ろすべきだと思うの。あなたは――」自分のウエストにまわされたヒューの腕にそっと両手を置く。「荷物を軽くするべきよ」

軽くしたらどうなるんだ？　もしおれが自分のしていることに罪悪感を覚えないようにして、深く考えるのをやめたらどうなる？　そうしたいという思いは強かった。

ふたりは黙ったまま馬を進めた。やがてジェーンが小声で言った。「ヒュー、あなたに〝おれの妻〟と呼ばれたとき……」声が途切れた。

彼は一瞬目を閉じた。「わかっている。二度と呼ばないよ」

「そんなことを言おうとしたんじゃないの」ジェーンはヒューの胸の中で震えていた。彼の腕をつかんでいる小さな手に力がこもる。

「じゃあ、何を言おうとしたんだ？」

次の言葉で、ヒューはこの日初めて汗をかいた。「あなたに妻と呼ばれたとき、とても……とてもうれしかったの」

昨日襲われるまで、ジェーンはヒューの生活に好奇心を抱いていた。それが今では好奇心どころではなく、知りたくてたまらなくなっている。

滑りやすい土手を登るために馬の速度を落としているが、今はきかないでおこう。ジェーンは隣にいるヒューを見た。朝の光の中でひどく疲れた様子の彼を見ると心が痛む。わたしを守るために絶えず神経をとがらせているし、かなりの強行軍でここまで来た。

襲撃を受けたことで、ヒューがいかにしっかり守ってくれるかがわかった。喉にナイフを当てられたとき、ジェーンはそれで自分が死ぬとは思わなかったが、グレイに襲われたら自分がどんな最期を迎えるか悟った。

ヒューがそばにいてくれるのがどれだけありがたいことか、思い知った。

「もう少しで着くからな」ヒューが元気づけるようにうなずきながら言った。「きみにとってどんなにつらい体験だったかわかっているんだ」

「わたしにとって？　あなたはどうなの？」ヒューも彼の馬も、ロンドンで会った夜のようにほこりまみれで疲れ果てて見える。

彼は肩をすくめた。「おれはこういう生活に慣れている」

「そうでしょうね」ジェーンはうわの空で応え、頭を傾けてヒューを見つめた。

彼は力が強く、わたしを守るためならいつでも暴力に訴えることができる。でも、わたしに対しては優しくて情熱的だ。ヒューは秘密を抱えているが、誠実な夫になるだろう。彼は昔から、自分の幸せよりもわたしの幸せを望んだ。

ちょうどそのとき、ヒューの豊かな黒髪がそよ風に揺れて片方の目を隠した。

ジェーンはごくりとつばをのみ込んだ。その瞬間、わかったのだ。

このスコットランド人はわたしのもの。見つめるうちに、彼が今もあのときのヒューと同じだと思えてきた。彼が欲しい。ずっと欲しかった。と同時に、ヒューに対して尊敬の念がわいてきた。これまでよりも深く、成熟した思い……愛だ。一〇年前も彼を愛していたけれど、今は……。

今はもっともっと愛している。

以前、彼を失ったときは、かろうじて耐えることができた。今再び失ったら、どうなるのだろう？

かつてはヒューに初めての恋人になってもらおうと決めていた。今はこう思う。この物静かですばらしい男性は、わたしの最後の恋人になるのだと。どうすれば結婚を続けられるかしら？　彼と別れることを考えるだけで、恐怖が全身を駆け抜ける。だめよ！　落ち着いて。考えなさい！

「ジェーン、どうした？」ヒューが尋ねた。

「なんでもないわ」頭の中で計画を練りながら、彼女はヒューにほほえんでみせた。からかってはだめ。誘惑するのよ。真剣に。

ヒューが眉をひそめた。土手を登りきると、彼はまた速度を上げた。考える時間ができて、ジェーンはうれしかった。

自分と暮らすのは地獄のようではないとわからせるには、ヒューとふたりきりにならなければならない。ジェーンは目的地がカリッククリフでないことを改めてありがたく思った。ただ、会ったことのないクランの人々よりもコートランド・マッカリックのほうがずっと厄介だろう。彼はジェーンを嫌っていた。

でもヒューの話では、コートが人里離れた自分の地所にいることはまずないという。それなら大丈夫だ。コートさえいなければ、ふたりの滞在を邪魔するものは何もない。

# 33

ひと仕事しなければならないようだ。ヒューは呪いの言葉をのみ込んだ。

スコットランドの荒野にあるコートの地所、ベン・アシューレンの外れに着くと、ヒューは落ち着かない気分になってきた。曲がりくねった長い私道は、不規則な間隔で倒れている木でふさがれている。木は腐っていた。もう何年ものあいだ誰ひとり、管理人でさえ訪れていないということだ。

建物が見えてくるころには、雨雲が出て不気味な光を投げかけていた。それを目にしたジェーンが肩を落とした。ヒューが彼女をかくまおうと考えていた土地は荒れ果てていて、大いに改善の余地があるようだ。

植物が伸び放題になった庭、さびだらけの蝶番から斜めにぶら下がっている玄関ドア、ガラスが割れているか、そうでなければほこりと枯れた蔦《つた》に覆われている窓。ヒューは沈んだ気持ちでそれらを見つめた。

そのとき、丸い目をした毛むくじゃらなものが玄関から飛び出してきた。

ヒューはジェーンを見た。彼女は口を開き、冷たい空気に向かって白い息を吐いていた。

白い顔に黒いくまの陰が目立っている。全速力でここまで来たが、ベン・アシューレンに着けばゆっくり休んで元気を取り戻せると思っていた。旅の緊張の中でも、ジェーンはヒューを元気づけようと明るくふるまい、くよくよ悩んでいる彼をやさしく叱《しか》ったりした。

今、ヒューの手を借りて馬を降りながら、ジェーンは用心深い顔になっている。彼は何も言わずに、肩を引いて屋敷へ向かった。彼女をここに連れてきたのが間違いだったとは思いたくない。ここでなければクランのもとへ行くしか選択肢はなく、それはなんとしても避けたかった。

建物の中に入ってあたりを見まわす。クランのほうがよかっただろうか？

玄関広間には雷鳥や鳩《はと》の羽根や巣が散らばっていた。赤リスやアナグマ、それにことによると狐までここをねぐらにしているようで、煙突にたくさんいるのが音でわかる。貂《テン》が一匹、前足を曲げてまるで見張りみたいにまっすぐ立っていた。

「見て、ヒュー！」ジェーンが、この日初めて一点の曇りもない元気な様子で叫んだ。「イタチよ。それとも猫の仲間かしら？」彼の横を通り過ぎてささやきかける。「なんてかわいいんでしょう」

ヒューは彼女の腕に触れた。「ジェーン、やめろ」

テンはジェーンに向かってシュッと怒りの声をあげ、奥に逃げ去っていった。彼女はがっかりしたらしく、どうせ〝イタチ猫〟なんて好きじゃないわ、とつぶやいた。

ジェーンはヒューのあとについてさらに奥へ向かいながら、彼が歩いたあとにふわふわと舞う蜘蛛《くも》の巣を払ったり、唇についた巣をあわててぬぐったりした。居間に着くと、恐怖にかられたときのように目を丸くしてあたりを見まわした。

ヒューは顔を赤らめて言い訳がましく言った。「ここならまず見つからないだろう」おそらく最初に何者かが侵入し、玄関のドアが役目を果たさなくなると、今度は虫や動物たちが侵入してきたのだろう。いくら想像力を駆使しても、この家に人が住めるとは思えない。

家具と呼べるのは、壁に立てかけてある古ぼけたマットレス三枚だけだ。キッチンに皿も鍋《なべ》もないことがわかると、ジェーンが言った。「お風呂も無理みたいね」疲れきった声だった。

ヒューは別の戸棚を開けてみたが、中は空だった。「裏手に湖があった」岩だらけの岸の隣に温泉の湯気も見た気がする。「バケツか鍋が見つかれば湯を運んで――」

そこで言葉を切った。二階で何かが大きな音をたてて走る音がしたのだ。それは壁にぶつかると、走ってきた方向に戻った。ジェーンが手で顔を覆ってそむけた。

ヒューは彼女のそばに行ってぼそぼそと言った。「知らなかったんだ」ためらいがちに肩に手を置き、髪についた羽根を払ってやる。

とうとうジェーンも我慢の限界に達したのだ。近くまで来たとき、ヒューは贅沢とはほど遠い場所だと彼女に念を押した。ジェーンは風呂さえあればいいと応えた。何時間も湯に浸かるのが夢だと。それも、ほこりや羽根や蜘蛛の巣の洗礼を受ける前の話だ。

彼女は疲れ果てている。それなのに、ここには風呂もベッドも火もない。窓ガラスが無事残っている数少ない部屋は鳥が占領していた。

ジェーンをこんなところに連れてきてしまったことが自分でも信じられなかった。彼女はよく泣きださないものだ。

ジェーンが体をふたつに折り、その肩が震え始めると、ヒューはコートをこてんぱんに殴ってやろうとひそかに誓った。

「おれだって、こんな状態だとわかっていたら連れてこなかった。ここには泊まらないよ」そう言って彼女を自分のほうに向かせ、顔を覆っている手をそっとどかした。

ジェーンは笑っていた。


「ごめんなさい」彼女は笑いをこらえて手を上げた。「笑っている場合じゃないわよね」真顔になってこめかみを叩く。「まじめになりなさい、ジェーン。おもしろがってちゃいけないわ」

頭がどうかしたに違いない――ヒューの顔を見ると、そう思っているのがわかる。病院から出てきたばかりの人を見るような目でわたしを見ているもの。病院のほうがここよりまましだわ。こんなに雷鳥はいないでしょうから。

また笑いたくなった。

なるほど、ここがコートランド・マッカリックの住まいなのね。コートがこんなところを所有していることと、ここに泊まろうという自分の気持ちが揺らいでいないことと、どちらが始末に負えないかしら？

「ジェーン？」ヒューがゆっくりと言った。かわいそうに。建物の中へ入ったとき、彼は狼狽しているときの癖で肩を引いていた。今は不安がはっきり顔に出ている。「何を笑っているんだ？」

新たに羽根が舞ってヒューの髪に突き刺さり、ジェーンはまたしても笑ってしまった。涙を拭いて言う。「だって、想像していたコートの家よりずっといいんだもの」

「なぜ？」

「地下じゃないから」

ヒューは一瞬目を丸くしてから、困ったような、笑いそうな顔になった。

ジェーンは息を吸い、何食わぬ様子を装って続けた。「コートランドがこんなに動物好きだとは知らなかったわ。かわいいペットがたくさんいるのね」

「ああ」彼も負けじと何食わぬ調子で応えた。「子供のころから小動物をたくさん飼って、全部に名前をつけていた」

予想外の答えにジェーンは噴き出したが、やがて笑いを抑えて言った。「それに、コートはよく考えているわよ。わたしだったら、煙突やマットレスをペットの囲いにするなんて思いつかないもの」

ヒューは重々しくうなずいた。「ほこりと綿を餌《えさ》としてちゃんと与えているみたいだ。おかげで大繁殖しているじゃないか」

また笑いそうになるのを彼女はこらえた。「装飾だってたいしたものよ」顎を叩いてさらに言う。「〝あばら家風初期〟といったところかしら。研究し尽くしたうえで放置しなければ、こんなものは作り上げられないわ」

「ああ、これだけのあばら家はめったに見られない。コートは何年もかかりきりだったからな」

こらえきれず、ジェーンはついに笑いだした。ここはひどい場所だが、彼とこんなに冗談を言い合って楽しんだのは初めてだ。「ヒュー、わたしといて楽しそうじゃないの」

彼はジェーンの右側の壁に目をやりながら言った。「おれをからかわないときのきみとなら、一緒にいるのは好きだ」信じられない思いで見つめる彼女に視線を戻し、ぶっきらぼうにつけ加える。「昔からきみといると楽しかった」

ヒューの顔からは、自分もそうだと言うジェーンの言葉を期待しているのが見て取れる。

「わたしもあなたといると楽しかったわ」彼女は小声で言った。

「それは単に、自分では取れないものを取ってもらえたり、釣り針に餌をつけてもらえたりしたからだろう？」彼の目元がいくらか和らいだように思えるのは気のせいかしら？「湖でおれとボートに乗っていたとき、きみは一度も櫂《かい》を持たなかったよな？」

「あなたはあなたで、わたしが背中に爪を走らせたり、あなたのためにキッチンからパイを盗んできたり、濡れると透けるシュミーズで泳いだりするのを楽しんでいたじゃない」

ヒューが目を細めた。「ああ、きみが濡れたシュミーズ一枚でいる姿を見るのが好きだった」

彼の素直な言葉と飢えたような表情に、ジェーンはたまらない気持ちになった。だが、ヒューは自分の言ったことに当惑を覚えたらしく、外に出て湖へ向かった。ジェーンもすぐあとについていった。

水辺まで来ると、ふたりは振り返って建物のほうを向いた。彼女はヒューの隣に並び、彼の腕に頭を当てた。ヒューはぶつぶつ言いながらも、腕を上げて彼女の肩を抱いた。

「本当に知らなかったんだ」彼の声は疲れていた。「きみがおもしろおかしくしてくれるのはありがたいが、それでおれの失態は消せない。おかげで、あと二日間かけてカリッククリフまで行かなければならなくなった」

たとえこのままここに泊まる気になっていなかったとしても、また馬に乗るのはいやだった。「きっと前はいいところだったのよ」ここにいたいとあとで頼むための根まわしのつもりで言う。今頼んでも、ヒューは本当にわたしがどうかしてしまったと思うだろう。でも実際、ここはかつてはすばらしかったに違いない。澄みきった湖を見下ろす丘の上という絶好の場所に立つ屋敷には、ふたつの翼棟があった。本館から直角に突き出ているのではなく、全室から湖とその先に延びる峡谷が望めるように広がっている。

「ああ、昔はね」

「煉瓦を覆っている蔦を取り除いたら、正面はずいぶん変わるんじゃないかしら」今はあばら家かもしれないが、この屋敷はかつて人気を博したバロニアル様式で建てられている。巨大な石を使った土台や居間の天井を内側から支えている古風な梁《はり》は、当時、国内で大流行していた。

何より大事なのは、ここならヒューとふたりきりでいられることだ。その意味でここは完璧だ。

ただ、ひとつだけ問題がある。ジェーンはうなじに手をやってあたりを見まわした。たった今、誰かに見張られている感じがした。

「そうだな」ヒューが言った。「だが、今晩寝るところがないのは変わらない」

「元気を出して、ヒュー」彼女はうわの空で言った。「これ以上悪いことなんて――」

そのとき、冷たい水が入ったバケツを引っくり返したように大雨が降りだした。

# 34

「お風呂に入れるなんてうれしいわ」ジェーンが眠そうな声で言った。彼女は壁にもたれて座っているヒューの膝に頭をのせ、横向きに寝ている。

どこからこんなに強い精神力がわいてくるのか、ヒューにはわからなかった。

土砂降りの雨を逃れて屋敷へ駆け込んだあと、彼は馬を屋根つきの玄関ポーチにつないでから、ジェーンと一緒にさらに邸内を探検した。

天井からの雨漏りを避けながら、最終的にふたりはキッチンの奥にある小さな寝室に落ち着いた。おそらく使用人用の部屋だろう。窓はひとつだけで、ガラスはひびが入っているが割れてはいなかった。鳥の羽根はなく、小さな暖炉から何かが爪で引っかくような音が聞こえてくることもない。煙突は一部ふさがれているだけらしく、暖炉でおこした火の煙は常に上へ流れていった。

缶に入っていたビスケットと雨水を沸かしていれた紅茶、それに朝通りかかった果樹園で失敬してきたりんごで夕食をすませると、ふたりは夜を過ごす準備をした。

「ヒュー、コートはどうしてこのすてきな屋敷を荒れ放題にしたの？」ジェーンが尋ねた。

「たぶん、あいつが買う前から放置されていたんだろう」買ったあとも、コートは忙しくて手を入れる暇がなかった。部下たちと大陸にいて、ここを購入した金を返すために働いていたからだ。

土地は豊かで広大だが、屋敷はひどいありさまだった。コートが、裕福で教養のあるアナリアを連れてきてここで暮らすつもりだったとは驚きだ。アナリアは勇敢な女性だが、その彼女でさえ、この家の惨状を見たら卒倒していただろう。

でも、おれだって同じことをしたのではないか？　裕福で教養ある女性をここへ連れてきた。

外で稲妻が光った。雷鳴がとどろくと、部屋の外の生き物たちが新たな活力を得て鳴き声をあげたり、取っ組み合いを始めたりした。ヒューは頭を抱えたが、ジェーンは笑っただけだった。

「明日は宿に連れていくよ」彼は急いで言った。「何キロか北に村がある。泊まるところぐらいあるだろう。ちゃんとした風呂にも入れる」

「ヒュー、あなたったらくよくよ悩んでばかりで、罰金がどんどん積み上がっていくわよ。もう少なくとも五〇〇〇ポンドは貸しができているわ」声の気だるさに、ジェーンがくつろいで楽しんでいるのがわかる。

「五〇〇〇だって？」ヒューは彼女の濡れた髪をなで、ふたりは心地よい沈黙に包まれた。だが、相変わらずイーサンのことが心配で、彼は心に重くのしかかるものを感じていた。ロンドンとは連絡がとれないし、ジェーンを置いてイーサンやグレイを探しに行くわけにもいかない。

おそらくグレイはまだつかまっていないだろう。つまり、やつがつかまるか殺されるかするまで、ずっとジェーンと一緒にいられるということだ。

ずっとだって？　彼女と同じベッドに入るまで一〇日は我慢するつもりだ。そのためには、ありったけの自制心を駆使しなければならない。

「ヒュー、あなたの生活のことを話して。最後に会ってから今までのあいだにしてきた、スリルに満ちたことについてよ」

彼がしてきたスリルに満ちたことは、すべて極秘事項の範疇に入る。しばらくしてから、ヒューは口を開いた。「スコットランドに家を買った」

ジェーンがあおむけになり、興味深げに彼を見上げた。「まあ、どんなところなの？」

ヒューは首の後ろに手をやった。「ワルドグレーブ岬という場所にある海沿いの土地をたまたま見つけたんだ」ジェーンが彼の腰を叩いて先を促す。「波は荒くて高い。日が沈むのが波のあいだから見えるぐらいに」そして本音を言った。「自分のものになるまで落ち着かなかったよ」

彼女がうっとりとため息をついた。「すてきね。わたし、スコットランドに住むのが好きになりそう」

ヒューは岬を見たときのジェーンの表情を思い描き、そんな自分を責めた。ジェーンが波の打ちつける崖を好きになるかどうかや、あの土地を選んだときに自分が彼女のことを念頭に置いていたことなどはどうでもいい。

ロス・クリーグを出発してからというもの、もう少しでジェーンを自分のものにするところだったことを考えまいと努めてきた。ジェーンの中に身をうずめたいという欲求に抵抗するのはばかげていると思えるほど、彼女と一緒にいるのがあたりまえに感じられた。彼女も同じことを望んでいるらしいと思うとなおさらだ。

安心しきって膝に頭を預けているこの美しい女性が自分と愛を交わしたがっていたと思うと、頭がどうかなりそうだった。時間がたつにつれて、ロス・クリーグでの自分のふるまいを恥ずかしく思う気持ちは弱まり、代わりに興奮を覚えるようになった。

一〇日？　いや、一週間かもしれない。

見るな。見てはいけない。

だが、温泉からあがり朝の冷気の中に出てこようとするジェーンに手を貸すときにその裸体を見てしまい、ヒューは鋭く息を吸った。あわててタオルをかけたが、滑らかな肌から湯をしたたらせて立つ彼女の姿は、くっきりと頭に刻みつけられた。

ジェーンに触れずに一週間過ごすだと？　おれはなんて甘かったんだ。

「本当にすてきだったわ！」彼女は喜びに輝く目で、英雄を見るようにヒューを見上げた。旅の疲れも、粗末な部屋でひと晩寝た疲れもうかがえなかった。立ち直りの早い女だ。

ジェーンが息を切らして尋ねた。「どうやって温泉を見つけたの？」

「昨日、ここから湯気がのぼっているのが見えた気がしたんだ。でも、ちゃんと確かめるまではきみに期待させたくなかった」

「今朝、姿がないからどこに行ったのかと思ったわ」

「こんなにきれいな湯だとは思わなかったよ」ヒューは眉をひそめた。「それに、きみが服を脱ぎ捨てて飛び込むとも」ジェーンの体に巻かれたタオルの端がしっかり挟み込まれているのを確認すると、彼は歩いて五分の屋敷へ戻るために彼女を抱え上げた。

ジェーンは両腕をヒューの首にまわして笑った。「あなたが隣にいると思って目覚めたら、代わりにイタチ猫がいたの。怒った声で鳴いたからブーツを投げたら、持っていかれてしまったわ。わたし、この家にいたいの。ブーツを探すのを手伝ってくれる？」

「この家にいたいだって？」

「いろいろ考えてみて、ここはそんなに悪くないという結論に達したのよ」ヒューが厳しい視線を向けると、ジェーンはさらに言った。「ふざけているわけじゃないわ。家族や友だち、それに街の楽しみからも離れてスコットランドにしばらくいるのなら、何かやることが欲しくなると思うの。それならここは最高よ。どうせ手を入れなければならないんだから、わたしたちでやりましょうよ」彼は黙っていた。「ふたりで必要なもののリストを作って、あなたが修理をして、わたしが掃除をすればいいじゃない」

「きみが掃除を？」

彼女がヒューを見上げた。「そんなに大変かしら?」

ヒューは説明しようと口を開きかけたが、再び閉じた。ジェーンは掃除など難しくないと判断したのだ。実際にやってみるまでは、その考えを捨てないだろう。

「なぜおれがそこまでしなきゃならないんだ?」

「誰かがしなければならないから。あなたの弟の家でしょう? 経費はあとでコートが返済してくれるわ」

いや、おそらくそれは無理だ。コートの稼ぎも今ではだいぶ増えたが、改修には莫大《ばくだい》な金がかかるだろう。それでもヒューはジェーンの案に乗り気になった。ここを人が住めるようにするという考えは悪くない。

「それに、ここは人里離れているから安全だと思わない?」

クランといるよりもさらに安全だ。ここでジェーンを守りながら、彼女には熱中できる仕事を与え、自分も作業に没頭して体を疲れさせることができ、そのうえコートのためにもなるというなら、やってみてもいいではないか。

ジェーンが見上げた。「ここにいられない? お願いよ、ヒュー」

決まりだ。

簡単に言いなりになると思われないよう、彼はすぐには返事をせず、使用人部屋に戻ってから言った。「わかった、やってみよう。だが、きみは屋敷から遠くには行くな。それからきみの身の安全のためにおれが頼むことは、ちゃんとそのとおりにしてくれ」ヒューはそっとジェーンの顎をつかんだ。「ここにいるあいだも油断してはいけない」

「約束するわ」

ドアのほうに体を向けながら、彼は言った。「服を着たら呼んでくれ。ブーツを探す手伝いをしに来るから」

彼女がうれしそうにうなずくと、ヒューは部屋を出た。朝霧は消えていた。太陽が昇って屋敷の正面を照らし、ここを住める状態にするのにどういった作業が必要か判断がつきやすくなった。

朝の光の中では、なんとか改修できそうに見える。おれの手でかなりの作業ができるはずだ。いい考えかもしれない。こういう仕事は男の体を疲れさせ、女のエネルギーを燃やし尽くす。ここはおれに救いの手を差し伸べてくれるかも……。

そのとき、ジェーンの悲鳴が聞こえた。

ヒューは走りだした。

# 35

ジェーンはスカートをたくし上げて屋敷から駆け出した。割れた窓ガラスの向こうからこちらをうかがっていたのぞき屋をつかまえるつもりだった。

建物の角を曲がると、ヒューがちょうど、ばったりでくわしたらしいその人物をとらえたところだった。帽子が飛び、長い黒髪があらわになる。女？　大きな帽子とぶかぶかの服を着た少女だった。一八歳ぐらいだろうか。顔には、低い身長とがっしりした体つきに似合わないそばかすがあった。

ジェーンは少女を指差した。「わたしが着替えるのをのぞいていたのよ」

「のぞいてないわ」

「のぞいていたじゃない」のぞき屋は口を開けて見ていた。目が合った瞬間、彼女は逃げ出した。ジェーンはその前から人の気配を感じていたのだが、のぞき見しているのはヒューだと思っていた。

「なんであんたの着替えなんか見なきゃいけないのよ。あたしは女よ。わかんないの？」

田舎の子ね、と声を出さずにヒューに言ったが、彼は眉をひそめた。少女を放してヒューが尋ねた。「ここで何をしている？」

「前からここを使ってたの。ほかに誰もいなかったから」少女は荒れた馬小屋を肩越しに親指で示した。「馬小屋の隣にあるのはあたしの鶏小屋だし、裏にあるのはあたしの蕪畑《かぶばたけ》。馬もあたしのよ」壊れた囲いの中に背中の曲がったポニーがいて、長い歯で雑草を引き抜いていた。囲いだなんて、あんな馬、どこにも逃げやしないでしょうに。「あたしは言ってみれば、あんたたちのお隣さんよ」

「名前は？」

「モーラグ・マックラーティー。マックのほうを強く発音してね。あんたたち、ミスター・マッカリックの家族？」

「兄のヒュー・マッカリックだ。おれと妻はしばらく滞在する。ここを改修しようと思っている」

モーラグがゆっくりとうなずいた。「あたしの兄さんたちが、ミスター・マッカリックが去年注文した窓を納屋に保管してるわ。それに木材もかなりの在庫を持っていて、冬までに売りたがってる」

「それはありがたいな」

「兄さんたちを雇って手伝わせるといいわよ。六人とも雄牛みたいに頑丈だから」モーラグはジェーンを見て、生意気な口調で言った。「家事の手伝いも必要なんじゃない？」

まあ、憎たらしいのぞき屋……。

「そうね。あなた、興味ある？」

モーラグはうなずき、毎日の掃除と料理と洗濯を請け負う料金を口にした。ヒューが交渉し、値段の折り合いがついた。

わたしに相談もなく、ヒューはメイドを雇った。わたしだって、家の切り盛りのしかたぐらい知っているわ。使用人を雇うかどうかを決めるのは女のはずよ。

ヒューが言った。「だが、少なくとも二週間は毎日来てもらわなければならないぞ。そして、おれたちと同じくらい真剣に働いてもらう」

モーラグはジェーンを見て鼻を鳴らした。「全然問題ないわ」

「何よ、この生意気な――」

「ジェーン、ちょっと話がある」彼女の肘をつかみながら、ヒューはモーラグに言った。

「今夜、おれたちがあたたかいものを食べられる可能性はあるか？」

「煙突からリスを追い払うことができれば大丈夫よ」

ヒューはうなずき、ジェーンを引っ張って雑草だらけの中庭を歩いた。彼女が振り返ると、モーラグがこちらに向かって舌を突き出してから、屋敷のほうに向き直るところだった。

「あんな子いやよ。生意気だわ」

ヒューがジェーンをにらんだ。「なぜそんなに嫌うんだ？　着替えるところを見られたからか？　あの子はたぶん、パリ風の見事なシルクやレースなんて見たことがなかったんだ。彼女じゃなくても足を止めてのぞくさ。あの子はきっと好奇心が強いんだよ」

どうしてわたしはモーラグに腹が立つのかしら？　たぶん、向こうがわたしを嫌っているからだわ。「わたしに向かって舌を突き出していたのよ」ジェーンは力なく言った。

「最後にここに住んでいたのはとんでもなく愚かなイングランド人で、地元民たちにひどい仕打ちをしたんだ。それを覚えておいてくれ」ジェーンはまだ納得がいかなかった。「中が住める状態になったら、おれは外を整えるのに朝から晩まで忙しくなる。きみは本当に水を運んだり、鶏の毛をむしったりしたいのか？　料理だってできないだろう？」

運ぶ。むしる。料理する。どれも好きな言葉ではないし、これまでジェーンにはかかわりのなかった言葉だ。突然、自分の手でこの屋敷を整えるという思いつきがひどく困難に思えてきて、予想していたほど楽しいことではないような気がしてきた。そのとき、キッチンから大きな音がした。モーラグが調理器具を見つけたんだわ。ジェーンはヒューと目を見合わせた。

彼はこの機会を逃さずに言った。「それに必要なものを村で買ってきてもらえる」

ジェーンは顎を上げた。「手伝いはいてもいいかもしれないわね。ただ、あくまでわたしの手伝いとしてよ」彼女は屋敷へ向かい、ヒューもあとからついてきた。中に入ると、ジェーンは明るい口調を装ってモーラグに言った。「わたしは何をすればいい？」

「見た感じでは、たいしたことはできそうにないわね」

ジェーンは彼に目配せしたが、ヒューは彼女の肩をぎゅっとつかんだ。「どこかにはしごはあるか？」モーラグに尋ねる。

「馬小屋にあるわ。あたしの鞍と荷物のすぐ奥に」

ヒューはジェーンを脇に引っ張って言った。「きみはここにいろ。すぐに戻ってくるから」

そして馬小屋へと向かった。

ヒューがいなくなると、ジェーンはモーラグに手を貸そうとした。彼女がちゃんとした仕事をしていることは認めざるをえない。ジェーンは何をしても、自分がモーラグの掃除の邪魔をしているようにしか感じられなかった。最初にそう思ったのは、モーラグにぴしゃりとこう言われたときだ。「そのやせっぽちのお尻を、あたしの行き先からどけてよ」

リスは自分たちの煙突に何かが起こっていることに気づいて、怒りの声をあげ始めた。

ヒューが薪《まき》と湿った毛布を持って戻ると、ジェーンは顔をしかめた。「リスの真下で火をおこすつもりじゃないでしょうね？　赤ちゃんや怪我をしたのや年寄りがいるかもしれないし――」

「リスのシチューなんておいしそう」モーラグがさえぎった。

ジェーンはぎょっとした顔で彼女を見やり、あわててヒューを振り返った。「リスのシチュー？」

ヒューは笑いをこらえた。「ジェーン、火は小さくするよ。薪が湿っているから煙がすごく出るだろう。それから暖炉の開口部に濡れた毛布をかぶせる。それなら、リスが屋根まで逃げていく時間は充分ある」

まだ疑わしげな顔をしているジェーンにモーラグが言った。「リスの話はもうたくさんよ。ところで、あんたは鶏の下ごしらえと鍋洗いのどっちがやりたい？」

ジェーンは答えずに唇を嚙んだ。「鍋のほうがよさそうね」モーラグは鍋がたくさん並んでいる棚を示した。「裏の井戸に全部運んで洗ってちょうだい。外の納屋に石鹸《せっけん》とブラシがあるわ」

ヒューは手伝いたかったが、ジェーンが手を振って断った。「自分でできるわ」彼女はきっぱりと言った。

「井戸とここを往復する以外はどこにも行くな。わかったか？」

「でも……」彼の断固とした顔を見て、ジェーンはつぶやいた。「わかったわ」

ジェーンが鍋を運び始めると、ヒューは彼女の姿が見えるよう窓辺に移動した。「いろいろと必要なものがある」モーラグに言う。「だが、おれたちがここにいることは誰にも知られたくないし、誰かがここを訪れるのも困る」

「どうして？」

ひそかに改修して弟をびっくりさせたいという作り話をしようかと思ったが、モーラグは賢いし、信頼できそうな気がする。「おれたちを探しているイングランド人の男がいる。危険な男で、おれたちとしてはそいつを避けたいんだ」

モーラグがヒューを見つめた。すべてを打ち明けているわけではないとわかっているようだが、彼は気にしなかった。互いを理解していればそれで充分だ。

「雑貨屋の主人にはあんたたちがいることを知られるでしょうね。そうなると村全体が知ることになる。でも、村の外の人には知られないわ」

ヒューは火に薪を足した。「村の人たちはよそ者が嫌いなのか?」

「大嫌いよ。よそ者にはしっかり口をつぐんで不機嫌な顔を向けるの。それによそ者が村人にあんたたちの居場所をきいたりしたら、すぐに噂があたしの耳に入るわ。みんなに、あんたたちは新婚旅行で来てるから、誰にも訪ねてきてほしくないんだって伝えとくわね」

ヒューは眉を上げた。ここへ来たことによって、おれたちは地上から姿を消したも同然だ。モーラグはおれの望みを完全に理解している。彼はうなずき、毛布を暖炉に広げてから外に出た。ぐらぐらするはしごで二階の屋根に上り、煙突をふさぐごみをどかした。

高い位置からは働いているジェーンがよく見えた。彼女の姿が屋敷の中に消えると、ヒューはあたりを見まわした。なぜコートがベン・アシューレンを買う気になったのか、だんだんわかってきた。そよ風が湖にさざなみを立て、波がおさまると、湖面は鏡のごとく陽光を反射する。今日のように天気がいい日は数十キロ先の、コートの地所の端にある丸みを帯びた尾根まで見えた。

それからの三〇分間、ヒューは逃げてくるリスを避け、屋根の上で修繕が必要な箇所を確認して過ごした。モーラグの兄たちが来たら手伝ってもらうつもりだ。確認するあいだも、ヒューは懸命に働いているジェーンの姿を見ていた。

鍋は重くて扱いにくそうだった。ジェーンは一度にたったふたつか三つ運ぶことで満足しているようだ。何度も行き来して、ついにあちこちに鍋の山ができた。

井戸の前で、ジェーンは腕まくりをしてレバーを下ろした。

ポンプの口から黒い汚泥が噴き出し、まるでペンキの缶を落としたみたいに彼女のドレスや顔に飛び散った。

「大変だ」ヒューはつぶやき、急いで屋根から下りた。その拍子にはしごの横木が二本折れた。

ジェーンはしばらく凍りついていたが、やがて袖で乱暴に顔を拭いた。

モーラグが知っていたのは間違いない。湖で鍋を洗うようジェーンに言うこともできたのだから。ヒューが駆け寄る前に、ジェーンは彼を見て、怖い顔で指を一本立てた。

「自分でなんとかするわ」食いしばった歯のあいだから言う。「彼女には何も言わないで」

「ジェーン、これは我慢できるようなことじゃないぞ」

「だからこそ、自分でなんとかしたいのよ。モーラグが挑戦状を叩きつけてくるなら受けて立つわ」一番大きな鍋を汚泥でいっぱいにすると、ジェーンはそれを馬小屋に運んだ。重さで体が傾いている。

ジェーンが馬小屋――そこにはモーラグの鞍とかばんが置いてあるはずだ――から戻ってきたとき、鍋は空になっていて、いちご摘みの籠のように彼女の腰の横で揺れていた。

# 36

ベン・アシューレンでの最初の五日が過ぎるころには、ヒューは今にも噴きこぼれそうな大釜《おおがま》になった気分だった。

彼の悶々《もんもん》とした状態を証明するかのように、ベン・アシューレンは早くも危機的な状況を脱していた。ジェーンに触れたくなるたびに、ヒューが仕事に精を出したためだ。

ここに来てから、すでに一〇人分の仕事を終えている。

今日は、モーラグとジェーンが二階の掃除をしているあいだ、ヒューは屋敷に入るための通路用の板をのこぎりで切った。彼が外で作業できるほど天気がいい日には、モーラグは屋敷内の換気をする。開いた窓から、ジェーンが掃除をしながら鼻歌を歌ったり笑ったりするのが聞こえる。あるいは、廊下を歩いている彼女の姿がちらりと見えることもあった。

いつのまにか、そんなふうにジェーンをかいま見るのが楽しみになっていた。

三人の骨折りによって、ヒューとジェーンの生活環境は大きく改善された。彼はジェーンと自分のために、屋敷の中で一番いい続き部屋を選んだ。モーラグは修道僧のごとく、てきぱきとそこを掃除した。ほうきの扱いがぎこちないジェーンに当てつけるかのようだった。

手伝いに来るようになった二日目、モーラグは荷馬に荷車を引かせて来た。彼女が買ったのは、麻、マットレス、調理や掃除に使う消耗品、食料といったヒューたちに必要なものだけだったが、小さな村の店主たちは勝手にいろいろな品を包んでは、ミスター・コートランドの兄のところへ持っていってくれとモーラグに託した。彼らはコートを救世主のように思っている。横柄なイングランド人の男爵から土地を取り戻してくれた、無慈悲なスコットランドの戦士というわけだ。前の持ち主だった男爵は村人たちに羊の飼育を強要し、牧草地を作るために住人を追い出した。

コートはただ、事業に必要な勘が男爵に足りなかったことを利用しただけなのだが、ヒューはそれを店主たちにわざわざ教えるつもりはない。

ここにとどまって正解だったという思いは次第に強くなっていた。モーラグがいてくれるのも理想的だ。彼女は屋敷の内部を改装したり、いやいやながらもジェーンに手伝い方を教えたりするだけではない。モーラグがいるおかげで、舌なめずりをする狼みたいにジェーンを追いかけずにすんでいるのだ。

モーラグのことでひとつ困るのは、ジェーンと彼女が常にいがみ合っていることだった。ジェーンは話し方をからかわれたり、スコットランド人ではないというだけで嫌われたりすることにとまどっていた。ジェーンに惨めな思いはさせたくなかったが、〝いまいましいイングランド人〟という呼び名が、〝粗野なスコットランド人〟と言うのと似たり寄ったりであることは彼女も気づくべきだろう。

ジェーンがモーラグとの口論に勝つこともあり、そんなとき彼女は、「だめだめ、いい気味だと思ってはいけないって自分に約束したんだから」と自らに言い聞かせる。負けて洟《はな》をすすりながら、「まあ、しかたないわね」と言うこともあった。

ふたりはいつも競い合っている。ヒューが屋根裏部屋から古い家具を引っ張り出して修理すると、ジェーンとモーラグは競ってペンキや仕上げ剤を塗ったりした。彼が窓ガラスを入れ替えれば、われ先にと拭き始める。ジェーンがあまりにすさまじい勢いで働くので、ヒューは無理をしているのではないかと心配した。もともと負けず嫌いなのは知っているが、単なる競争の域を超えている気がした。

ジェーンの気をそらすため、ヒューは麦わらをしっかりまとめてシーツでくるみ、矢の的を作った。的の輪は彼女が描《か》いた。だがジェーンは仕事をする代わりに練習するのではなく、どちらもおろそかにしないために早起きをするようになった。

毎朝、屋敷と馬小屋のあいだのテラスで、ジェーンは狩猟用の手袋をはめて矢筒を背負う。冷たい空気の中、白い息を吐きながら真剣な表情で弓を引く。美しい光景だった。ヒューは毎日ひそかにそれを見つめた。

モーラグでさえ、キッチンの窓の前で立ち止まり、驚きの目で見ていた。

ジェーンはヒューをからかうのをやめていたが、彼女に対するヒューの欲望はけっして衰えなかった。からかっていなくても、からかっているも同然だった。官能的な雰囲気がにじみ出ている。今日、狭い場所ですれ違ったとき、ヒューがジェーンのウエストに手をやると、彼女は息を乱して頬を赤らめた。

ジェーンの部屋の前を通りかかり、そこにストッキングやガーターが放り出してあるのを目にしたときも、ヒューは激しい欲望を覚えた。部屋が近いので、毎晩彼女のつける化粧水と香水の魅惑的な香りをかぎ、見たばかりのレースとシルクのコルセットを思い描きながら眠りにつく。当然、下腹部はこわばった。

何度かジェーンが唇を嚙みながら、真剣な顔で近づいてきたことがある。彼女が何を求めているのかヒューにはわからなかったが、何も言わずに背中を向けてくれるとほっとした。それでも、近いうちにジェーンが彼女を苦しめている問題をぶつけてくるのはわかっていた。そして、それがヒューにとっていい話ではないことも。

ジェーンに対する欲望に悩まされていないときは、兄の安否と彼女の今後の安全を考えてやはり苦しんだ。何か悪いことが起こりそうな予感が日増しに強くなっていった。

何かが起きようとしている……。

ヒューが屋敷からがらくたを運び出そうと馬と奮闘しているのを、ジェーンは後ろ向きに鞍に座って見つめていた。

働いているヒューを見るのが好きだった。シャツを着ていないときはなおさらいい。彼が腕で額をぬぐうと腹部の筋肉がこわばり、それを見るジェーンの呼吸は浅くなる。汗に濡れたヒューの筋肉ほど美しいものを彼女は見たことがなかった。

今日はここに来て初めて、ジェーンは仕事を休んでいた。モーラグがケールの収穫をしているので、ジェーンはゆったりとくつろいでいる。それがヒューを喜ばせているのは間違いない。

ヒューはわたしがモーラグと競うために必死で働いていると思っているらしいが、一生かかっても掃除で彼女に勝つことはできない気がする。

わたしが懸命に働いているのは、自分がヒューにとってこのまま一緒にいる価値のあるい妻だということを証明するためだ。ジェーンは庭の手入れをし、家具にペンキを塗り、モーラグが地元の職人から買った美しい手織りの絨毯を敷いた。屋敷は家庭的な雰囲気になり、居心地がよくなりつつある。

もし最後にヒューを失うことになったとしたら、その原因は努力不足ではない。

「水をくれ」

ジェーンははっとしてヒューに水筒を放った。彼はごくごく飲んで、腕で口をぬぐった。彼女は男性のそのしぐさが好きだった。そして、ジェーンにとって〝男性〟とはヒューを意味する。ヒューが水筒を放り返したが、彼を見つめるのに忙しかったジェーンは受け取りそこね、水筒は音をたてて地面に落ちた。彼女はヒューへの思いを抑えきれず、それを隠すこともやめていた。なのに彼はジェーンに触れようとしない。彼女は何度もその理由を考えた。

ヒューが眉をひそめながら、肩にかけた引き革を外して水筒を拾った。土を払った水筒を渡されて、ジェーンはおどおどした笑みを浮かべた。

彼は用心深い顔であとずさりすると、再び引き革を肩にかけた。馬は前へ向かった。

これまでも結婚の継続を切り出そうとしたが、ヒューはいつも警告するような暗い目をしていた。今もそうだ。ジェーンはまるで求婚しているみたいな気分になり、自信が揺らいだ。たいていの男性は彼女の前に出ると、きみの欲しいものはなんでもあげると口ごもりながら言う。ヒューはよそよそしく、こちらを拒絶するような顔をしている。

ジェーンは勇気を出そうと息を吸った。話すなら今が絶好の機会だ。気おくれしないうちにすばやく言う。「わたしが何を考えているか知りたい？」

ヒューがきっぱりと首を振ったので、彼女はしばらく時間を置いてから言った。「ヒュー、わたしはいい奥さんになると思う？」

ためらったあと、彼はゆっくり答えた。「ああ」

「本当に？」

「ああ」

「わたしを傷つけまいとして言ってるんじゃない？」

「そんなことはない。誰だって、きみを妻と呼ぶことを誇りに思うだろう」

「じゃあ、なぜわたしとの結婚を続けないの？」

ヒューはつまずいて、泥に膝をついた。

「わたしは続けたいの」自分の質問がヒューの心と体を動揺させたことなど知らぬふりで、

ジェーンは宣言した。

彼は心の中で悪態をついて立ち上がった。どうしてまたおれをからかい始めたんだ？　今日はいい日だったのに。この季節には珍しく穏やかな天気で、ヒューはいつものように彼女と過ごすのを楽しんでいた。あれこれしゃべったり笑ったりしているジェーンを盗み見ながら、彼女がスコットランドの風景によくなじんでいることに驚いていた。

頰はピンク色に染まり、瞳はいっそう生き生きとしたグリーンの光を放っている。赤褐色の髪は金で磨いたかのように輝きを増していた。

ジェーンは以前よりもさらに美しくなり、その美しさにヒューは何も言えなくなる。

「筋の通った質問でしょう？」

彼は自分が冷たくなるのを感じた。「冗談で話すような問題じゃない」

ジェーンの顔に浮かんでいた考え込むような表情が焦りから恐怖へと変わっていき、今は覚悟を決めた顔になっている。「冗談なんかじゃないわ」彼女は落ち着いた口調で言った。

「あなたとの結婚を続けたいの」

ヒューは口を開いたが、ジェーンが真剣なのがわかると言葉が出てこなかった。信じられない。やがて彼はかすれた声で言った。「それはだめだ、ジェーン」

ジェーンがおれの恋人に、おれの妻になりたいだと？　ああ、自分本位な男になれたらいいのに。そして彼女との結婚を続けられたら。

「どうしてなの？　ちゃんとした理由を聞かせてくれたらあきらめるわ。でも、そうでなければ……」彼女は警告するように言葉を切った。

「言っただろう、結婚したいと思ったことがないんだ」

「なぜ？　理由を教えて」

「おれには向かないからだ。これまでもこれからも。世の中には夫になるのに向かない男がいるものなんだよ」

「あなたは向いていると思うけど」

「今のおれのことなど知らないじゃないか」

「あなたが何も話してくれないからでしょう」

「本当に向いていないんだ」

「すべて終わったあとも、結婚を続ける努力だけでもしてみたくない？　わたしたちの相性がいいかどうか試してみるの」

「してみたくないね」

「本当に？」ジェーンはゆっくりと言い、鞍から滑り下りた。「大きな決断よ」厳かにうなずいてみせる。「じっくり考えてみて」彼女は頭を傾けると明るい瞳でヒューを見据え、歩み去った。

　あれは矢の的を見据えるときと同じ目だ。ヒューはごくりとつばをのみ込んだ。

# 37

結婚を続ける話を一度持ち出すと、翌週もジェーンはその話を繰り返した。

玄関ポーチ用の新しい柱にかんなをかけながら、ヒューはジェーンの姿が見えるのを待ち、ここ最近の彼女の戦略について思いをはせた。

昨夜、ヒューは暖炉のそばの絨毯に座ってスコッチを飲んでいた。ジェーンは後ろで膝立ちになって、ときおり彼のグラスからスコッチをすすりながら、痛む背中をさすってくれた。ヒューはくつろいだ気分になり、まぶたが重くなった。

火の前でスコッチを楽しみつつ、一日の労働の疲れを妻に癒《いや》してもらう。至福のときだ。ヒューはゆっくりとスコッチを味わった……。

「結婚のことについて考えてくれた？」

彼はむせた。ジェーンをにらんだが、彼女は何食わぬ顔でほほえんだ。

今朝も弓の練習のためにテラスへ出るとき、ジェーンが何気ない調子で言った。「あなたはあの妙な本以外、読むものを何も持ってきていないみたいだから、ベッドの上に小説を置いておいたわ」目で追っているヒューに向け、肩越しに言う。「わたしが特に好きなシーンには印をつけてあるから」

どういう小説の話をしているかはわかった。ジェーンの姿が見えなくなったとたん、彼女は何が好きなのかを知りたくて、ヒューは階段を駆け上った。枕の上には偽のカバーをかけた本が置いてあり、彼はそれを開いた。五分後にはベッドに倒れ込んで、震える手で顔をさすっていた。

これが彼女の好きなシーンだというなら、おれたちの相性は間違いなくいいはずだ……。いや、これはジェーンの狡猾《こうかつ》な作戦のひとつだ。彼女が絶えず仕掛けてくる攻撃のせいで、自分の夢見た女性が毎日すぐそばにいるということが常に頭から離れない。発情期の牝馬《ひんば》にまつわりつく牡馬みたいだ。集中できないし、彼女の髪の香りや肌の味以外、何も考えられない。

どこにいても目でジェーンを追ってしまう。働いているとき、彼女は頭に大判のハンカチを巻く。料理などをするときは、暑さをしのぐためにブラウスのボタンを外す。ヒューには彼女の汗に濡れた胸が今にも飛び出しそうに思えてしかたがなかった。ふだんは上品なジェーンが元気いっぱいのバーの女給に見えて、そんなところもヒューは好きだった。

どの彼女が一番好きか決められない。ロンドンでの賢い美女ぶりもよかったし、狩猟用手袋をはめて弓を構える姿もいい。そして、こんなふうにのんきで魅惑的な彼女も。

ジェーンへの欲望は弱まることがない。ヒューは冷静に物事が考えられなくなった。日中は頻繁に下腹部がこわばり、夜はそれを処理しないことには熟睡できない。先日は彼女にのられた夢を見たあと汗だくになって目が覚めたが、その直後に射精してしまった。

ジェーンのおかげでヒューはやつれ、力仕事に障りが出るようになった。無邪気な好奇心とあからさまな欲望の入りまじった顔で見つめられたとき、彼女の目に宿る願いに応じそうになるのを引き止めてくれるものはひとつしかない。

それは例の本だ。今は外に出したまま、しょっちゅう眺めている。自分がどういう人間かを思い出させてくれる本……。

ヒューは眉をひそめた。ジェーンの鼻歌が聞こえ、通り過ぎる姿が見えてから一時間以上がたっている。例によってくたくたになるまで働く代わりに、一、二時間眠ることにしたのならいいのだが。

彼はかんなを置き、ズボンについた木くずを払うと、玄関ドアから中に入った。モーラグが蕪の入った籠を持ってキッチンに戻るところだった。

「妻はどこだ？」

モーラグは肩をすくめた。「最後に見たのは北の翼棟よ。床に蠟を塗るって言ってたわ」

ヒューはうなずき、ボウルからりんごを取ったが、疑いようのないにおいに気づいてそれを取り落とした。

モーラグが鼻をぴくぴくさせる。「今度は何をしたのかしら？」

「パラフィンだ」ヒューは走りだしながら、肩越しに振り返って言った。「わかるだろう？」

モーラグが息をのみ、籠を落としてあとに続いた。

床に塗るのはパラフィン蠟だ。

パラフィン・オイル、つまり灯油と混同しやすい。

閉まっていたドアを開け、目に入った光景に息をのんだ。ジェーンは吸収のいいマホガニー材に灯油をたっぷり塗り込んでいた。

彼女がよろよろと立ち上がった。「あなたを驚かせようと思って全部塗ったの」そう言って、手の甲でそっと鼻をこする。「でも、なんだか酔ったみたいになっちゃって」ジェーンは肩をすくめ、砂岩のかたまりを拾った。「これから乾いたところにやすりを――」

「だめだ！」「だめ！」ヒューとモーラグは同時に叫んだ。火花がひとつでも散ったら……。

心臓が喉から飛び出しそうになりながら、彼はジェーンに駆け寄った。モーラグが叫んだ。「あんた、ばかなの？」

ヒューは目をしばたたいて何かつぶやいているジェーンを外の井戸に連れていった。「わたし、何か変なことをしてしまったのね？」シュミーズ以外の服を手早く脱がせるあいだに彼女が言った。

「ああ、これに関してはおれもモーラグと同じ意見だ」ジェーンの手や腕に井戸の水をかけて灯油をこすり落とす。「きみは仕事のしすぎだよ。それにあの油は燃えやすくて、ふつうは――」ランタンに使うものだ。「専門家が使うものだ。獣脂蠟燭《ろうそく》が一滴でもスカートについたら、きみは火だるまになるところだった」

「まあ」ジェーンは唇を嚙んだ。「怒っているのね」

「心配しているんだ」

「ヒュー、辛抱して」

「努力しているよ」

モーラグが家に帰る仕度をしているのを見ると、ヒューはジェーンに言った。「足とつま先をよく洗っておけ。すぐに戻るから」彼は馬小屋でモーラグをつかまえた。「この敷地内にあるあらゆる危険物や可燃物をおれの妻から遠ざけてくれ。必要なら、鍵のかかるところにしまってもいい。それから、おれが床板をすべて張り替えるまで彼女を北棟に近づかせないようにしてくれたら、給料を三倍に上げてやろう」

ヒューはジェーンのほうを振り返って叫んだ。「洗うんだ！」彼女は驚いて飛び上がり、おとなしく言われたとおりにした。

モーラグがうんざりしたように言う。「もっと怒ったらどうなの？　あんなふうに部屋を台なしにしちゃったのに」

ヒューは肩をすくめた。「ここには危険なものがあるということは、これからきちんと理解させる。だが、ひと部屋分のマホガニー材の床を台なしにしたことは言うつもりはない」

「これがあたしだったら、何を言われてたか」しかし、モーラグが彼をにらみつけてから両手を上げたとき、ヒューは彼女がジェーンを好きになりかけていることに気づいた。「あのイングランド女だってそんなにばかじゃないだろうから、新しい床は古く見えるようにしなきゃね」

「そろそろ、あれほど懸命に働いている理由を聞かせてくれてもいいんじゃないのか？」ヒューはジェーンのもとに戻って言った。

彼女はまだ少しぼんやりして寒そうだが、油が残っていないか調べるためにヒューのごつごつした手が腕をさすると、喜びで体を震わせた。酔ったような笑みを浮かべて言う。「あなたを感心させようとしているのよ。そうすればあなたは結婚を続けてくれる。そして、わたしを海岸の家に住まわせてくれるでしょう？」

ヒューの顔に笑みらしきものが浮かぶのを見て、ジェーンは言った。「冗談なんかじゃないのよ」

彼は顔をしかめた。「また結婚の話か？　まるでスコットランド人みたいに頑固だな！」

「わたしはあなたを幸せにできるわ。それにあなたは妻を持てるのよ」

「おれと結婚したって、いいことはないぞ」

「今までとどう違うの？」

この結婚に同意したとき、ヒューは機会が来たらすぐにジェーンが無効にしたがると思っていた。彼女のシュミーズが井戸水で濡れて豊かな胸に張りつくのを見ながら、これほど必死に自分の本心と闘うはめになるとは考えもしなかった。彼女の腕をさするヒューの手の動きが次第に遅くなる。

水がかかるたびにつんととがる胸の頂を目にして、本心と闘うことなどできるわけがない。

まずい状況だ。最後にそこにキスしたとき、脈を打っているのが舌に感じられたのを思い出した。

ヒューは彼女の体から手を離した。「ジェーン、きみのその計画は忘れろ。おれはいい人間じゃない。いい夫にもなれないだろう」

「道理にかなった計画よ。わたしたちはもう結婚していて、式もすませた」ジェーンは声をひそめた。「あとはあなたがわたしを抱くだけだわ」

「道理？　道理にかなっているから進めたいのか？　道理にかなってなんかいないだろう」

ジェーンが眉根を寄せて彼を見上げた。「ヒュー、わたしのどこが気に入らないの？」

彼女のような女が自分に何か足りないと考えるとは夢にも思わなかった。そんなふうに感じさせるわけにはいかない。そのためには真実を話すしかない。少なくとも真実の一部を。

「原因はきみじゃない。おれだ」

どうやら最悪のことを言ってしまったらしい。ジェーンはたちまち冷ややかな顔になった。

「わたしが何人の男性に同じことを言ってきたと思っているの？　相手の気持ちを傷つけないために」腕組みをしてヒューから離れる。「よくわかったわ。あなたにとってわたしは、そんな決まり文句を言わなければならないほどつまらない存在なのね」

「ジェーン、違うんだ」ヒューは彼女の腰に手を伸ばし、自分のほうに引っ張った。「きみは男が妻に望むものをすべて持っている」彼女の目を見つめる。「おれは……おれは結婚するとしたらきみとする。そうでなければ誰ともしない」

ジェーンが首をかしげた。「誰とも？」

「ああ。おれは問題をいくつか抱えていて、そのせいで結婚できないんだ」

「ひとつ聞かせて」

「ひとつ話せば、きみはもっと質問してくるだろう。前にも言ったように、きみはすべてが明らかにならないと満足しないからな」

「ヒュー、わたしにだって関係があることなのよ。わたしには知る権利があるわ。あなたに公平になってもらいたいだけよ」

「わかっている。信じてくれ、わかっているんだ。だが、もう中に入って体を拭いたほうがいい」

「理由をひとつ言ってくれるまではここを動かないわ」

長くためらった末に、とうとうヒューは言った。「おれはきみに子供を産ませてやることができない」

# 38

「そうなの」ジェーンはいつのまにか止めていた息を吐いた。「どうして？」

「だめなんだ」

ヒューの言うとおりだった。今やききたいことが山ほど出てきた。「試してみたことはあるわけね」心の傷を隠して言う。彼がほかの女性とのあいだに子供を持とうとしたと考えるだけで、体の中がかっと熱くなった。

「まさか、試したことなんかない」

ジェーンは眉をひそめた。「じゃあ、どうしてわかるの？」

「兄弟たちもそうなんだ」

彼女は目を丸くした。きっと子供のころの病気が原因なんだわ。結婚したくない理由がそれなの？　わたしと結婚したくない理由が？

これで何もかも説明がつく！　ジェーンはふらつき、腰を抱いているヒューの手に支えてもらった。彼はわたしに子供を産ませられないのがいやなんだわ。いつだってこんなふうに人のことばかり考えている人なのよ。これがわたしを悩ませていた理由だったのね！　でも、こんなことでくじけるものですか。ヒューを自分のものにできるなら、子供などいなくてもかまわない。きっといとこたちがこれからもどんどん子供を産むだろうから、その子たちをかわいがればいいわ。

結婚指輪を見せられたときは心臓が飛び出しそうになったが、今の告白を聞いて、その心臓を誰かに投げ捨てられたような気がした。

とっさにヒューを地面に押し倒してキスしたい衝動に駆られたものの、すぐにそれは〝悪い思いつき〟だと考え直した。彼は告白したことで心が弱くなっているはずだ。彼が敗北と思っているそのことを喜んでいるようには見られたくない。次にジェーンを襲った衝動は、ヒューが大きな障害だと思っている問題を笑い飛ばすことだった。だけどそんなことをしたら、その問題に対する彼の考えを尊重していないことになる。

男というのはそういうことが気になるものなのね。ヒューはそのせいで、自分に男としての価値がないと思っているのかしら？　ジェーンは息を吸い込んだ。落ち着くのよ。

「わかったわ。わたしのことを考えてくれてありがとう」冷静な声が出た。

ヒューは重々しくうなずいた。「今まで誰にも話したことがなかった。だがこれで、なぜおれが結婚したくないかわかっただろう？」

「ええ」

彼が難しい顔でうなずく。

「でも、わたしの考えは変わらないわ」

「なんだって？」ヒューはジェーンを放して一歩下がった。

「そのことはわたしの人生にとって大きな問題ではないって、どうしたらわかってもらえるかしら？」

「きみは子供が好きだと言っていたじゃないか。理由まで聞かせてくれた」

「よその子が好きなの」彼女は苦笑いして言ったが、ヒューのしかめっ面を見てまじめな顔になった。「もしわたしが自分の子供が欲しくて胸を痛めているのだと思っているなら、それは間違いよ。このあいだのあの子たちを愛しているのは親戚だから」ジェーンは目をそらした。「子供を欲しいと思ったことがないからといって、無情な女だと思わないでね。わたしもこんな話、誰にもしたことがなかったのよ」

「子供を持ちたいと考えたこともないのか？」

「結婚して子供ができてもできなくても、そのことで泣いたりはしないでしょうね」

「きみがそんな反応を見せるとは思ってもいなかった」ヒューはうなじをなでて言った。

「がっかりさせてしまってごめんなさい。でも、わたしにとってはそれで何かが変わるわけじゃないの」

「きみが結婚を続けたいのは、そのために闘いたいからだ。闘いが終われば、結婚を続けたいという思いも消えるだろう」

「そんなことないわ」

「昔、本当は欲しくもないもののために闘ったじゃないか。きみは挑戦したかっただけだ。

それを認めろ」

一度か二度はそんなこともあったかもしれないけれど……。でも昔は、ヒューと結婚するものと信じていた。それは挑戦ではなかったが、ヒューのこと以外は何も考えられなかった。

「もしおれが折れて、そのあときみが興味を失ったらどうなる？」ヒューはさらに言った。「イングランドに帰り、友だちや家族に囲まれてパーティー三昧《ざんまい》の日々に戻ったら、おれと一緒にいたいという思いは消えていくだろう。おれにはよくわかる」

「まだ消え始めていないわ」ジェーンはつぶやいた。

彼はおもしろがるように笑った。「一緒に過ごした、たった数週間での話か？」

ジェーンは首を振った。わたしが突き落とされたあの崖はどこに行ったの？「離れていた一〇年間のことを言っているのよ。わたしのこれまでの人生の三分の一以上ね」

ヒューが大きくつばをのみ込んだ。「きみは……まさか……」低い声で言う。「おれがいいのか、ジェーン？」

彼女は息を吐いた。「ええ、あなたがいいの」

そのとき、木に囲まれた私道のほうから馬のひづめの音がしてきて、ヒューは体をこわばらせた。ジェーンを自分の背後にかばいながら振り向き、シャツを脱いで彼女を覆った。

ヒューの痕跡がスコットランドで消えると、グレイの選択肢は限られた。

ここはヒューの故郷であり、荒野は彼の庭のようなものだ。だがグレイにとっては違う。

さらに、ヒューのほうは自分を簡単にまくことができるとわかっている。それが腹立たしかった。

イーサンにかかわって時間を無駄にしていなければ、ヒューとジェーンが夜こっそり出ていくのに間に合っただろう。兄弟のひとりを殺していたせいでもうひとりを逃してしまうとは、皮肉なものだ。

グレイは西ヨーロッパと北アフリカの国々は知り尽くしているが、スコットランドで仕事をしたことはなかった。四カ国語が堪能《たんのう》だが、その中にゲール語は入っていない。北へ進めば進むほど、人々はイングランド人に対して口を閉ざし、敵意を見せた。やせて顔色が悪く、おそらくは危険人物に見えるグレイならなおさらのことだ。

ロンドンに戻ってウェイランドの口を割らせることも考えたが、やつは何もしゃべらないだろう。それにふたりの居場所を正確には知らないかもしれない。

本当に見つけられるのだろうかと思い始めたころ、〈ネットワーク〉では電報の受け渡しができる場所に近いところにいるのが原則であることを思い出した。そして、そこから発信されるのはもっとも重要な情報を暗号化したものだけであることも。

ヒューは電報局まで馬で一日以内で行ける場所にいて、おれがつかまったか死んだかしたという知らせが届いていないか定期的に確認しながらロンドンに帰る日を待っているのだろう。暗号はすべて知っていて解読の鍵も持っているが、電報が発信されるのはおれが倒されたときだけだ。これは難問だぞ。どうやってウェイランドに電報を打たせようか？

そのとき気づいた。グレイが倒されなくても電報は送られるだろうということに。イーサンの死はきわめて重要な情報であるはずだ。

兄の死を知らせる緊急の電報が、ヒュー宛《あて》にスコットランド各地の電報局に送られるのではないだろうか？　そう思ったグレイはさまざまな暴力に訴えた結果、電報が四箇所に送られたことを突き止めた。そのうちの二箇所が、ハイランド地方中南部のこの狭い地域内にある。すでに一箇所目の電報局から馬で一日以内で行ける範囲はしらみつぶしに調べ終え、二箇所目もほぼ終わりかけている。ヒューはこの近くにいるはずだ。

残念ながら、このあたりの住人もよそよそしくて、金をちらつかせても効き目はなかった。

誰かの喉を絞めて聞き出そうと決めたちょうどそのとき、背後から馬のいななきが聞こえてきた。振り返って見ると、遠くの森の小道から少女が現れた。さっき通ったときには気づかなかった小道だ。

少女はひとりでポニーに乗って、のんびりと逆方向に向かっていた。鞍袋はつけていないから、旅をしているわけではないようだ。これはおもしろい。この荒野に何があるのだ？　ヒューの隠れ家か？

あの少女も、これまで出会ったスコットランド人と同じく口がかたいかもしれない。だが、グレイは笑みを浮かべながら〝薬〟を唇に挟んだ。あの黒髪の娘は間違いなく生活のために働いている。彼は腰のホルスターにおさまったナイフに手をやった。

食べるために働く女たちは、指を切り落とされないよう必死になるものだ。

# 39

ジェーンは手のひらに顎をのせて、がっしりしたハイランド人たちと酒を酌み交わすヒューを窓越しに見下ろしていた。

私道から聞こえたのは、軍馬のような馬にまたがった大男たちが近づいてくる音だった。モーラグの兄たちが屋根の修理の仕上げをしに来たのだ。

ヒューは彼らとともに自家製のスコッチを楽しんでいるが、ジェーンを呼びはしなかった。別にかまわない。先ほどの彼女の告白より、日没後にゲール人たちと飲むことのほうがヒューには大事らしいことも気にならなかった。

ジェーンはまだヒューの告白に動揺していた。ききたいことがいくつもあったが、彼はもう何時間も下にいる。ひとりでいるのが好きだと公言するわりにはモーラグの兄たちと気が合うようで、彼らもヒューを仲間のように扱っていた。実際、仲間なのだ。長身の誇り高きハイランド人。ヒューがあの低い声で何か言うと、男たちは口をつぐんで耳を傾ける。彼らは早くも、冷静で辛抱強いわたしの夫に尊敬の念を抱き始めている。

ジェーンは髪を指に巻いてにおいをかいだ。酸のお風呂にでも入らないと、この不愉快な蠟のにおいは取れないのかしら？　彼女はもう一度入浴することにした。湯を沸かす必要はない。わたしが温泉へ行ってもヒューはかまわないだろう。一緒に行ってほしいと頼めば、からかっていると言われてしまう。

入浴のための荷物とタオルを持って、ジェーンは男たちから離れた通用口を通って外に出た。気分よく歩きながら夜空を見上げ、ヒューとの数週間を振り返る。何かあるたびに彼をうんざりさせている気がしていたけれど、わたしは本当に、うんざりさせないと抱いてくれない人を求めているの？　わたしはずっと彼のことを思ってきたのに、それを気にも留めていないような人を？

湖に着き、美しさに目を見張った。夜空にぽっかりと浮かぶ黄色い満月が、湖面を覆う霧に反射している。温泉のある岩のあいだからは湯気が立ちのぼっていた。

最高だわ。スコットランドを去りたくない。今ではロンドンが、すすだらけのくすんだ薄情な街に思える。グレイがつかまったあと、ヒューとこの地を離れてロンドンに帰ることなどできるわけがない。

ジェーンはため息をついて服を脱いだ。温泉の湯が我慢できないほど魅力的に見えて中に入る。崖から突き出た小さな岩棚に石鹸とオイルを置き、丹念に髪を洗った。石鹸を流すために湯の中に体を沈めたとき、ヒューが現れた。

初めて、彼の姿より先に近づいてくる音に気づいた。ジェーンは肩越しに振り返った。ヒューは髪が乱れてひどく疲れた様子だが、その目はぎらぎらと輝いている。

「ここまで来てくれなくてもよかったのに。新しいお友だちのところに戻ったら？」

彼は黙ったまま見つめている。

「酔っているの？」こんなヒューは見たことがなかった。バインランドでも、ほかのみんなが飲んでいるあいだ、彼はスコッチをグラスに一杯飲んだだけだった。

「ああ」ヒューがようやく答えた。「だが、酒も役に立たない」

「なんの役に？」彼の新しい側面にとまどいながら、ジェーンは尋ねた。

「昼も夜も、きみを自分のものにすることばかり考えるのをやめられない。やめる方法はひとつしかないことがわかってきたんだ」


ジェーンは髪を背中に垂らし、腰まで湯に浸かって立ったまま肩越しに振り返っている。湯気が全身を包み、頭上の満月が色白の完璧な体を照らしていた。

互いに黙ったまま、相手の出方を探るように重い息を吐く。今日言ったことが冗談ではないのなら、この美しい女はおれのことを思っていると認めたことになる。それも何年も前から。

知らないほうがよかった。

マックラーティー兄弟と飲んでいたのは、彼らが妻に変な気を起こさないよう見張るためもあった。濡れたシュミーズにヒューのシャツを羽織っただけの姿を見られたのだから。だが、それだけではなかった。彼女の告白に動揺したのだ……。

ジェーンがこちらを向いた。両腕は脇に下ろしている。ヒューの中で何かがはじけた。口の中で悪態をつきながら、彼はシャツとブーツとズボンを脱ぎ捨てた。湯の中に入り、滑らかなジェーンの体を乱暴に引き寄せて抱きしめた。彼女の両手がヒューの胸を這い上がって、うなじで組み合わされる。豊かな胸がヒューに押しつけられ、彼女は小さくうめいた。「消えると思ったのに消えなかった」彼はジェーンの首に向かって言った。「それどころか強まっている。いったいどういうことだ?」

「なんのことかわからないわ、ヒュー」

「わかるはずだ」手を伸ばし、岩棚から入浴用のオイルを取る。そして自分と向き合うように、彼女を岩棚に座らせた。ジェーンは息をのんだが、ヒューは黙って彼女を見つめながら、この光景を記憶に刻み込んだ。赤褐色の長い髪が前に垂れ、かたくとがった胸の先端を隠していた。開いた脚のあいだのシルクのような巻き毛が肌の白さに映えている。「きれいだ。きみはおれを苦しめている。きみは……」

彼女の脚のあいだに腰を割り込ませ、耳たぶをそっと吸う。ジェーンはため息をついて体の力を抜き、ヒューがさらに脚を開かせるのに任せた。

彼は胸のふくらみをつかみ、手で覆ってもみしだいた。息を切らして見つめる彼女に覆いかぶさって、先端のつぼみをむさぼる。

ジェーンが声をあげた。もうやめたくてもやめられない、とヒューは悟った。やめたくもないが。

彼は反対のふくらみに移って強く吸った。ジェーンが喜びの声をあげ、ヒューの頭を胸に押しつけて背中をそらした。

胸の頂がどちらも脈打つようになったのを確かめると、ヒューはいったん体を離し、さらに下の、開いた腿に移動した。あと数センチで口が秘所に達するところで動きを止め、しばらく息遣いをジェーンに感じさせる。それから開いた唇を押しつけ、舌を突き出した。彼女の抑えた叫び声を聞きながら、潤って滑らかになった襞《ひだ》を舌で探る。

ジェーンの反応をうかがおうと目を上げると、彼女は恥ずかしげもなくこちらを見つめていた。それがヒューの興奮をあおった。親指で襞を開き、彼女がけっしてこの光景を忘れられないよう、そこにキスをする。その合間にささやいた。「こんなふうにされたことはあるか？」

ジェーンが首を振った。「い……一度もないわ」

自分でも意地悪な顔になっているのがわかる。「これまで味わったことのないような絶頂を味わわせてやる」

彼女は息をのんだ。「本当に？」かすかに緊張した声で尋ねる。「あなたがそこにいるあいだに？」

「おれの舌で達してほしいんだ」ヒューはうめき、彼女の中心を唇に挟んで吸った。

ジェーンが声をあげ、彼の髪をぎゅっとつかんだ。「ヒュー、ええ、わかったわ！　ああ、そこよ！」

ヒューは何も考えられなくなった。手の中には胸のふくらみを感じ、舌ではやわらかな肉をまさぐりながら、ジェーンをむさぼった。脚を曲げさせてさらに膝を大きく開かせ、彼女を味わう。ジェーンは鋭い叫び声をあげ、貪欲な彼の口に腰を押しつけた。

ヒューは口を離して言った。「さあ、達してくれ」そして再び舌で愛撫する。ジェーンが絶頂に達して長いうめき声をあげ、その合間に「いいわ、ヒュー、とってもすてき」とささやいた。

身もだえするジェーンを夢中で抱きしめる。彼女の言葉や叫び声を聞くたびに、湯の中で下腹部が脈打った。彼女の感度が頂点に達したころ、ヒューは立ち上がった。「きみの中に入りたい」目の前で濡れて光る肉体に身を沈めたい。彼は片手でジェーンの両手首を頭上の岩に押さえつけた。

ジェーンは半ば閉じていた目を大きく見開き、あわてて言った。「待って、ヒュー。放して。言いたいことがあるの」だが、その言葉は不明瞭だった。ヒューは彼女の秘所を手で覆った。「ヒュー、お願い……」

「おれは……」ジェーンの手首を押さえつけたまま、うめくように言う。「長いあいだ待った。もう待ちきれない」

「でも、わたし――」

「もうおしゃべりはおしまいだ」ヒューは耳を貸さなかった。「きみのことをずっと思ってきた」ジェーンに何度もやられたように、おれも彼女を罰したい。一〇年分の苦悩を彼女に向け、自分と同じ苦しみを味わわせたい。ジェーンの脚をさらに広げた。これから中に押し入って、ただがむしゃらに彼女を奪うのだ。ついにそのときが来た。

空いている手でジェーンの胸をつかむ。張りつめた下腹部が彼女に当たり、入り口を探していた。「おれはいい人間じゃないときみに言った。きみがそれを信じていたら、おれに手を触れさせたりはしなかっただろう。だが、きみは何度も迫ってきた」

「ええ、そうよ」彼女の表情はやさしく、体からは力が抜けている。「悪かったわ。ただ、あなたが必要なのよ、ヒュー」ジェーンはささやき、伸び上がって彼の首にキスをした。「あなたのこと以外、何も考えられないくらいに」軽く触れた唇と肌にかかる息で、なぜかヒューはすべてが正しいという感覚にとらわれた。

目が合った。ジェーンは欲望と信頼に満ちた目で彼を見上げている。

ヒューは彼女の手首を放し、額を合わせてささやいた。「くそっ」

おれは本当に、ジェーンに苦しみを味わわせることができると思っていたのだろうか？　彼女に触れ、恋い焦がれるために生まれてきたようなものなのに。

「怒らないで、お願いだから。わたしはしてほしい。でも、それはあなたがしたければの話よ」

ヒューはもう少しで笑いだしそうになった。おれがしたければ、だって？

「したいよ、シアナ」彼女のおかげで正気に戻れたのがうれしかった。やりかけていたことをやめるつもりはない——この点ではふたりの運命は決まったも同然だ——が、これが初めてだというのに、ただ勢いに任せて発情期の動物さながらに彼女を抱いていたら、深く後悔していただろう。

自分がしようとしていたことが信じられないが決心はついた。人生でこの一度だけ、地球上で何よりも欲しかった女を自分のものにするのだ。おれはジェーンにふさわしくないが、自分本位な悪党だ。彼女が欲しくてたまらない。

もう一度、ジェーンに喜びを与えよう。彼女とひとつになった状態で絶頂に導くつもりだったが、今や身を沈めたとたん、自分が先に達してしまいそうだ。

ヒューは中指を滑り込ませた。ジェーンはあえぎ、腰を上げて彼の手に押しつけてきた。中は濡れて、とても締まっている。

「ヒュー」彼はいったん指を抜き、次に二本を同時に差し入れた。ジェーンがまた腰を上げ、ヒューはさらに奥深くへ指を……。

そこで凍りついた。動揺して彼女を見下ろし、抑えた声で言う。「ジェーン、初めてなのか？」

彼女が目を開き、気まずそうに唇を噛んだ。「言おうとしていたの」

ヒューは指を抜いて、自分がたった今しようとしていたことに身震いした。それがどれほど大きな意味を持つかも知らず、彼女を傷つけるところだった。「なぜ言わなかった？」

「言えば抱いてくれなくなるかもしれないと思って」

「そのとおりだ！」彼は目を細めた。「だが、ビッドワースとは？」

「何もなかったわ」

安堵のあまりよろめきそうになったが、もはやジェーンを自分のものにすることはできなくなった。なった。ヒューが体を引こうとすると、彼女が腰をつかんで止めた。

「わたしはあなたに教えてほしいの。あなただけに。ずっと待っていたのよ。あなたなら、わたしに初めてのすばらしい体験をさせてくれるわ」

これ以上、説得力のある言葉はなかった。ジェーンの言うとおりだ。彼女の処女を奪うことを何度も夢見て、痛みを感じさせないようにする方法を頭に思い描いてきた。ジェーンを喜ばせるためならなんでもしよう。おれが彼女に与えたくてたまらないものを、ほかの男は与えることができるだろうか？

# 40

「わかった」ヒューは再び指を差し入れながら言った。「きみに教えてあげたい。きみの準備を整えてやる」彼は愛撫を再開し、ジェーンは体がとろけてもう少しで達しそうになった。彼の無慈悲な指が何度もまさぐり、じらすように愛撫を続ける。

ジェーンはうめいた。「ヒュー、もう準備はできているわ！　たまらないの……お願い……」

月明かりの中のヒューは最高に魅力的で、その目は欲望に燃えていた。ジェーンは彼の汗ばんだ胸に手を走らせ、筋肉が収縮するさまを楽しんだ。

ついにヒューが自身に手を添えて彼女にあてがった。とば口に触れ、彼は歯を食いしばる。「なんて熱くて……濡れているんだ」彼の口が半開きになり、荒い息が漏れる。「今すぐにでも達してしまいそうだよ」ジェーンは彼の先端が自分の内部を押し広げるのを感じた。いくら入念に準備を整えてもらっても、やはり痛かった。「教えてくれ」ヒューがかすれた声で言う。「今日きみが言っていたのはどういう意味なんだ、シアナ？」

ヒューが最後の障壁に達すると、ジェーンは体を震わせながら彼の肩につかまり、彼のほうは焦るまいと奮闘して汗をかいていた。黒色に近い瞳が問いかけるように彼女を見下ろす。

「わたしはあなたのものよ」ジェーンはささやいた。これほど確信を持って言えることは、これまでの人生になかった。

ヒューがうめき、さらに深く押し入った。息が荒い。「きついな」彼は身を震わせたが、ジェーンの中で動きを止めたまま、額にかかる髪をやさしく払ってくれた。「痛い思いをさせたくなかった」

「知っていたわ」彼女は顔をしかめそうになるのをこらえた。「少し痛いことは」

痛みはあっても、彼との一体感は圧倒的だった。長く待つだけの価値があった。ジェーンは自分の中で脈打つヒューを感じ、苦悩に満ちた彼の顔を見つめた。ヒューは彼女の痛みを和らげ、快感を与えるためにじっと動かずにいた。

ジェーンは彼を見上げ、たまらずにささやいた。「愛しているわ」

「今なんと言った?」ヒューはジェーンに腰を押しつけたいのをこらえて聞き返した。

「前からずっと」

彼女の言葉に、ヒューは夢を見ているのではないかと思った。自分が思い描いていたとおりだったのだ。ジェーンの奥深くに身をうずめながら、今、彼女を自分に縛りつける言葉を口にしたくなった。古代ゲール語の誓いの言葉を。だが言えない。おれにそんな権利はない。

代わりに身をかがめ、ジェーンに対するあらゆる思いを込めたキスをした。彼女はあえぎ、肩をつかんでいた手を離して、ヒューの体を探り始めた。ジェーンの手がためらいがちに尻をなでると、彼はいったん腰を引いてから再び押しつけた。彼女を喜ばせよう。集中するんだ。ゆっくりと入って、出て……。もう一度。

なぜジェーンがこの贈り物をくれる気になったのか——おれを愛する気になったのか——考えるのはやめよう。ヒューは彼女の顔を見つめた。「まだ痛いか?」体を揺らして尋ねる。

ジェーンが驚いたように目を開けた。「いいえ、もう痛くないわ。とても……いい感じ」彼女はヒューの胸にキスをし、彼を興奮させた。「あなたはどう?」

それに答えるように彼は身震いし、ジェーンの中で自分を奮い立たせて、あたたかく湿った感触を楽しんだ。再び強く突いた拍子に、彼女のとがった胸の先端がヒューの胸を刺激する。ヒューは頭を下げてかたいつぼみに舌を走らせ、ジェーンも彼の動きに合わせて体を揺らし始めた。

ヒューが親指をふたりのあいだに差し入れて愛撫すると、彼女は叫んだ。「ああ……もう少しで……お願い、また同じことをすると約束して。今夜」ジェーンは彼の顔を両手で挟んだ。「約束して、ヒュー」最後は叫ぶように彼の名を呼び、彼女は歓喜のきわみに達した。

ヒューは動きを止めてこらえようとしたが、ジェーンにしっかりと締めつけられて我慢できなかった。ジェーンの腿のあいだで大きく背中をそらし、叫び声とともに彼女の中に精を放った。

ジェーンに体を重ね、自分の激しい鼓動を感じながら、かすれた声で尋ねる。「おれを愛しているか？」

ベッドでジェーンは丸くなり、ヒューに寄り添っていた。彼女の息が胸にかかり、眠っている体はあたたかくてやわらかい。だが、ヒューは目が冴《さ》えていた。頭の中で思いが駆けめぐる。

今夜、おれはこのがさつな手でジェーンの繊細な体に触れた。過去に何度も人を殺してきた手だ。そして彼女の処女を奪った。危うく怒りに任せて奪ってしまうところだった。もう少しでひどく傷つけてしまうところだったのだ。

けれども、実際は傷つけていない。

おれがしたことで唯一悪かったのは、あのあと四回もジェーンに求められて応じてしまったことだ。もしジェーンに痛みをもたらすのがおれの運命なら、なぜ彼女はおれたちがしたことに〝圧倒された〟と言ったのだろう？

どこに罪があるんだ？　自分の弱さにうんざりすると思ったのに、楽観的な気分になって元気が出た。体はくつろぎ、筋肉も緩んでいる。ジェーンのおかげでひと晩中、彼女と最後に会ったときの若者に戻った感じがしていた。もっとその感覚を味わいたかった。

今夜ジェーンをわがものにしたが、それが自分に与えられた権利のような気がした。

彼女もおれを求めていたからだ。ずっとおれを求めていたという。眠りに落ちる前、ジェーンは自分の気持ちを打ち明け、どれだけ長く苦しんできたかを明かした。彼女の話を聞けば聞くほど、ヒューの驚きは増した。

ジェーンはすべての男をおれと比べ、物足りなく思ったという。曲げた腕の中に彼女を抱き寄せる。信じがたい話だが、彼女が真実を口にしているのはわかった。

呪いのことを話したらどうなるだろう？　ジェーンは頭がいい。彼女の思いつきや思考力にヒューは敬意を持っている。ふたりで何かいい方法を考えつけるかもしれない。

明日だ。明日、話してみよう。


翌朝、ジェーンは笑みを浮かべて伸びをした。念入りに愛されたあとで体が痛む。今までになかったほど恋をしていた。昨夜はすべてが夢見てきたとおり、いや、それ以上だった。

唯一後悔しているのは、今までの一〇年間をこんなふうに過ごしてこなかったことだ。でも、これから始まる人生でその後悔も消えるだろう。

目を開けると、ヒューはズボンをはいてベッドの端に腰かけていた。その顔をひと目見て、ジェーンは悟った。

「ああ、なんてこと。後悔しているのね」

「そうじゃないんだ、ジェーン――」

「じゃあ、わたしを抱いたことを後悔していないと言って」

ヒューはもつれた髪に指を通した。「もっと込み入った話なんだよ」

ジェーンは苦笑した。「単純な話だわ。わたしが処女を捧げた相手は、それを受け取ったことを後悔している。それだけよ」

彼がひるんだ。

「あなたの勝ちよ、ヒュー」ジェーンはシーツを体に巻いて立ち上がった。「生まれてこのかた、誰にも言ったことのなかった言葉を言うわね――あきらめるわ」彼女は部屋を飛び出して自分の部屋に戻った。音をたててドアを閉め、鍵をかける。

数秒後、ドアが蝶番ごと破壊された。シュミーズを着ようとしていたジェーンは息をのんで顔を上げた。

ヒューの大きな体が戸口全体をふさいでいた。ひと晩中、手や舌で隅々まで探ったあとだけに、その体の強さはこれまで以上によくわかっている。

「わたしの部屋のドアになんてことをするのよ！」ジェーンは叫んだ。

「じゃあ、おれとのあいだにあるドアには二度と鍵をかけるな」

「あなたと話すことはもうないわ！」そう言い捨てると、彼の横をすり抜けて壊れたドアに向かおうとした。

だが、ヒューは彼女の肘をつかんで自分のほうを向かせた。「いいから黙って、おれの話を聞いてくれないか？」

ふたりは激しく息をつきながら向かい合っていた。ヒューは当惑したように眉根を寄せてから、ジェーンのうなじに手をやって胸に引き寄せた。かすれた声で言う。「もっときみが欲しい」

ふたりの唇がぶつかって熱いキスとなり、ジェーンは再び欲望を覚えた。けれども、ヒューを押しのけて言った。「いや！　もうこんなことはしないわ！　ゆうべから今朝のあいだにあなたの中で何があったのか、話してくれない限りは」

彼はしばらくためらい、深く息を吸い込んでうなずいた。「わかった。服を着ろ。そのあとで話をしよう」まるで絞首刑を宣告されたような顔だった。

# 41

三〇分後、顔を洗って着替えを終え、ヒューの告白を聞く準備ができたジェーンは、彼のベッドに座って辛抱強く待っていた。

ヒューはまだ何も言わない。檻に入れられた野獣のように、ただ部屋の中を歩きまわっている。まるで……不安を覚えているみたい。

「今、思っていることを言ってちょうだい」目の前を通り過ぎる彼に向かって、ジェーンは言った。「なんであろうと、わたしに話して害にはならないわ」

ヒューが足を止めた。「なぜそんなことがわかる？」

「わたしの命が狙われている理由に関することなの？　グレイがわたしをひどい目に遭わせようとする理由に？」

「そうじゃない」

「話しにくい内容なの？」

「いや、だが――」

「ヒュー、ただの言葉じゃないの。わたしを信じて、あなたの秘密を聞かせてちょうだい。

後悔はさせないわ」それでも彼はまだ話そうとしない。ジェーンはわざと軽い調子で言った。「恐ろしい秘密を抱えて悩んでいるハイランド人でないと、わたしが魅力的に思わないんじゃないかと心配しているの？　さあ、聞かせて」

「どうせきみは信じないだろう」ヒューがつぶやいた。「ばからしく聞こえると思う。それは自分でもわかっているんだが」彼はうなじをさすった。「おれの家族は……呪われているんだ。結婚を続けても、きみにはたぶん不幸しかもたらさないだろう」

呪われている？　いったいなんの話？　頭の中は混乱していたが、口調にはそれが表れずすんだ。「先を続けて」

「おれたちの一〇代前の時代に、クランの予言者がマッカリック家の子孫の運命を予言して、『運命の書』という本を書き記した」ヒューはいつもテーブルに置いてある古い本を指し示した。「兄も弟もおれも、ひとりで生きることを運命づけられていて、それに逆らおうとすると、愛する者に苦痛を与えてしまう。わが家はおれたちの代で絶え、おれたちは子供を持つことができない。ここに書かれている予言は、五〇〇年にわたりすべて当たってきた。ひとつ残らずだ」

「わからないわ……」ジェーンは息を吸って再び口を開いた。「あなたは運命に逆らいたいと思うほどわたしを愛しているの？」

「ああ、そうだ」

「つまり、わたしたちが結婚を続けるのに障害となるのは……呪いだけ？」

ヒューは否定しなかった。ジェーンは喉からあふれ出そうな叫びを抑えた。冗談じゃないわ！　こんなことを聞かされて冷静でいられるわけがない。絶対に無理よ。

まるで、おとなになってからの人生の基盤が崩されたみたい。その基盤の上に立つものすべてが傾いてしまったような気がする。これまで知っていた物静かで落ち着いたヒューは消え、代わりに迷信深い狂信者がいた。

「ヒュー、人は……わたしたちのような人間は、今ではもうそんな考え方はしないわ。科学が発達しているんですもの。モーラグが迷信深いのは、ものを知らないからよ。あなたは世界中を旅しているし、教育も受けている。その手の迷信は過去の時代のものだわ」

「おれだってそう思いたい。だが、この呪いはおれの人生に影を投げかけているんだ」

「わたしがこんな話を受け入れられないことはわかっているでしょう？」

「ああ、わかっている」ヒューは長々と息を吐いた。「そして、受け入れる人間を軽蔑していることも」

「あたりまえじゃないの！」ジェーンは叫び、それから落ち着こうと努めた。「今、わたしにこうして話してくれているのは、その迷信を忘れたいから？」

彼の顔に絶望とあきらめの色が浮かんだ。「これを回避できる方法を見つけていたら、きみに話したりしないよ」

ヒューは過去の自分の行動を説明するためではなく、結婚を続けられない理由を説明するためにこのことを打ち明けたのだ。ジェーンは呆然として口を開けた。「本気で言っているの？　呪いのせいで、それも昔からたちが悪いと決まっているスコットランドの呪いのせいで、わたしたちは結婚を続けられないの？」

　これまでの不安も、慎重に練った戦略も、ヒューと一緒にいようという努力も、すべて無駄だったというの？

　呪いのせいで。

　落胆のあまり、息が詰まりそうになった。だめだわ、お父さま。わたしの魅力で彼を惹きつけることなんてできない。最初から見込みがなかったのよ。

「本に書かれていることはすべて実際に起こる」ヒューが言った。「何もかもだ。信じられないだろうが」

「あなたの言い訳を全部書き留めておけばよかったわ！　結婚するような男ではない、子供を持てない、呪われている。ほかにも何か、わたしを追い払うために言っておくことはある？　不能だったとか？　あと二カ月しか生きられないとか？」ジェーンはため息まじりに締めくくった。「それともあなたは幽霊だとか？」

　ヒューは口を開いたり閉じたりした。自分を抑えようとしているのがわかる。「おれの話を嘘だと思っているのか？」

「嘘ならどんなによかったか……」ふと思いついて言葉を切る。「ああ、なんてこと」ジェーンは震える手を額にやった。「つまりあなたは五〇〇年前の呪いを信じて、わたしを身ごもらせることはないと確信しているわけ？」

「子供を産ませてやることができないと言ったら、きみはどちらでもかまわないと応えたじゃないか」

「それは結婚するという前提での話よ。でも今わたしにわかっているのは、あなたがわたしのもとを去っていくということ。それに、たしかにあなたは子供を持てないと言ったけれど、その根拠は怪しいものなのね」

ヒューはテーブルに近づき、本の最後のページをめくった。「これを読んで、おれの話を聞いてくれ」

彼女は首を振った。「聞けないわ。太陽が青いという話と同じくらい聞きたくない」

「きみが知りたがったから話しているんだぞ。こんな話をするのはきみが初めてだ。それなのに聞きたくないというのか？　さあ、読むんだ」

ジェーンは彼の手から本を引ったくった。「これが呪いのもと？」ヒューがうなずくのを見て、本をテーブルに戻して開く。とても古いものなのはわかったが、丁寧に扱おうという気にはならない。本の中身はゲール語で書かれている部分と英語で書かれている部分があった。彼女は眉根を寄せてページをめくった。最後のほうはほとんど英語だけだった。

「なぜ顔をしかめている？　なにか思うことはあるか？」

「ええ！」ジェーンは彼を見て言った。「これを今すぐ火の中に投げ込みたいと思っているわ」

その言葉を無視し、ヒューは彼女の横に来て最後のページをめくった。「これはおれの父に向けて書かれている」

ジェーンはその一節を読んだ。〝結婚することなく、愛を知ることなく、結びつきを持つこともないのが彼らの運命。彼らは子をもうけることなく、汝の血筋は途絶えるであろう。彼らを追う者には死と苦しみが訪れる〟「これが全部当たっているというの？」

「ああ。父はおれたちが初めてこれを読んだ翌朝に亡くなった。今のおれとたいして変わらない年齢だったのに。そして数年前、イーサンの婚約者が結婚式の前夜に亡くなった」

「いったいどうして？」

ヒューはためらった末に答えた。「落ちたか、飛び下りたかしたんだ」

「これは血かしら？」ジェーンはページの下のほうについた赤黒い染みを爪でこすった。うなずく彼に尋ねる。「染みの下にはなんて書いてあるの？」

「わからない。取れないんだよ」

彼女はヒューを見上げた。「〝上記を無視するべし〟と書かれていたらどうする？」彼が顔をしかめた。「ヒュー、これは呪いじゃないと思うの。これは人生よ。人生には悪いことだって起こるわ。自分がつらい目に遭うと思って読めば、中には思い当たることもあるかもしれない。あなたのお父さまが亡くなったのはたしかに奇妙だけれど、ロンドンの医師の中には、心が体を支配して、ときには体を破滅させてしまうこともあると言う人もいるの。お父さまが呪いを強く信じていたとしたら、それがお父さまの死に影響している可能性はあるわ」

「イーサンのことは？　結婚式直前に婚約者が死んだんだぞ」

「事故か、あるいはその婚約者が愛してもいない人と結婚することに耐えられなくなったのかも」

ジェーンは繰り返し、科学について知っていることや、ふつうの人間の考え方として思いつくことをあげた。

だが、そんな彼女の努力を覆すようにヒューが言った。「おれは信じている。感じるんだ」

「そういうふうに育ってきたからよ。典型的な自己暗示だわ。あなたは自分が死とともに歩むと信じていて、人生に喜びを感じることはないと思っている」手を伸ばし、ためらいながらもヒューの腕に触れる。「でも、あなたがこれに書かれた内容を簡単に無視できるようになるとはわたしも思っていないわ。三二年間、この呪いとともに生きてきたんですものね。忘れるには時間がかかるでしょう。あなたにその気があるなら手伝うわ」彼が黙っているのはいい兆候だろう。「いずれ、あなたも幸せになれる、なる資格があると信じられるようになる」ジェーンはヒューの顔を両手で挟んだ。「やってみると言って。わたしのために。わたしにできることはなんでもするから」

時間が延々と続くような気がした。わたしの将来すべてがかかっている。でも、ヒューなら間違いなく正しい選択をするだろう。自分の持っているものを捨ててしまうような人を、わたしがこれほど好きになるわけがないもの。

ヒューの視線がジェーンの顔を離れて落ち着きなく本に向かったとき、彼女は自分の負けを悟った。

いいえ、簡単に負けるものですか。

ジェーンは彼の顔から手を離すと、すばやく本をつかんで部屋を飛び出し、階段を駆け下りた。

「何をするんだ？」ヒューは、屋敷を出て濃い朝霧の中を歩く彼女のすぐ後ろをついてきた。

「どうするつもりだ？」

ジェーンは露に濡れた草の上を湖へ急いだ。「問題を片づけるの」

「本は問題そのものじゃない。問題を思い出させるための備忘録にすぎない」

湖が視界に入ってきた。彼女は湖面から目を離さずに言った。「じゃあ、その備忘録を片づけるわ」両腕で本をしっかり胸に抱える。突然、全身に冷や汗がにじみ、ジェーンはひそかに身震いした。

「違う、そんな簡単ではないんだ。それを湖に投げてもなんにもならない」

「わたしの気がすむのよ」ジェーンは湖の上に張り出しているひとつ目の岩に向かった。このあたりは水深がひときわ深くなっている。この本が底まで沈み、二度と誰の人生にも影響を及ぼさなければいい。

「湖に投げ入れても意味はない。いつだってまた戻ってくるんだ」

「何を言ってるの？」彼女は足も止めずに肩越しに言った。目当ての場所まで行くと、本を持ち直して放り投げようとしたが、そこでためらった。

「どうした？　やってみろ。おれも何度もやった」

ジェーンは挑むように眉を上げた。「わたしがふざけていると思ってるの？　本当に投げるわよ！」

ヒューが手を振って促したので、彼女は力いっぱい投げた。ふたりは黙ったまま、ページをはためかせながら本が落ち、水中に沈んでいくのを見つめた。

「不思議ね。何も変わった気がしない」ジェーンはヒューと向き合った。相変わらず覚悟を決めたような厳しい顔をしているのを見て、彼に対する失望を隠せなかった。「あなたの言ったとおりだわ。なんにもならなかった。あなたはいまだに、わたしたちのあいだにあるものを捨てようとしている。きっとわたしたちはまだ呪われているのね」

「おれの命を危険にさらすだけですむのなら、何も考えずに先へ進むだろう。だが、どういう形にしろきみを傷つけてしまったら、絶対に自分を許せなくなる」

ジェーンの目から涙があふれ出た。「どういう形にしろ？」両手を上げる。「わたしは今、傷ついているのよ、ヒュー。これほど傷ついたのは初めて」手の甲で拭いても、涙は次々にあふれてきた。「もちろんこれも呪いが生きている証拠だと言うんでしょうね」

「きみにこんな思いをさせるべきではなかった」彼はジェーンの泣く姿を見るのがつらそうだった。触れたいのをこらえるように、こぶしを握ったり開いたりしている。「グレイのことがなければきみのもとに帰ってくる気はなかったし、会うこともなかっただろう。何年もそうしてきたのだから……」

「あなたは……わざとわたしに会わないようにしてきたの？」わたしはひと目でも彼の姿を見たいと、いとこたちに頼んで、一緒にロンドンにある彼の一族の屋敷の前を馬で通ってもらったというのに。「なるほどね。あなたがいなかった一〇年は耐えがたかったわ。あなたは避けることでわたしを傷つけた。そして捨てることで、わたしに打撃を与えたのよ」

「捨てるだって？　きみとはなんの約束もしていなかった」

「わたしはあなたと結婚すると思っていたのよ！」涙がぼろぼろこぼれる。「わたしが一八歳になるのをあなたが待っていると思っていた。夫になる人だと信じていたからこそ、あなたに婚約指輪のことを話したのよ」

ヒューは口を開いたが、首を横に振った。「何も起こっていなかったとしても、呪いがなかったとしても、おれはきみに結婚を申し込みはしなかった。きみにあげるものが何もなかったからだ。おれには何もなかった」

「あなたといられれば、それでよかったのに」

「そんなわけがない！」とうとう我慢が限界に達したらしく、彼は吠《ほ》えるように言った。「きみは金持ちが好きで、それを隠そうともしなかったじゃないか。おれは自分がきみにふさわしくないことを何度も思い知らされたが、きみはそんなおれに気づきもしなかった。きみがあの指輪のことをおれに話したのには理由がある。そういう指輪を買える男を望んでいたからだ」

「わたしが望んでいたのはただひとつ、ひと言もなしに捨てられたりしないことだわ。去っていく者よりも残される者のほうが、ずっとつらいのよ」

「きみは何もわかっていない」ヒューは怒りに満ちた声で言った。「おれの秘密を聞きたいか？　おれは二二歳で社会に出て、血も涙もないようなことをしてきた。きみのためだ。凶悪なことをすれば、きみの人生にかかわりを持つことを夢見なくてすむ。去っていくほうが楽だなんて言わないでくれ。楽じゃないんだ。その気になれば戻れるかもしれない場合は特に」

「でも、また同じことをしようとしているじゃないの。グレイがつかまったら」

「ああ、そうだ」彼はそう言ってジェーンを見つめた。「自分でもどうしたらそんなことができるのかわからなくてもな」

# 42

早朝の喧嘩からだいぶ落ち着いたと思われる昼前、ヒューがテラスを見るとジェーンが弓を構えていた。大理石のように冷たく無表情な顔で弓を引き、矢を射る。背中につけた矢筒から次々に矢を取り出しては射っていく。

的はとっくに粉々になっていた。

「ジェーン、ちょっと手を止めてくれないか？」矢を集める彼女に近づいて、ヒューはきいた。

ジェーンは腹立たしげに矢を引き抜き、矢筒に戻した。「忙しいのがわからない？」彼を見もせずにもとの位置に戻り、矢をつがえる。滑らかな動きで的を狙い、弓を引いて離した。矢は的だったものの中心に当たった。

「話があるんだ」

「わたしはひとりになりたいの」

彼女の顔がこわばり、腕が震え始めるのを見て、ヒューは言った。「もう何時間もやっているじゃないか」

「全部わかったから、もう話すことはないわ。わたしは結婚を続けてほしいとあなたに頼んだ。あなたへの変わらぬ思いを打ち明け、これを乗り越えるためならなんでもすると言った。それでもだめだった。あなたにはできない。呪われているんですものね」

ついにジェーンに重大な秘密を打ち明け、彼女は予想どおり激しく反論した。だが、おれは何を期待していたのだ？　おれの人生を支配してきた呪いを忘れるよう説得されることか？　たとえ忘れられたとしても、あまりに長くあの呪いに縛られてきたせいで、おれは幸せに対して懐疑的になり、警戒するようになるだろう。

忘れる努力さえできないのなら、ジェーンに話すべきではなかったのだ。「それで、この結婚はどうする？　なんらかの決断を下さなければならない」

「決断は簡単よ。あなたはばかげた呪いを忘れる。二度と口にしないと誓ってくれるなら、わたしも記憶から消し去るわ。ふたりで一生幸せに暮らすの。あなたがしつこく呪いの話を繰り返すなら、わたしたちの関係も終わりにしましょう。離婚するか別居するかのどちらかで」

「呪いを忘れてきみとの結婚を続けるためだったら、右腕を差し出したっていい」

その言葉に弓を引いていたジェーンはためらい、大きく的を外した。

「でも、忘れられないのね」穏やかに言う。「ああ」

ヒューは息を吐き出した。

はきはきした口調に戻って、ジェーンは言った。「それがわたしたちの決断ね」

「ジェーン……」彼女はもう振り向こうとしなかった。ヒューはジェーンに背を向けたが、どこに行けばいいのか、何をすればいいのかわからない。

仕事だ。仕事をしていればジェーンのことを忘れ、昨夜の出来事を忘れられる。だが、何週間も休みなく働いてきたおかげで、あと残っているのは私道から木をどかす作業だけだった。馬小屋に向かい、暗い中へ入る。今の気分が伝わったらしく、馬はふだんと違ってヒューが入ってきたことに驚いていた。

労働に精を出せば、ジェーンへの欲望もおさまるだろう。いや、自分をごまかすな。そんなことをしても無駄だ。欲望はおさまるどころかさらに増していて、彼女の中でそれを満たすことを考えてしまう。

突然、頭に激痛が走った。かたい地面に横面が叩きつけられ、うなじのあたりからあたたかいものが流れ出す。

グレイだ。

再びこめかみを殴られた。〈ネットワーク〉が教える殴り方だ。相手を殺さずに動けなくする。ブーツを履いた足で腹を蹴ったのは、純粋に楽しみのためだろう。

グレイが舌打ちをした。「おいおい、ヒュー、これでは拍子抜けだ」

ジェーンは、ヒューがまるで世界中の重荷を背負っているような様子で丘を下って馬小屋に向かうのを見守った。胸に痛みを感じたが、続いて先ほどよりもさらに強い怒りを覚えた。

ヒューは彼の傷を癒すことすら、わたしに許そうとしない。

ジェーンは平手打ちを食らった気がして、まだ混乱していた。

ヒューはわたしと一緒にいたくないんだわ。彼との愛の交歓は、今までのわたしの人生の中でも最高の喜びだったにもかかわらず。処女を捧げた相手がそれを後悔しているなんて最悪よ。わたしは長いあいだ、そのときを待っていたというのに。さらにジェーンの傷口に塩を塗ったのが、彼が後悔している理由がくだらない呪いによるものだという事実だった。

そんなもの、とうてい信じられない。

右腕を差し出してもいいとヒューは言った。思っていたよりもずっと深く、ずっと以前から、彼がわたしを愛していたのは明らかだ。けれど、それが間違いであることを祈りたい。もしヒューが、わたしが彼を愛している半分でもわたしを愛していて、それなのに呪いごときで結婚を拒否するというのなら……。

きっと彼を嫌いになってしまう。

もっと前に呪いのことを話してくれていたら、わたしはヒューをあきらめていたかもしれない。ふたりのあいだに見込みがないことを受け入れ、別の人と結婚していたかも。でも彼が隠してきたせいで、わたしは〝涙と時間の〟ヒュー・マッカリックへの思いを抱えたまま、これまでの人生を無駄にしてしまった。

いいかげん、現実に目を向けなければならないわ。五〇〇年前の呪いに太刀打ちできるわけがない。ヒューとともに人生を歩むことは不可能なのよ。じゃあ、グレイがつかまったあとはどうすればいい？　離婚してもいいとヒューには言ったけれど、想像すると身がすくむ。まだ結婚の無効を申し立てることができるかもしれない。

申し立ての根拠はヒューの錯乱ね。

それとも、結婚したまま別居しようかしら？　そのほうがいいわ。結婚持参金をヒューから返してもらおう。お父さまからも、この茶番に無理やりわたしを引きずり込んだ代償を払ってもらうわ。

そのお金があって、結婚している立場であれば、独立した女性になれる。旅行もできるし芸術家の後援もできる。それに〝悪徳促進協会〟だって創設できるわ！　ホリウェル通りで売る猥褻本を書いてもいいし、先のことなど考えずに愛人をたくさん作って、子供を一〇人産んだっていい。そうよ、きっとうまくいく……。

考えると心が沈み、血が煮えくり返った。ヒューは呪いのせいで子供はできないと信じているようだけれど、わたしは違う。

昨夜の行為で身ごもったかもしれない。

ヒューはどうしてわたしをこんな目に遭わせるのかしら？　このばかげた話を受け入れるよう強要し、自分は姿を消すつもりだなんて！

ジェーンはいつのまにか馬小屋に向かっていた。もしかしたらこれは〝悪い思いつき〟かもしれない。衝動的にあの本を捨てたけれど、気分はあまりよくならなかった。本は、それまでと違う形でわたしの心に入り込んでいる。

でも、今わたしがどんな態度をとろうと関係ない。自分の中にくすぶっている不満をヒューにぶつけたからといって、なんの問題があるというの？

何もないわ。

これ以上、事態が悪くなることなどないのだから。

# 43

ヒューが痛みに顔をしかめてまぶたを開けたところ、目の前に銃口が突きつけられていた。立ち上がろうとしたものの、意識を失いそうになった。グレイを止めるのは無理だとわかっているが、とにかく試してみよう。自分がまだ生かされている理由がはっきりするだろうし、不安で胃が引っくり返りそうだったからだ。

「やめろ」胸を刺す痛みに耐え、あえぎながら言う。「おれを殺せ。時間をかけて殺せばいい。だが、彼女はなんの関係もない」

「無駄口を叩くな。おれはそんなふうに考えていないんだ。おまえは気づいていないかもしれないが、おれはおまえと考え方がまったく違う。彼女のことも虫みたいに簡単に殺せる」

「あんただって、昔はそんなじゃなかった」

「だからこそ、おれはここにいるんだ。間違いを正すために」

「どうやっておれたちを見つけた?」なんとか時間稼ぎをしたかった。

「それが妙な話でな。ここからそう遠くないところで、指を切り落としてやろうと思って若い女のあとをつけていたんだ。そうしたら、その女が馬に乗った六人の集団と会った。ばかでかい馬に乗った、ばかでかい男たちだ。連中は森の中の小道に消えていった。はっきりと跡を残して。その跡をたどったら、ここにたどり着いたというわけだ」

ヒューの視界の隅で白いものが動いた。目を上げると、ジェーンが馬小屋の入り口で、天使のように平然とした顔で弓を構えていた。復讐の天使だ。グレイの背中を狙っている。革の手袋をはめた手が、今にも壊れそうなほどいっぱいまで弓を引き絞っている。

ヒューは目を落としたが、グレイに視線の動きを追われていたらしい。グレイが振り向きざまに発砲した。しかし、ジェーンはためらいもせずに矢を放った。心臓を狙ったのはたしかだが、少し早すぎたらしく、グレイがまだ完全に振り向かないうちに矢が当たった。矢尻がピストルを持った腕を貫通し、胸に刺さる。ヒューからはグレイの顔は見えなかったが、ジェーンの様子は見えた。

彼女は動揺のあまり目を見開き、口を開けていた。

怪物だ。ジェーンがグレイという名で知っていた男はどこかへ消え、代わりに得体の知れないものがいた。頬骨の高い顔は引きつっていて、やつれた顔と黒ずんだ歯を隠すように幅広の黒い帽子をかぶっている。

彼女が二本目の矢をつがえる前に、グレイは飛びかかってきた。矢の刺さっていないほうの手の甲で殴られ、ジェーンは壁に飛ばされた。ヒューの怒りの声が聞こえたと同時に頭を打ち、前に倒れる。体からは力が抜けていったが、目を開けていようと努めた。

首とこめかみから血を流して横たわっていたヒューが、身を起こして膝をついている。だが、グレイが振り返った。彼は叫び声をあげながら勢いをつけてヒューの側頭部を蹴り、ヒューは大きくのけぞって再び地面に倒れた。

ジェーンは喉から飛び出しそうな悲鳴を抑え、弓に向かって這い進んだ。グレイが振り向いてこちらを見据えると同時に、彼女は弓をつかんだ。あとずさりしつつ、矢筒から新たに矢を抜く。

動くと目の焦点がぼやけ、狙いをつけるのに瞬きを繰り返した。祈りながら目をつぶって弓を引き、矢を放つ。ぐさりという音がした。当たったのだ。肩に。

まだ死なない。もう一度やろう。戦うのよ。次の矢で。

グレイが迫ってきて矢と弓を彼女から奪い取り、放り投げた。「ジェーン、おれはうんざりしてきたぞ」その声はなだめるように穏やかで、青白い顔に浮かぶ狂気をはらんだ表情にはそぐわなかった。「おれに協力するなら、いくらか痛みを軽くしてやってもいい」

グレイの傷口からは血が流れ、右腕は矢で胸に留めつけられたままだ。彼は最初の矢を抜こうとしてふらふらした。結局、二本とも軸の中央で折った。そしてピストルを落として左の手で受け止めた。

「グレイ、何かあるはずだ」ヒューが荒い息で言った。「あんたがこれ以上にしたいことが」

「ないさ」グレイがいらだったように言う。「昔の恨みつらみを話したり、これまで明かさなかったことを語り合ったりして理解を深めるなんてことはしない。殺しをするたびにそれをしていたら、おれたちは賢くなっていただろうな。それにおまえだって知っているはずだ。おれは——そしておまえは——何を言われても慈悲など感じない」

何を言っているのかしら？

グレイはピストルをしまってナイフを鞘《さや》から抜いた。ジェーンは恐怖で凍りついた。グレイは女たちの喉を切り裂くとヒューが言っていた。

ナイフを手にしてグレイが振り返る。ジェーンは彼の冷たい目をまっすぐに見つめた。

「な……なぜ？」

「なぜかって？　おまえの父親がおれを殺すよう命じ、もう少しで成功するところだったからだ。やつのために二〇年近くも殺しをしてきたというのに、そのお返しが四発の銃弾だったというわけさ。それにおまえの夫は、体を壊していたおれを半殺しの目に遭わせたうえ地下室へ閉じ込めた。やつらの悪事に報いるためにおまえを殺してやる。おまえに恨みはないが」

「わたしの父？　いったいなんの話？」

「何も知らないのか？」グレイはヒューに視線を投げてから舌打ちをした。「おまえも正直とは言えんな。考えてみれば傲慢じゃないか。おれが生き延びて脅しに来るはずがないと思ったから、彼女に話さなかったんだろう？　おれが死ねば、彼女は何も知らずにすむからな。だが、おれはこうして生きている」再びジェーンに向かって言う。「おまえの父親は殺しで食っている。ヒューはその配下で一番の暗殺者だ。おまえの父親も、ヒューも、ロリーも、それにクインも、おまえに嘘をついて本当の姿を隠してきたんだ。おまえはその連中に守られてきた。どうだ、自分がばかに思えてきただろう？」

ジェーンは吐き出すように言った。「みんな、あなたが死ぬべきだということをよくわかっていたのね」

「ああ。ウェイランドは自分が作ったものを壊そうとしたんだ」

「今のあなたを作ったのはお父さまじゃない。阿片よ」

「違う！　ウェイランドは仕事を割り振るとき、おれにはいつも精神的に負担の大きな任務を与えた。おれが犠牲になったからこそ、今のおまえの夫があるんだ。ヒューだって、おれみたいになって不思議はなかった」

「絶対にならないわ」

「なぜだ？　ヒューもおれと同じように、闇の中を這いまわって人を殺す冷血な暗殺者なんだぞ」グレイは黒ずんだ歯をむき出しにして笑った。「だが、まだ堕落していない。おまえの父親が、おまえのためにヒューをとっておいたからだ」

わけがわからず、ジェーンは瞬きを繰り返した。

「本当に何も聞いていないのか？」グレイは哀れむような笑みを浮かべた。「ヒューはおまえの心を自分のものにしたいとずっと願ってきた。だからおれが渡してやろう。おまえの胸からえぐり出した、あたたかい心臓を」

# 44

ヒューは最後の力をかき集め、グレイが自分の正体を明かすのを聞いていることしかできなかった。ジェーンは顔をこわばらせて、否定してくれと言わんばかりにこちらを見つめている。

グレイが一歩彼女に近づいた瞬間、ヒューは前に飛び出して彼の脚に体当たりした。ふたりはもつれ合って地面に倒れた。

ヒューは身をひねってグレイから離れた。グレイの体は、まだ突き刺さっている矢のせいで奇妙な角度にねじ曲がって地面に転がっていた。倒れた拍子に矢尻が背中に刺さったのだ。

ヒューはジェーンのほうに向かった。自分の荒い息遣いの合間に、グレイの喉からもれるごぼごぼという音がかすかに聞こえた。ジェーンのもとにたどり着き、彼女を腕の中に引き寄せてそっと顔に触れる。だが、彼女は目の焦点が合っていないようだ。「怪我の具合はどうだ、シアナ？」

「ヒュー、あなた……殴られて、蹴られたわ」

「やつはおれを殺すつもりはなかった。きみの死ぬところをおれに見せたかったんだ」

ジェーンは弱々しく叫んだ。「ああ、グレイの血が」グレイから流れ出た血がスカートを濡らしていた。

ヒューは彼女を抱き上げて日の当たるところへ移動した。

「彼は死んだの？　確かめてちょうだい、お願い」

ジェーンを壁にもたれさせてから、ヒューは痛みをこらえてグレイに近づいた。あおむけにすると、彼は目を開けていた。まだ生きているものの、胸から突き出ている矢が、グレイの命がそう長くはないことを語っている。

ヒューはジェーンに聞かれないよう顔を近づけて言った。「リストはどこだ？　公表したのか？」

グレイがわずかに動いた。首を振ろうとしているようだ。「持っている」あえぎながら答えた拍子に、唇のあいだから血の泡があふれた。

「イーサンに何かしたのか？　言ってくれ！」

グレイの顔に身の毛もよだつような笑みが浮かんだ。「イーサンがおれの最後の獲物になった」

ぼんやりした意識の中で、ジェーンはヒューに抱き上げられるのを感じた。彼も怪我をしているのに。ヒューが震えているのがわかった。自分で歩きたい。彼の手当てをしてあげたい。だが、ヒューの腕から抜け出そうとするたびに強く抱きしめられた。

スカートが垂れ下がってジェーンは顔をしかめたが、そこがグレイの血で濡れたのを思い出した。ヒューが歩くと、スカートはいやな音をたてて彼の脚に当たった。ジェーンは吐き気を覚え、重いまぶたを開けておこうとしたが、できなかった……。

再び目を開けたときは、血だらけの服はすでに脱がされてヒューのベッドに寝ていた。

「起きたのか」彼がつらそうな顔で見つめていた。

もちろん起きている。わたしは頭と顎をぶつけただけなのだから。怪我をして、顔と首に乾いた血の跡をつけているのはヒューのほうだ。彼が湿らせた布で汚れを落としてくれようとするので、ジェーンは言った。「ヒュー、やめて。起きて、あなたの手当てをするわ」彼は聞こえなかったように手を動かし続け、ジェーンは身を起こすだけの力が出せなかった。

ヒューが拭き終えて清潔なシュミーズを着せてくれたところで、モーラグが入ってきた。彼女は血だらけの服の山をひと目見て、矢継ぎ早に質問を浴びせ始めた。

「階下に行け」ヒューが大声で言った。「母屋の近くに鞍をつけた馬がいるはずだから、探して馬小屋の外につないでおいてくれ」それから考え直したように言う。「おれたちの命を狙っていたイングランド人が馬小屋で死んでいる。中には入るな」

「死んだなら、馬はもういらないじゃないの！」

「言われたとおりにしろ！」ヒューは叫んだ。「やつのかばんの中のものは読むな」

「どうせ字が読めないもの」モーラグが急いで部屋を出ながら肩越しに言った。

ジェーンは彼のこめかみに手を触れた。「頭の手当てをしないと」

「大丈夫だ。おれは頭のかたいスコットランド人だからな、忘れたのか？　だが、きみは……」ヒューは彼女の顎を調べた。痛むところに触れられ、ジェーンは思わず顔をしかめた。「あいつはきみの顎を砕こうとした」彼は冷たい怒りをたたえた声で言った。「もっと力があったら、本当に砕いていただろう」

「あの人、最後にあなたになんて言ったの？」

「兄を殺したと」

「ああ、ヒュー、気の毒に」

モーラグが再び駆け込んできて、息を切らしながら告げた。「馬をつかまえたわ」

「よし」ヒューはふらふらと立ち上がり、彼女に言った。「おれが戻るまでここにいてくれ」

「ヒュー？」ジェーンは彼が自分の視界から消えるのが耐えられなかった。痛みで体はまだ震えているし、グレイが死んだとわかっていても怖い。

「調べなければならないことがあるんだ」ヒューがつらそうに答えた。「すぐに戻る」そしてモーラグに言う。「彼女のそばにいてくれ」

「あの馬、いい馬よ。馬具も高級なのをつけてる。あたしの鞍は彼女に泥まみれにされちゃったから――」

「きみにやる」彼は嚙みつくように言った。「とにかくこの部屋を出ないで、ジェーンのそばにいろ」

モーラグはうなずき、ヒューが出ていったとたんに口を開いた。「いったい何があったのよ？　あの男、矢でめった刺しにされてたけど、あんたがやったの？」感心しているようにさえ見える。

ジェーンはうなずいた。人を殺すのに助勢をしたことに後悔はなかったので、涙が頬を伝っているのに驚いた。頭の中をさまざまな思いや疑問が駆けめぐっている。

グレイの話はどこまで本当なのかしら？　阿片中毒者のたわ言？　それとも、わたしの人生が自分の思っていたようなものではなかったということ？　わたしは嘘つきに、暗殺者に囲まれて生きていたの？　ヒューは人を殺してきたの？

彼が真剣にわたしのことを思っていたというのは本当なのだろうか？

グレイは聞いていたとおりの凶悪な男だったけれど、もう死んだから危険は消えた。それなのに、ヒューとのことは何も変わっていないと感じる。やっぱり、わたしはじきに家へ帰るんだわ。

もはや正体がわからなくなってしまった人々に囲まれて生きるために。

ヒューはグレイの鞍袋の中に、封をした筒に入ったリストを見つけた。リストを燃やし、灰になるまで見つめ続けた。

ジェーンにグレイの魔手が及ぶ危険はなくなり、彼女やその父親を脅かしていた別の危険も消えた。ジェーンもウェイランドも無傷ですんだ。だが、イーサンは違う。

いや、そんなはずはない。グレイが嘘を言ったとは思わないが、おそらく勘違いだろう。

幻覚を見たのかもしれない。

兄弟の誰かが死んだら、離れていてもわかるはずではないか？

ウェイランドに電報を送り、イーサンに関する情報をもらおう。すぐにでもモーラグを電報局まで行かせよう。グレイが死んだこととリストを見つけて破棄したことを報告しなければならない。

ジェーンについては、なんと伝えればいいのかわからない。グレイが彼女に一部を話してしまったので、残りも説明せざるをえなくなったという事実以外は。

モーラグを電報局に送り出してから、ヒューはジェーンの様子を見に行った。彼女は頰を涙で濡らしたまま眠っていた。今日の出来事――そして長かった昨夜の出来事――のあとで、疲れていないわけがない。

ヒューは自分の汚れを落とした。体についた血痕を拭き取りながら、痛みに歯を食いしばる。ドアを閉め、椅子をつっかい棒代わりにして、ジェーンの隣にもぐり込んだ。

目を覚ますと、彼女が隣で見つめていた。もう夜になっていたが、月明かりが室内を照らしている。

「頭はどう？」ジェーンが眠そうな声で言った。

「おれのことは心配するな。きみの顎だけが心配だ」

彼女は顎を指でなでた。「しばらく痛むだろうし、あざになりかけているけれど、大丈夫よ」

自分で確かめたくて、ヒューもそこに指を触れた。

「ヒュー、グレイが言っていたことをちゃんと理解したいの。あなたやお父さまのことだけれど、あれはどういう意味？」

ジェーンは多くを聞いてしまった。最後まで話さなければならない。グレイとのことを考えれば、おれには彼女に真実を明かす義務がある。ジェーンは大変な目に遭い、さまざまなことに耐えてきたのだから。それがわかっていてもなお、ヒューはためらった。

ジェーンを愛することを何度も思い描いてきたように、真実を知ったときの彼女の顔も何度も想像してきた。「ジェーン、おれは……」そこまで言って言葉が切れた。

「続けて、お願い」

「おれは暗殺者なんだ」

「なんなの、それは？」

ヒューはつばをのみ込んだ。「女王のために人を殺してきた」

「わからないわ。あなたはコートランドと一緒に働いているのだと思っていた。それに、お父さまはどう関係しているの？」

そこでヒューは、ウェイランドが外交では解決できない難題を処理する組織を率いていることを打ち明けた。そして組織が果たしてきた役割をすべて説明した。

「クインとロリーも？　どうして気づかなかったのかしら？」

「きみの親戚のほとんどが気づいていない。お父さんは絶対きみに影響が及ばないようにしていた。それを何より恐れていたんだ。きみに嘘をついていることで心を痛めていた」

ジェーンが穏やかな声で尋ねた。「あなたもわたしに嘘をついていることで心を痛めた？」

「おれはきみに嘘をついたことはない」

彼女は唇を噛み、過去を振り返って顔をしかめた。「お父さまは本当にグレイを殺そうとしたのかしら？」ヒューがためらいがちにうなずくと、さらにきいた。「お父さまがグレイよりもあなたを気に入っていたというのも本当？」

ヒューは顔を手でこすった。「おれはそう思っていなかった。グレイが過酷な仕事を割り振られるのは、おれより一〇歳上で経験が豊富だからだと思っていたんだ。だが今考えると、お父さんは無意識のうちにおれをひいきしていたのかもしれない」

きさたいことはまだ山ほどあるはずだが、ジェーンのまぶたが下がってきた。「グレイがあなたとわたしについて言っていたことは？」

長いためらいののち、彼は答えた。「本当だ」

その答えが何よりもジェーンを傷つけたようだ。「いつからなの？」

「あの最後の夏から。きみと同じだよ」

彼女はヒューの目を見つめた。「これであなたの秘密は全部？」

「ああ。すべて話した」ジェーンが黙り込んでいるので、彼は言った。「ジェーン、今聞いたことを……おれのことをどう思っているか、言わないでくれるか？」

その言葉に対して、彼女は問い返した。「今日起きたことで、わたしたちのあいだの何かが変わるの？」

ヒューは悩んだ末に首を振った。

「それなら何が起こっても変わらないわね」ジェーンは彼から顔をそむけてつぶやいた。

「じゃあ、わたしがどう思おうと関係ないわ」

# 45

ヒューはこれまで見たことのないような悪夢に襲われて跳ね起きた。あばら骨と頭の突き刺すような痛みにまだ慣れていないため、一瞬混乱した。周囲を見まわして顔をしかめ、目をこする。とっくに午後になっていた。夜から昼過ぎまで、ずっと眠っていたのだろうか？

まだ体が震えていて、シーツは汗でびしょ濡れだった。冷たい敷石の上で倒れているイーサンの婚約者の夢を見ていた。頭のまわりに広がる血だまりが朝日に輝いていた。だが生気のない瞳の代わりにヒューが見たのは、冷たくなって動かないジェーンだった。思い出すだけで身震いが……。

ジェーンはどこにいるんだ？

彼女の部屋から着替えをしているらしい音が聞こえてきたので、ヒューはほっとして息をついた。そろそろと立ち上がって洗面台にたどり着き、布を濡らして体中の汗を拭く。

部屋の外の廊下からジェーンの軽い足音が聞こえ、階段を下りていった。ヒューは痛む体でできるだけ早く着替えを終え、彼女のあとを追った。階段を下りてキッチンに入ると、じっとしたままぼんやりと何かを見ているジェーンがいた。

まず気づいたのが、昨日よりもあざが濃くなって広がっていることだった。ヒューはたじろいだ。次にジェーンの視線の先に目が行った。『運命の書』だ。

ヒューは静かに彼女の隣に立った。わかっていても、この本の神秘に彼は衝撃を受けた。何人の先祖たちが、これを燃やしたり箱にしまい込んだりしてきただろう？　だが『運命の書』は、遺伝病のように一族にまとわりついて離れないのだ。

「同じもののはずがないわ」ジェーンがそっと言った。「湖に投げ込んだもの」

「同じものだよ」

「誰かが……湖の底から引き上げたんだわ。あなたがモーラグのお兄さんたちにやらせたのね」

「乾いているじゃないか」

「何かの冗談よ。そうに決まっているわ。何冊かあるのよ」

ヒューは見間違えようのない血の染みがついた最後のページを開いた。

ジェーンが恐怖と驚きのまじった顔で息をのむ。「まさかそんな」

「だからおれは、きみがこれを湖に投げたときも気にしなかったんだ。この本は必ずマッカリック家に戻ってくる。それでも呪いがただの迷信だと思うか？」

彼女は額をさすった。「わたし……わからないわ……」そのとき、私道のほうから馬のいななきが聞こえてきた。

窓に近づいたヒューにジェーンが尋ねた。「誰かしら？」

玄関の前に馬車が止まった。ヒューは中から降りてきた男をうかがい、胸騒ぎを覚えた。

「クインだ」

ヒューの送った電報は、昨日の朝、ウェイランドのもとに届いているはずだ。クインはすぐに出発したのだろう。汽車でスコットランドに入り、駅から馬車でここまで来たのだ。

クインが来た理由はふたつにひとつ。まだ頼んでいないにもかかわらず、ジェーンを連れ戻しに来たのか。

あるいはイーサンのことを伝えに来たのか。

ヒューはジェーンを振り返ったが、彼女は背筋を伸ばしてすでに階段を上りかけていた。

ヒューが彼女を迎えに来るようクインに電報を送ったと思っているのだろう。

クインが玄関の石段にも着かないうちに、ヒューはドアを開けて迎えた。「なぜこんなところまで来た？　イーサンのことを何か聞いたか？」

「ロンドンで最新の報告書を受け取っていたときに、おまえからの電報が届いたんだ」クインは用心深い顔になった。「イーサンは見つかっていない。銃声が聞こえたあと、ふたりの男が彼を路地に引きずり込んでいるのを見たという目撃者がいることはわかっている」

「何かを奪うためか？　それとも助けるためか？」

「わからない。ただ、イーサンが撃たれたのは間違いない」

〝撃たれたのは間違いない〟ヒューは前に倒れないよう、後ろに下がった。イーサンは無事でいると信じていたのに。

「まだ生きているかもしれない」クインが言った。「今、その周辺をしらみつぶしに探している。何かわかったら、ウェイランドがすぐおまえに知らせるだろう」

自分以外の人間が兄を見つけられるとは思えなかった。おれも捜索に加わりたい。ヒューは眉根を寄せた。「おまえはどうしてここに来たんだ?」

「ウェイランドはリストが破棄されるか、自分の手元に届けられることを望んでいる」

「もう燃やしたよ。なぜ馬車で来た?」

「ジェーンを連れて帰るためだ」

「そうしてほしいと電報には書かなかったぞ」

「ああ。だが、ジェーンがおまえと一緒にここに残るとも書いてなかった。彼女は無事で、グレイから多くを聞いてしまったということしか。ウェイランドも言っていたが、おまえの電報はそこに書かれている以上のことを語っていた。ぼくがジェーンを連れに来たのは間違いだったか?」

秋の朝だというのに、ヒューは再び噴き出る汗を感じていた。昨夜の悪夢がよみがえる。答えようとしない彼に、クインは噛みつくように言った。「さっさと決めてくれ。おまえは他人の人生にも影響を及ぼしているんだぞ。これ以上いとこをもてあそぶのは、ぼくが許さない」

「もてあそんでなどいない」ヒューは静かに言った。

「そんなつもりはないかもしれないが、結果的には同じことだ。それもずっと前から!」ウエイランド一族のジェーンの代では唯一の男性であるクインは、いとこたち全員にとって兄のような存在だが、特にひとりっ子のジェーンにとってはそれが強かった。クインの怒りはわかるし、彼をうらやむつもりもない。「ジェーンは自尊心が強いからおまえには言わないだろうが、昔からおまえを愛していたんだ」

「知っている」信じられなかったが。

クインは驚きを隠そうとしなかった。「だったら、なんなんだ？　言いたくないが、ジェーンはおまえと一緒になるような女性じゃない。おれはおまえがどんな人間か、何をしてきたか知っている」彼は声をひそめた。「リストがなくなったのなら、おまえはすぐ仕事に戻る。毎週ジェーンを残して、人殺しのために家を忍び出るのか？　彼女にとってどれほどつらい生活になる？」

「ジェーンは知っている。彼女をこのまま妻にしておくなら仕事は続けない」まるでジェーンを自分のそばに置いておくための議論をしているようだった。

「じゃあ、彼女とともに家にいるつもりなのか？　家庭的な人間になるとでも？」あざけるような口調だった。「どうやってジェーンの友だちや親戚に溶け込むんだ？　社交術など知らないのに。暗殺者になる前から、人の集まりが苦手だったじゃないか」

クインの言うとおりだ。長くこの仕事をしているため、彼女の生活圏にいる人々とはまったく異質になっている。

「自分で決められないなら」クインが怒りのこもった声で言った。「ぼくが決めてやる！」

悪夢、本の呪い、クインの到着。あと何があれば、ジェーンを手放さなければならないことを納得できる？

あと何があれば……その答えは、荷物をまとめて冷静な顔で玄関広間に立つ彼女の姿だった。昨日の出来事と今朝『運命の書』を見たことで、おれと一緒にいる気がなくなったのだろう。

ジェーンの顎の怪我を見て、クインが息をのんだ。「おい、ジェーン、大丈夫なのか？」彼女がうなずき、クインは険悪な目でヒューを見た。

ジェーンは旅仕度をしていて、足元にはかばんがあった。本当に出ていくつもりなのだ。今日のうちに。

「クインと一緒に行くのか？」ヒューは低い声で尋ねた。

「ほかにどうしろというの？」彼女はスカートをなでながら答えた。「危険が去ったとたんに電報を送ってくれてありがとう。先のことをよく考えているのね」

「おれは別に――」

「ぼくもそう思ったよ」クインがさえぎった。「きみにとっても自分にとっても正しいことをしたわけだからな。ジェーン、パースで汽車に乗るならすぐに出発しないといけない。ヒューに別れを告げたらおいで」

ジェーンがぼんやりとうなずくと、クインは彼女のかばんを持って馬車に向かった。ふたりは今すぐに出発するのだ。

ジェーンと別れることになるのはわかっていたが、覚悟を決める時間はあると思っていた。ヒューは彼女を振り返って見つめた。「おれがきみを家まで送るつもりだった」

「クインにはわたしを守れないと思っているの?」

「そうじゃない。ただ、きみを確実に送り届けたかったんだ」

「またわたしのもとを去る前に?」ジェーンは肩をすくめた。その顔はよそよそしかった。

「こうなるのはわかっていたことよ。無駄に引き延ばす理由なんてないわ」

ヒューは息を吐き、震える手で顔をこすった。

「あなたもわたしも、それぞれの人生を歩いていかなければならない。それがあなたの望みでしょう?」

「まだ行ってほしくない」

「まだ?」

「きみはどうしたいんだ?」またもや冷や汗が出てきた。あの夢が目の前にちらつく。

ジェーンは震える声で言った。「わたしたちはふたつのうちのひとつを選べばいいだけよ。ひとつは呪いのことを忘れる。もうひとつは、あなたは呪いを忘れず、わたしは今日ここを発《た》って二度とあなたに会わない」

今の自分を作り上げたものを無視したり、忘れたりするという約束はできない。それに彼女に夫を失うような経験はさせたくない。共に暮らせばそうなることはわかっている。だが、きかずにはいられない……。「すべてを知ったのに、それでもおれと一緒にいたいのか?」

違うと言ってほしい。おれを受け入れてくれる女性が見つかるなんて、しかもそれがジェーンだなんて、ありえないほどの幸運だ。

「試してみたいわ」やがて彼女が答えた。「すべてをもっとよく理解できるように」

「『運命の書』の不思議な力を目にしたのに?」

「あれについては一生理解できないでしょうね」ジェーンは身震いした。「たしかにあの本を見ると怖いけれど、あそこに書かれていることに打ち勝つこともできると思う」

ジェーンはここにいて、おれのために地獄と向き合う覚悟を決めている。そう思うと謙虚な気持ちになった。おれも、彼女のために同じように覚悟を決めなければならないのでは?

「ジェーン、おいで!」クインが馬車の中から呼んだ。「汽車に乗り遅れる」

彼女は再びヒューに顔を向けた。「今日わたしが出ていったら完全に終わりよ。わたしは先に進まなければならないの」小声で続ける。「今わたしを選ばなかったら、あなたは一生わたしを選べないのよ。そうしてある日突然、自分が何を捨てたか思い知るでしょうね」なおもヒューが黙っていると、ジェーンの目に涙が浮かんできた。「それを取り戻そうとしても間に合わないのよ」彼女は馬車に向かった。けれども乗り込もうとしたところで動きを止め、ヒューのもとに戻ってきた。

あと一週間、いや、あと一日、ここに残ってくれるのか。

ほっとしたとたん、頰に平手打ちを食らった。「今のはこれまでの一〇年分」続いて、もう一方の頰をさらに強く打たれた。「今のはこれからの一〇年分よ」

# 46

「こんなことを自分が言うとは考えたこともなかったが——」ジェーンの父は気遣わしげに娘の顔を見て言った。「泣いていいぞ」

クインもスコットランドからロンドンへの帰路、父のいる書斎までジェーンを送り届ける道すがら、ずっと同じことを言い続けた。家に戻って一時間がたっており、父からはすでに、自分やヒューやほかのみながしてきたことの説明を聞いていた。

「大丈夫よ」もう何も感じない。わたしったら、いつからこんなに白々しい声が出るようになったのかしら？

ジェーンは氷を入れたスコッチをひと口飲んだ。こんな時間から飲むことに文句を言うなら言えばいい。

「ひどい衝撃を受けただろう」

「衝撃どころの話じゃないわ」彼女はあきれた顔をした。「輸入業と言っていたわよね？」

父が力なく肩をすくめ、ジェーンはため息をついた。お父さまはとうとうすべてを話してくれた。でもわたしは、ヒューがわたしを手放した理由をお父さまに話していない。〝ヒューの考えていることなんて誰にもわからないわ〟父とクインにはそう言っておいた。〝自分はわたしにはふさわしくないとか、そんなことを言って……〟

「ジェーン、さっきから大丈夫だと言い続けているが、とてもそうは見えないぞ」

そのとおりだ。クインが自分を連れ戻しに来たとわかったときから、ずっと泣きたかった。もう少しで、涙をこぼさずに泣くところだった。うわの空で荷物をまとめるあいだ泣かずにすんだのは、ひとたび涙が流れたら止まらなくなるのがわかっていたからだ。

「たしかにそうね」ジェーンは冷たいグラスを腫れた顎におそるおそる当て、痛みに思わず顔をしかめた。それを見た父はたじろいだ。まただわ。「あまりのことに、きちんと受け入れられないの。お父さま、クイン、それにロリーまでもが知らない人みたいに思えて」父たちと顔を合わせたときは平気なふりをしようとしたが、今は用心深く無関心を装うことしかできない。「ヒューのこともよ。長いあいだ抱いてきた印象が変わったわ」

ヒューが自分をだますのにひと役買っていたことに怒りは感じていない。彼には仕事があるのだし、ジェーンも父と話して、ヒューがしていることがいかに重要かわかった。ヒューが発射する銃弾ひとつが、無用な戦争で何万もの銃弾が発射されるのを防ぐことにつながる。孤独で厳しい仕事なのに、功績を認められることはないし、敵につかまっても国に守ってもらえるわけでもない。少なくともこの件に関しては、ヒューを許す気になれた。でも、父のことは……。「お父さまは、もうちょっと警告してくれてもよかったんじゃないかしら？それに暗殺者との結婚をあそこまで強要しないでほしかったわ」

父はジェーンと目を合わせようとしなかった。そのうえこの一時間は、母の肖像画に視線を向けることも避けている。「悔やんでいるよ。だが誓って言うが、わたしはヒューが考えを変えて、しかるべき行動をとるものと信じていたのだ。あいつはずいぶん昔からおまえに恋していたし、高潔な男だ。いや、そんなことはおまえもわかっているな。ずっとわかっていたはずだ。ジェーン、おまえがヒューを選んだことをわたしがどれだけ誇りに思っていたか知っているか？　おまえはほかの者にはわからないヒューの長所をちゃんと見ていた。わたしはおまえたちを似合いのふたりだと思った」

そうなるところだったわ。

「ヒューを愛していることをしっかり伝えたか？　結婚を続けたいと言ったか？」

「お父さまにはわからないでしょうね」

父は両手を上げて降参のポーズをとると、すぐに下ろした。「わかった、わかった。もう二度ときかないよ」

「わたしはこれからどうしたらいいかしら？」頬に当てたグラスを回転させて、冷たいところを探した。「お父さまがくださった持参金がたっぷりあるけれど」

父は眉を上げたが、黙っているのが得策だと思ったらしい。

「わたしみたいな状況に置かれた女はどうするものなのか、本当にわからないの」

「ジェーン、フレデリックとの仲を取り持ってやると約束したが――」父は襟を引っ張って直した。「彼はもうだめだ」

「どうして？」彼女はおざなりに尋ねた。

「フレデリックはキャンディス・ダムフェールと婚約したのだ。キャンディスの夫が跡取りを残さず死んで、彼女がすべてを相続した。互いに自由の身となったことで、フレデリックはすっかり有頂天になったのだよ」

結婚して数週間後にフレディーの本命の女性が自由の身になったとしたら、わたしはどうしていたかしら？ ヒューは愛に満ちた結婚をさせてはくれなかったけれど、お父さまと一緒になって、愛のない結婚生活からわたしを救ってくれたんだわ。「それはよかったわ」

「本心から言っているのか？」

「ええ。どうせ彼のもとに戻ることはできなかったし」

「そうだな。わたしが乗り気になれないことをおまえに約束したのは、おまえとヒューがうまくいくと確信していたからなのだ」

ジェーンは肩をすくめた。「少なくとも、このことでは悪かったなんて思わないで。お父さまはフレディーと結婚させると約束してくれたけれど――」ぞんざいに手を振って言う。「それはヒューとのあいだに契りを結ばなかった場合の話でしょう」彼女は目を上げて眉根を寄せた。「お父さま、顔が真っ赤よ。見事なほど」

父はかたくこぶしを握りしめていた。「あいつを殺してやる」

ジェーンはわざとらしく左右を見てから声をひそめた。「お父さまったら、本気なの？」

この一週間、ヒューはイーサンに関する情報を求めてロス・クリーグ近くの湖畔の小さな村やその周辺をまわった。見込みのありそうな情報は根気強く追ったが、兄の生死を示す手がかりは何ひとつ見つかりそうになかった。

クインが言ったように、銃声を聞いたという者は大勢いたし、複数の酒場の主が、ふたりの男がイーサンの死体を路地に引きずり込んでいるのを見たという。ひどくやせた男が通りを走っているのを見たという者もいた。結論を言えば、イーサンは消えた。ヒューはこれ以上追うべき情報を得られなかった。

どこへ行って何をすればいいかもわからなかった。

ジェーンがいないと、何ひとつ魅力的に思えない。

これまでの生活には少なくとも目的があった。だが、また暗殺者という仕事ができるという保証はない。以前なら自分にふつうの生活など送れるわけがないと思っていたが、おれは変わった。ジェーンが変えたのだ。前のおれに戻れるかはわからない。それにウェイランドがすべて知っていたというのが本当なら、今ではおれがジェーンを抱いたことも、そのあと放り出すような形で彼女をロンドンに帰したことも知っているだろう。もうおれに見切りをつけたのではないだろうか？

おれがウェイランドの立場だったらそうする。

ウェイランドに送った手紙にはすぐ返事が来たが、中身はそっけなかった。

ジェーンが自分の人生にいないことがかつてはつらかったが、今はつらいのを通り越して苦しかった。自分が何を失ったのかがよくわかる。さらに悪いのは、彼女をひどく傷つけてしまったことだ。あの朝の出来事を考えるにつけ、彼女を行かせてしまったことに後悔を覚える。だが、ほかにどんな選択肢があったというのだ？

どこへ行こう？　ワルドグレーブ岬はもう一年近く訪れていない。修復すべき箇所がないか調べに行くべきだろう。そして自分で修繕するのだ。途中でベン・アシューレンを通ることになるから、モーラグに前金を渡して管理を任せよう。残してある自分の荷物は全部引きあげるつもりだ。

ワルドグレーブでジェーンの笑い声が聞けないとは、いったいなんの冗談だ？　あそこに行って、八万ポンド分くよくよ悩もう。

いとこたちはジェーンのことを心配した。

クローディアはずっとジェーンの家に泊まっているし、ベリンダとサマンサは家族と過ごす時間の合間を縫って頻繁に顔を出す。今日はクローディアとベリンダが流行の服を描いたデザイン画をめくりながらフランス産の煙草を吸い、ジェーンの服を批評している。

この二週間、ジェーンがひとりで過ごした時間はなかった。ロンドンに戻ったとき、彼女の顎のあざと投げやりな態度にウェイランド一族の全員が心配した。今はあざも消え、頭痛もなくなった。

ヒューの怪我はよくなったかしら？　たびたびそんなことを考える。

彼と過ごした時間を振り返るといろいろなことがあったが、ひとつだけ、違うやり方をすればよかったと思うことがある。〝わたしを信じて、あなたの秘密を聞かせてちょうだい。後悔はさせないわ〟彼にそう言ったことだ。実際、ヒューは後悔したはずだ。そう思うと罪悪感を覚える。わたしは彼に対して理解も思いやりも示さなかった。けれども考えてみれば、あれほどの怒りと不満を感じたことはかつてなかった。

人生で唯一愛した男性を失うことはわかっていた。いくらわたしが頑張っても、それは変えられない。なぜなら、わたしは本当は存在していないもののせいで彼を失うのだから……。

「ジェイニー」クローディアがとがめるような声で言った。「また〝涙と時間の〟ヒュー・マッカリックについて考えているの？」ゆっくりと頭を振って続ける。「もう彼のことを考えるのはやめましょう」

いとこたちには、明らかにわかりきった理由からヒューの本当の仕事のことは話していない。呪いの件も打ち明けていないが、そちらの理由は自分でもよくわからない。打ち明ければ彼に対する風当たりもましになるだろうが、ヒューは彼女たちに知られるのをよしとしないだろう。いとこたちはヒューが短絡的な頑固さからジェーンを捨てたか、あるいは自分の過去の行いや気質的なものにとらわれているのだろうと考えている。

ヒューと愛を交わしたことは話した。妊娠しているかどうかわかるまでの日数をみんなで計算したものだ。

身ごもっていないとわかったとき、ジェーンはもちろんほっとした。同時に、なんとも言えない悲しみも感じた。

「ジェーン、今日はまだあなたに言っていなかったけれど――」クローディアが漆黒の髪を肩の上で揺らして言った。「あなたは彼のことを思って一〇年を費やしてきたわ」突き刺すようにジェーンを見て言う。「その一〇年はもう取り返せないの。消えてしまったのよ」

初めてクローディアがそんな内容のことを口にしたとき、ベリンダはたしなめた。〝ジェーンは未来に目を向けなくちゃいけないの。過去にこだわっていてはだめなのよ〟と。だが今、ベリンダは言った。「クローディアの言うとおりだわ。もう二週間たつのよ、ジェーン。そろそろ立ち直り始めていいんじゃないかしら」

クローディアが鼻を鳴らした。「ジェーン、彼を取り戻してみたら――」

ジェーンは嚙みつくように言った。「わたしはそんなに愚かじゃないわ。ずっと愛してきた人に二度も捨てられたら、よりを戻そうなんていう希望は持てるわけがないわよ」

「だったら、なんなの？」

「何をしていても彼を思い出すの。お父さまのすまなそうな顔を見るたびに、心が痛んでしかたがないのよ」

クローディアが大きくうなずいた。「じゃあ、彼のことを乗り越えたかったら旅をするといいわ。ハンサムで精力的な男性がたくさんいるイタリアなんてどうかしら？」ジェーンは眉を上げ、クローディアはさらに言った。「昔から〝男を忘れるにはイタリア人とつき合え〟って言うじゃないの」

# 47

「コートランド、あなたったら、いかにもここがひどいところのように言っていたじゃない！」アナリア・ジョレンテ・マッカリックは、ベン・アシューレンに向かう曲がりくねった道をスキップで進みながら言った。「なんてきれいなの。これがわたしの新しい故郷となる土地だなんて嘘みたい！」

「アナリア！　もっとゆっくり行け！」コートは脚を引きずって彼女のあとを歩いた。二カ月のつわり期間を経て、アナリアは元気になった。コートは自分が常に、鮮やかなスカートをはいた彼女を追いかけながら、ゆっくり行けといましめている気がした。脚の怪我はまだ治りきっていないので、なかなか追いつくことができない。おかげでいつもはらはらしている。

もし彼女がつまずいたらどうする？　おれが支えてやれなかったら？

だがアナリアの腰をつかまえて顔を上げたとき、コートは彼女を通り越して前方を見つめることしかできなかった。あれは誰の家だ？　おれの家はどうした？

誰か勝手に住み着いているのか？　そうに違いない。趣味のいい誰かに乗っ取られたのだ。蝶番でかろうじてぶら下がっていたよろい戸と玄関ドアは、新しくなって色が塗られている。輝く真鍮製のノッカーが訪問客を招いていた。砂利道は雑草が一本もなく、きれいに整えられた花壇に植物が植わっている。屋根は全体を補修したらしく、新しい窓ガラスの向こうには家具と絨毯が見えた。母がやったのだろうか？ そうでなければ誰が？

アナリアの腰に置いた手に思わず力がこもり、彼女が肩越しにほほえんだ。「またなの？」歌うようにささやく。「元気な人ね」

コートは彼女の誘いに眉を上げ、その瞬間に家のことを忘れた。かすれた声で言う。「昨夜のでは足りなかったのか？ それとも今朝のか？」

アナリアはコートの腕の中で彼と向き合った。「足りることは絶対にないと思うわ」小さな手で彼の顔を挟む。「どうしてこんなに立派な家をひどいところだなんて言ったの？ 住めるようになるまでは宿に泊まらないといけないなんて。あなたの言葉を覚えているわよ。〝おんぼろ〟、〝崩れかけた〟、あとはなんだったかしら？ そうそう、〝豚小屋〟ね」

「おれがここを離れたときは、こんなふうじゃなかったんだ」コートはアナリアから屋敷に目を移した。いつか美しくなるのはわかっていたし、そうするつもりでいたが、こんなことは想像していなかった。

しかも、誰に礼を言えばいいのかわからない。

「今だから言うけれど、心配だったのよ。どれほど過酷なスコットランドの荒野に連れていかれるのかって。赤ちゃんもいるのに……」

コートも同じ心配をしていた。そのつもりはなかったが、子供までできたのだから。たとえアナリアが妊娠していなかったとしても、ここに連れてくることを思うと身がすくむ思いがしただろう。でも、ほかに選択肢はなかった。

アナリアといるために、コートは傭兵としての生活に別れを告げなければならなかった。その仕事がなくなると、金はほとんど入ってこない。それが新たな問題になった。アナリアにこれまでのような生活を続けさせることができないという事実が、裕福な彼女との結婚に際してコートが心配した点のひとつだった。アナリアは一度はコートに金を受け取らせようとしたが、二度とそんなばかげたことは考えないようになった。

コートはまず、ひと部屋だけ直すつもりだった。ほかの部屋を直せるようになるまでは、なんとしてでもアナリアをそこに閉じ込めておくつもりだった。今は肩の荷が下りたような気がしている。

アナリアが顎を指で叩きながら、塗り直されたばかりの馬小屋をいぶかしげに見た。「コートランド、あれは兄がヒューにあげた馬じゃないかしら？」

コートは彼女の視線をたどった。たしかにそうだ。アレイクサンドレ・ジョレンテは、〝非凡な才能〟を駆使してアンドラを殺し屋から救ったとして、ヒューにあの牡馬を贈った。コートでさえ、ヒューが瞬きひとつせずに山頂を爆破して、数十人の男を始末できるとは思っていなかった。

ヒューがここを訪れ、おれのためにこんなことをしてくれたのだろうか？　彼はここにいたのか？　コートはロンドンでヒューとイーサンを探しまわり、さまざまな方法で彼らに伝言を送った。『運命の書』のこと、呪いのこと、未来のこと——自分たち兄弟には未来があるということ——を伝えたかったのだ。ウェイランドの屋敷に行ってヒューの居場所を尋ねたが、ウェイランドはいつものようにあいまいな返事をするだけだった。

そのヒューが、まさかこんなところにいたとは。

コートは頭を振った。兄にはこれまでにも大きな借りがある。おれの金を投資して定期収入が入るようにしてくれた。そのおかげで、部下たちと一緒に傭兵の仕事を続けなくてもすむようになったのだ。それが今度は、ここを申し分ない家に改修してくれたなんて。すぐには費用を返せないことを知っているのに。

いや、すでに返せないほどの借りがある。

ヒューはアナリアの命を救ってくれたのだ……。

視界の隅で何かが動いた。振り向くと、うろたえた様子の若い女が通用口からよろよろと出てきたところだった。中からは何やら怒鳴り声が聞こえてくる。あれが兄の声であるはずがない。ヒューはよほどのことがない限り、声を荒らげたりしないのだから。

だが、再びヒューの怒鳴り声が聞こえたとき、コートの全身を緊張が走った。背中のホルスターからピストルを抜き、アナリアを家の中に引っ張って、吹き抜けになった階段へ向かう。「アナ、ここに入っていろ。早く！　おれが戻るまで外に出るな」

アナリアは目を丸くして、階段の下の物置にもぐり込んだ。

コートは振り返ってにらんだ。「今度は絶対に言うことを聞くんだぞ」

彼女がうなずくと、コートは分厚い絨毯を踏んで静かに階段を上った。外れかけてきしんだ音を出す板がなくて助かった。兄は悪態をつきながら、文句を言うその合間に暴れているようだ。誰かと戦っているのだろうか？

コートはピストルを構えつつ、もう一方の手でドアを開けた。

視界に飛び込んできた光景に、ピストルを持った手を下ろし、同時にぽかんと口が開いてしまった。誰かが家を変えただけでなく、兄まで変えてしまったらしい。

いつも穏やかなヒューがひげも剃らずに酔いつぶれ、濁った目でこちらを見ている。

ヒューはドアを指差し、その拍子によろめいた。「あの小娘がおれのウイスキーを持っていきやがった」

「誰のことだ？」

「家政婦だ」

そんなことをする勇気を持ち、そのあと逃げるだけの機転がきくあの娘には拍手を送りたい。「ああ、兄さんはどうやら酒がないと、どうかなってしまうみたいだな」

「地獄へ行け」ヒューの声には怒りよりも疲れが感じられた。彼はベッドの端に座り、膝に肘をついて体を丸めた。「何をしに来た？」

コートは兄を見つめた。「ここはおれの家だ。家だった、と言うべきかな？　なぜ直したんだ？」

「ジェーンがそうしたがったからだ。彼女の言うことには逆らえない」

「彼女と一緒にここにいたのか？」どうしてジェーンがおれの家を改修したがったのかわからないが、おれ自身のためではないだろう。「全部話してくれてもいいころじゃないか？」それからコートは、兄が、デービス・グレイの脅しやそれに続くグレイの死、そしてジェーン・ウェイランドとの急な結婚について語るのを、驚きとともに聞いた。

「おれは彼女を家に帰した。そうして今、彼女はおれを憎んでいる」ヒューは語り終えた。

「だが、おまえはアナリアのために犠牲を払った。おれだってできるはずだ」彼はまるでイーサンのように疲れきったため息をついた。

ヒューがおれを置いてフランスを出たとたん、おれがあらゆる理性を失い、妻を手に入れるためにアンドラへ戻ったことは、今は話さないほうがいいだろう。その妻は今、階段の下に隠れている。

さんざん兄たちを探してようやく見つけたというのに、今になってコートはアナリアの妊娠のことをヒューに話すのをためらっていた。ヒューの酔いが醒めてから打ち明けよう。

「自分の地所に行くつもりで北へ向かっていたが、気づいたら一週間ここにいた」ヒューはそう言い、顔をそむけてさらにつぶやいた。「ジェーンに会いたい」彼は体を震わせた。「この家はこのままおまえに返す。これ以上ここにいても、おれにはいいことがない」そこまで言ってから眉をひそめる。「おまえは部下たちと東へ向かったんじゃなかったのか？」

「気が変わった」コートは短く答えた。

「女との別れを、おれよりもうまく受け入れているみたいだな。コート、最後に会ったときのおまえはひどい様子だったぞ。そんなに早く忘れられたのか?」ヒューは乱れた髪を指で梳き、顔をしかめて体を揺らした。頭の傷のせいだろう。動いただけで消耗したらしく、両手で頭を抱えた。「どうすれば立ち直れるのか教えてくれ」

「その頭はどうした?」

「グレイにやられた」

「少なくとも、やつは死んだ」

ヒューは暗い顔でうなずいた。「コート、おまえに話さなければならないことがある。イーサンのことだ」

コートは息を吐いた。「今度は何をしたんだ?」

「イーサンは——」

「コートランド」アナリアが部屋の戸口からそっと声をかけた。

ヒューの狂気じみた目がアナリアを見てさらに怪しげになったが、焦点が合っていないようだ。彼は立ち上がって吠えるように叫んだ。「いったいどういうことだ?」震える指をコートに突きつけ、近づいてくる。「彼女のもとには戻らないとおれに宣言したじゃないか」

アナリアが不安げに丸い腹部を手で押さえた。この数週間でするようになったしぐさだ。その動きがヒューの目を引いた。コートは何が起きたか兄が理解したのを見て取った。

ヒューは手の甲のつけ根を目に押し当て、その体が揺れた。

そして、そのままあおむけに倒れた。

# 48

一時間後、ヒューはベッドの中で体を起こしたが、またふらついた。

コートは肩を支えた。「脳震盪《のうしんとう》を起こしながら酒を飲むとはな。そんなばかだとは思わなかったよ。何をしたいんだ？　死にたいのか？」

ヒューがかすれた声で言った。「おまえの子じゃないだろう？」

コートは歯ぎしりをした。兄の言葉に怒りを覚えたが、そうきかれるのはわかっていた。

ヒューの目が完全に覚めたのを確かめると、アナリアを階下の、先ほど戻ってきた家政婦のもとに行かせた。彼女には聞かせたくない。

「おれの子供だ」コートは答えた。「なぜ兄さんがそんなことを尋ねたのかわかっているし、希望を持ちたくないのもわかる。おれはアナリアを心から信じている。兄さんの気がすむように一応言っておくが、おれは彼女と何週間にもわたって夜も昼も共にいる」手に負えない怒りをなんとかおさめて続ける。「いいかい、二度とそんな質問はしないでくれ」

「だが彼女は……そんなはずはない。呪いはどうなったんだ？」

「おれたちが考えていたようなものじゃなかったんだよ。最後の二行にはたぶん、その上の内容を打ち消すための条件が書いてあるんだろう。自分にふさわしい運命の相手を探せと書かれているに違いないというのが、おれたちの意見だ」

「おれたち？　ほかに誰が知っているんだ？」

「アナリアの家族と……フィオナだ」

「母さんと話をしたのか？」ヒューは言葉を失ったまま、しばらくコートを見つめた。「信じられない」

「そうだろうな。だが母さんは自分のしたことをひどく後悔していて、兄さんとも話したがっている。愛する人を失うとなぜ見境がなくなるほど取り乱すか、おれは結婚して初めて理解できた」

フィオナとリースは深く愛し合っていた。

「いつわかったんだ？」ヒューが尋ねた。

「兄さんがロンドンに向かったあと、本の中の言葉を思い返してみたんだ」コートは説明した。「〝愛を知ることなく〟とあったが、おれは愛を知った。アナリアに夢中だった」

「人から愛されることがないという意味だと、おれは解釈していた」

コートは罪悪感を覚えて兄を見た。「おれは何も考えていなかった。ただ必死だったんだ。どんなことでも自分を納得させるつもりだった。アナリアのもとに着いたらおれは彼女に愛していると告げ、彼女もふたり一緒になれば困難を乗り越えられると言ってくれた。それから子供ができたことを教えてくれた。呪いは間違っていたんだよ」

ヒューがかすかに希望を抱いたのがわかった。彼はかすれた声で言った。「ああ、なんてことだ。おれはジェーンを身ごもらせたかもしれない」

「そうではないことを祈ったほうがいいな」コートはつぶやいた。

「なんだって？　なぜだ？」

「新婚の妻が二メートルのハイランド人を産むところを想像してみろよ。九カ月のあいだ、心配で寝られたものじゃない。アナを妊娠させるかもしれないとわかっていたら、あんなことはしなかった。絶対に」

ヒューは眉根を寄せた。「すでに手遅れでなかったら想像してみるよ」今度はゆっくり体を起こしながら言う。「彼女のところに行く」

コートはヒューをベッドに戻した。「時間はたっぷりある」善良な女性の愛を得ることがどんなにすばらしいかを知ったので、兄にも同じ思いを味わわせてやりたかった。ジェーン・ウェイランドよりも兄にふさわしい善良な女性はいくらでもいる。「ヒュー、どうして彼女が運命の相手だとわかるんだ？」

ヒューは驚くほど強い力でコートの手首をつかんだ。「ふざけているのか？」信じられないと言いたげにコートを見る。「おれは人生の三分の一を、彼女を求めて過ごしてきたんだぞ。今おれは彼女と結婚しているが、彼女が恋しくてたまらない」

あの女に心を奪われるとは！　目の前で起きていることに、コートはなすすべもなかった。

「今の兄さんでは、ここの敷地を出ることすらできないよ。まずは何も考えずにぐっすり寝て、馬に乗れるようになってから出発すればいい」

　ヒューはかたくなに首を振り、また立ち上がろうとした。

「そんな酔っ払ったような状態でジェーンと顔を合わせるつもりか？　こんなことは言いたくないが、寝たからといってジェーンが兄さんを夫として迎えるとどうしてわかる？　兄さんが彼女を追い出し、彼女は兄さんを憎んでいる。自分でそう言ったじゃないか」

「ああ、おれは彼女を傷つけた。でも、ジェーンはおれを愛していると言ったんだ。愛していたんだ。昔から」ヒューはコートをにらんだ。「そんな目でおれを見るな。信じられないかもしれないが」彼はおぼつかない足取りで歩いた。「彼女はおれと結婚するつもりだったので、おれに捨てられたと思ったんだよ」

　コートは口笛を吹いた。こんな話は予想もしていなかった。「だから兄さんをからかったのか？　どうやら厄介な一騎打ちが待ち受けているみたいだな」

「そんなことは言わなくてもわかってる」ヒューは服を探して室内を歩きながらつぶやいた。

　クランの全員がコートを怒りっぽいと思っている。イーサンは氷のように冷たく、ヒューは穏やかで論理的――そしてきれい好き――だと思われている。今の兄をみんなに見せてやりたい。怪我のことやら何やらを不満げにつぶやきながら床に散らかった服の山を探っているヒューを見ても、誰も彼とはわからないだろう。

「兄さんはまだ本調子じゃない。頼むから、夜明けまではここにいてくれ」

「だめだ」

「じゃあ、何か食べてコーヒーを飲んでいってくれよ。酔いを醒まさないと」コートは顔をしかめて兄を見た。「それに風呂も忘れちゃいけない。裏に温泉があるのを知っているだろう？」

ヒューはブーツにつまずき、こぶしを口に当てて咳をした。「そうなのか？」なぜか顔を赤らめた。

# 49

汽車と馬を乗り継ぎ一日かけてロンドンに近づくにつれ、ヒューの中で焦りが強くなっていった。これまで長いあいだ感情を抑えてきたので、今になりそれを解き放とうとすると、どうすればいいかわからない。

いまいましい呪いの存在は消えた。ようやくジェーンとのあいだに未来があると信じられるようになった。アナリアに会って、弟の判断は正しいと感じた。『運命の書』に関しては、母の判断も正しいようだ。コートは母も自分と同じ意見だと言った。ついにジェーンと一緒にいたときの感覚——これこそが正しい、こうあるべきだという感覚——を受け入れることができた。

ヒューの心中を表すかのように嵐《あらし》が吹き荒れているが、気にならなかった。今夜のうちにジェーンのもとへたどり着けるだろう。彼女を取り戻すだけでいいのだ。

一キロ進むごとに、一キロ彼女に近づく。ジェーンを取り戻すのに問題となるのはただひとつ、どうすれば彼女を説得できるかだ。ヒューは風に身を任せながら思った。

これまで誰かを説得した経験はほとんどない。脅すか、力ずくで自分の思いどおりにしてきた。

ウェイランド一族の人々とうまくやっていく努力をすること、ジェーンの生活に自分を合わせることを説明して、彼女を納得させなければならない。バインランドでは急なことだったが、ゆっくり慣れていくようにすれば大丈夫だろう。

なんとかやってやろう。

ジェーンは二度とおれのもとに戻らないと言ったが、今はどんなことでも可能な気がする。イーサンのことも、なぜか生きているような気がしてならないので、コートにも話さなかった。捜索を続けてもっとよく調べ、生死をはっきりさせてからコートには知らせるつもりだ。ただでさえ、コートは子供の誕生に怯えている。アナリアは間違いなくうれしそうなのに、コートは彼女のおなかを申し訳なさそうに見つめていた。

ヒューは出産する妻の身の心配など考えたこともなかった。自分が妻や子供を持つとは思っていなかったからだ。だが今、ジェーンが産みの苦しみを経験することを思うと体が震える。

コートには、昔から女たちは無事に子供を産んでいるのだからと言って安心させたけれど、医師であるロバートに子供を作るのを〝待つ〟にはどうするのが一番いいかをきこう。ジェーンがまだ妊娠していなかったらの話だが。

ロンドンに着くころには雨はやんでいたものの、ヒューの心はまだ晴れていなかった。ロンドンの濡れた通りに、彼の馬のひづめの音が響く。ジェーンとの生活。常に恐怖を抱かずに暮らす日々。すべてはおれの説得力にかかっている。ヒューはつばをのみ込んだ。ウェイランドは、おれを家の中に入れることさえ拒むかもしれない。ウェイランドにはまだ大きな借りがある。おれとジェーンは一緒にならなければならないと悟り、その労を取ったのはウェイランドだけだ。ウェイランドはおれを自分の気持ちに向き合わせたし、ジェーンがほかの男と婚約するのを阻んだ。

荷造りのために一度娘を返したことで、おれは借りを返したはずだ。

続々と客が到着する中、ジェーンはエメラルドグリーンの新しいドレスの皺を伸ばして作り笑いを浮かべた。頭はほかのことでいっぱいで落ち着かず、主人役を務めてはいるものの、クローディアと自分の送別会となるこのパーティーにはうんざりしていた。ジェーンとクローディアは何週間も前にイタリアへの旅を決めたのだが、父は何かというと時間稼ぎをして出発を引き延ばした。けれどもついに明日の朝、蒸気船で発つことが決まった。

父はヒューに激怒したものの、まだふたりの仲に希望を持っていて、ヒューがジェーンのもとに戻ってくると信じているようだ。だが、もう何週間も連絡すらないのだから、ジェーンは期待などしていなかった。

フレディーとキャンディスが到着し、ジェーンは心からの笑顔でふたりを迎えた。見るからに愛し合っている彼らのためにもうれしかったし、自分がフレディーと結婚しなかったことにも改めて安堵した。挨拶を交わし、ふたりがほかの客と話しに行くと、ジェーンはほっとため息をついた。

「どうして深刻な顔をしているの？」クローディアがシャンパンのグラスを差し出しながらきいた。「パーティーは大好きでしょう？」

「そうだけど」家中に香る薔薇《ばら》の香りも、きらきら輝くシャンデリアも、シャンパンのボトルとクリスタルのグラスが触れ合う音も大好きだった。

「誰かに結婚のことで何か言われた？」

ジェーンは首を振ってシャンパンをひと口飲んだ。「みんな、その話は避けているわ」ここに来ている親戚や友人のほとんどが彼女の急な結婚と急な別れのことを耳にしていたが、直接そのことをきいてくる者はロンドンのいとこたち以外にはいなかった。

「だったら、元気を出して！　明日には冒険が始まるのよ。このいまいましい島国を抜け出すんだから」

「クローディア、恋人の馬丁と何カ月も会えないのに悲しくないの？」

「彼は今日、涙を浮かべていたわ」クローディアは目をそらして言った。「わたしも一瞬、考え直そうかと思った。でもわたしたち、もう若くはなれないのよ」

ジェーンは息を吐いた。「本当ね」

ベリンダとサマンサが近づいてくると、クローディアはふたりをからかい始めた。「わたしとジェーンのことがうらやましいんでしょう、おふたりさん。わたしたちは明日、太陽とおいしい料理といい男に向かって旅立つのよ」

ジェーンは部屋の向こうから見つめてくる父の視線を感じた。父は不思議そうな顔をしている。彼女は応えるようにほほえんだ。ここ最近、明るさを取り戻し、自分の生活に戻るよう努めてきた。それでも今夜、父はジェーンを監視している。彼女が帰ってきて以来ずっと心配しているのが傍目《はため》にもわかる。イタリア行きもなかなか賛成しなかったが、ジェーンが父の同意がなくても行けるのだと言うと、ようやく承知した。

突然、父がにっこりしたかと思うと、すぐ真顔に戻った。あたりが静まると同時に父の顔は険しくなった。

玄関広間から音が聞こえる。何かを叩く音、言い争う声、そしてとどろくような叫び声。

「おれの妻を連れに来た」

ジェーンの背後の廊下を大きな足音が近づいてくる。そんなはずないわ。

「まあ」ベリンダがささやいた。「ジェイニー、あのスコットランド人に何をしたの？」

ジェーンはゆっくり振り返った。部屋の入り口を覆うようにヒューが立っていた。その姿を見て、彼女は目を丸くした。ヒューはずぶ濡れで、ブーツは泥に覆われ、首は馬に乗っているときに枝が当たったらしく傷口から血が出ている。前よりもやせていて、濡れた髪が顔にかかっていた。ひげを剃っていない顔に。

だが、何よりジェーンの注意を引いたのはヒューの瞳だった。闇のように黒く、情熱に燃えている。彼女を見つけると、ヒューは今にも駆け出そうとするように体をこわばらせた。

その場にいる全員が凍りついていた。ヒューは眉根を寄せ、ただひたすらジェーンを見つめ続けた。

やがて彼女から目を離して周囲を見まわし、パーティーの真っ最中で誰もが着飾っているのに気づいてつばをのみ込んだ。

ヒューの表情が翳《かげ》り、彼は肩を後ろに引いた。


たった今、ヒューは人があふれ返る部屋に踏み込んだ。それだけでも、ふだんの彼にとってはひどい苦痛だ。そのうえこんなひどい姿で、明らかにジェーンに恥をかかせている。ヒューは再びつばをのみ込み、雨で濡れた顔を袖で拭いた。

年配の女性が忍び笑いをした。「あれがジェーンのご主人？」

ジェーンがその女性を振り返り、ぴしゃりと言った。「黙って」

また厳しい試練が待っているのだろうか？

どうでもいい。なんでもする覚悟だ。鋭い視線を投げかけてくる客たちの前を通り過ぎ、ヒューはジェーンに近づいた。

彼は手を差し出した。「おいで、シアナ。きみに話がある」

彼女のいとこたちがこちらをにらみ、一緒に行ってはいけない、出ていくように言いなさいと促している。どう見ても、ジェーンは一緒に来てくれそうにない。

「今でなくてもいいでしょう？」ジェーンが言った。彼女の言葉がこれほど歯切れよく聞こえたことが、かつてあっただろうか？「明日、来てちょうだい。午後がいいわ」

それを聞いて何人かが神経質な笑い声をあげ、ヒューは眉をひそめてあたりを見まわした。ウェイランドと目が合い、彼が何を考えているのか探ろうとした。向こうもヒューの目的を探っている。「彼女と話したいだけなんです」強い訛りで言った。

だがそのとき、部屋に入ってくるビッドワースに気づき、ヒューは歯ぎしりをした。ジェーンが彼とよりを戻すとは考えてもいなかった。彼女に近づくなというヒューの警告をビッドワースが無視したのも予想外だ。彼はヒューを見ると、真っ青になって喉を絞められたような声を漏らした。

あいつがおれの妻に手を触れたのなら……。ヒューはこぶしを握りしめて前に進んだ。

ビッドワースが壁まであとずさりした。「なんてことだ。この男はまたぼくを殴ろうとしている」

# 50

「なんてこと」ジェーンはつぶやいた。

「本当にビッドワースを殴る気かしら？」ヒューが哀れなフレディーを追いつめるのを見つめながら、ベリンダが言った。

「ええ」ジェーンは助けを求めるように父を見た。でも、父は何もしようとしていない！ヒューと彼女を交互に見つめるだけだ。

「わかったわ」ジェーンはヒューのもとに急ぎながら、肩越しに父をにらんだ。「わたしがなんとかするわ」ヒューの前に立つと、彼は今にもジェーンが逃げ出すのではないかと恐れるように肘をつかんだ。「一緒にお父さまの書斎へ来てくれない？」ヒューはフレディーを殴りたくてしかたがないらしく、一瞬ためらった。「わたしと話があるなら、わたしはここで話す気はないわよ」彼はようやくジェーンのあとから部屋を出た。

玄関広間でヒューが足を止めた。「なぜビッドワースがここにいるんだ？」指輪をはめていないジェーンの指を見て、彼は低い声で言った。「彼とよりを戻したのか？」

「あなたには関係のないことだけれど、彼は新しい婚約者と一緒に来ているの」彼女は静かに答え、ヒューを安心させてからつけ加えた。「わたしの旅の無事を祈るためにね」

「旅だって？」

「そうよ。あなたはたった今、わたしの家族がわたしとクローディアを冬のあいだイタリアへ送り出すために開いた送別パーティーをめちゃくちゃにしたの」

「いつ出発するんだ？」

「明日の朝よ」

「だめだ」

ジェーンはこめかみをさすった。「聞き間違いよね？　一瞬、あなたがまたわたしの人生に入り込んでこようとしたのかと思ったわ。あなたはそうする権利をすべて放棄したのに」

「いや、放棄なんかしていない。おれは今でもきみの夫だ。おれたちは結婚していて、これからもずっとそのままだ」

彼女は驚いてヒューを見つめた。

「聞こえただろう？」

完璧ね。ジェーンはため息とともに思った。この人は、わたしとの結婚を続けることを決心するのに何週間も思い悩み、ピストルで殴られ、棍棒で殴られ、脳震盪を起こさなければならないんだわ。それが彼の法則なのね。

「どうしてわたしに対する気持ちが変わったの？」

「きみへの気持ちは変わっていない」

ヒューの後ろで、助けに行こうとしているいとこたちを父が追い払っているのが見える。お父さまは、わたしがヒューに謝る時間を与えていると思っているんだわ。謝るなんていうことは、ヒューの頭にはまったく存在していないのに。

謝罪も、花も、前触れすらもなかった。パーティーに乗り込んで使用人を脅し、客を怖がらせる前に、わたしが彼に身を捧げた日から何週間も伸び放題になっているひげを剃ってくることすらしていない。「よくもこんなふうに、のこのことやってこられたわね！」

ヒューのことがわからない。彼はどこか変わった。もともと上品なパーティーに乗り込んで台なしにするような人ではなかったけれど、この変化は表面的なものではない。彼の人格そのものが大きく変わったのが感じられる。ジェーンにはそれが怖かった。ヒューが思っているよりも頭の怪我がひどかったのかもしれない。それが彼を変えたのかも。

「きみを困らせるつもりはなかった。でも、どうしても言いたいことがあったんだ」

「一緒にいたあいだに言えなかったの？」

ヒューは興味津々で陰からのぞいている客たちを振り返り、にらみつけた。

ジェーンは客に向けて苦笑して言った。「彼はもう出ていくから――」

「出ていかない」彼はジェーンをさえぎって、穏やかに続けた。「出ていくときはきみと一緒だ」

彼女は小声で言った。「今さら何を話したいの？」

ヒューは口を開きかけたが、ジェーンの視線が再び自分を通り越して客に向くのを見た。

彼が眉根を寄せる。「これではうまくいかない」

ジェーンはヒューに視線を戻した。「わたしが言っているのもまさにそれよ」

「一緒に来てくれ」

「そんなこと絶対に――ちょっと！」

彼はあっという間にジェーンを肩に抱え上げた。いとこたちが息をのむ。

「ヒュー！」ジェーンは彼を蹴ったが無駄だった。「いったい何を考えているのよ？」顔が真っ赤になっているのがわかる。屈辱感と、逆さまにされているせいだろう。こんな扱いを受けるなんて。耐える必要はないわ。玄関の横には旅行かばんだって用意してあるのに！

父が前に進み出てきた。ジェーンは父に言った。「お父さまは、ヒューがわたしにこんなことをするのを何回許すつもりなの？」

「これが最後だ」父は冷ややかに言った。「そうだな、マッカリック？」

「ええ、そうです」

「それはよかった。わたしの馬車が外で待っている。それに乗って、ジェーンをグロブナー・スクエアに連れていけ」

ヒューはうなずき、玄関から外に出た。彼がジェーンを抱えたまま石段を下りるあいだも、さらに客が到着する。彼女は恥ずかしさにかたく目を閉じた。

馬車に乗せられたときには息が切れ、話すこともできず、頭がくらくらしていた。馬車が走りだすと、ヒューはジェーンを膝の上に引き寄せ、両手で頬を包んで唇を重ねた。

驚きのあまり、彼女は凍りついた。

「シアナ、頼む、キスを返してくれ」これが最後とでもいうように、ヒューは狂おしいまでのキスをした。ジェーンは何も考えられず、気づくと彼の欲望と焦燥感に応えていた。ヒューはうめき、彼女を腕にしっかり抱きながら、さらにキスを深めた。

危うくジェーンはヒューに与えられた痛みも忘れてのめり込み、彼を恋しく思ってしまいそうになった。だめ、だめよ！　無理やり身を離して彼を押しやる。「あなたは話をしたいと言ったじゃないの。わたしはまだそれすら承知していないのよ。何も説明してくれないんだもの」

しばらくして、馬車が止まると同時にヒューはジェーンを放した。従僕がドアを開けると彼女は急いで馬車を降りたが、マッカリック家の壮麗な建物と向き合ったとたん足を止めた。怒りと苦しみが倍になってよみがえってきた。あたりはうっすら霞《かすみ》がかかり始めていて、ジェーンは瞬きをした。

ヒューに会えることを祈りながら、何度この前を通ったことだろう。そのあいだずっと、彼はわたしを避けていた。窓からわたしを見てカーテンを閉めたのかしら？　どんなにつらく、どんなに彼に会いたかったかを思い出して下唇が震えた。

それなのに、彼を失ったのはそれが最後ではなかったのだ。

# 51

「ジェーン？」目に涙を浮かべている彼女にぎょっとし、ヒューは喉を締めつけられたような声しか出せなかった。ジェーンを取り戻す唯一の機会……そこでおれがしたのは彼女を泣かせることだった。さまざまな反応を予想していたが、その中に泣くというのは含まれていなかった。ヒューはジェーンの手を握り、湿った夜気の中から邸内へと引っ張った。彼女は抵抗したいようだが、そんな元気は残っていないらしい。

まっすぐ二階の自分の部屋までジェーンを連れていき、ベッドに座らせて顎を指で支えた。彼女は目を閉じていたが、泣いていた。涙がこぼれるたびに、ヒューは胸をナイフで突かれるような気がした。「きみを傷つけてしまったのか？　馬車の中で乱暴にしすぎたか？」肺から空気が一気に抜け出る。「ああ、そうなんだな」あの気が遠くなるようなキスがどんなふうだったかほとんど記憶にないが、彼女をきつく抱きしめすぎたのだろう。「ずっと待ち望んでいたことだったから……自分を抑えられなかった」

ジェーンが黙って泣き続けているので、ヒューはさらに言った。「おれのやり方は乱暴だった。自分でもわかっている。悪かったよ。ああ、ジェーン、おれもつらい」

「じゃあ、連れて帰って」彼女は吐き出すように言った。

「みんながいるところに、この状態で帰りたくないだろう？」

ジェーンは彼の胸をこぶしで叩いた。「だったら、クローディアのところに連れていって！」

「それもできない」

なぜこんな失態を演じてしまったのだろう？　さまざまなことが起こり、おれはまともに考えられないままロンドンまで来てしまった。それなのに今、蠟燭の明かりの中でこんなジェーンを見るとは。この美しい勇敢な女性が自分の妻だという思いに、まるで殴られたような衝撃を覚える。毎晩彼女と食事を共にし、毎朝彼女の隣で目を覚ます幸運な男はおれだった。あとはジェーンを取り戻すだけだ。

でも、あそこでビッドワースを見て、最悪のことを想像してしまった。

「きみに話すことがたくさんあって、もう待てないんだ。おれはきみとの結婚を続けたかった。だけど、それはできないと思っていた。その理由はきみも知ってのとおりだ」

「呪いのせいでしょう」ジェーンの目は光り、声は冷たかった。「あの話をするときは充分用心しないとね」

「ああ、だが、あのあとわかったんだ。弟が父親になる」なんとも不思議な気分だ。その言葉を言うのは気分がよかった。「弟は幸せな結婚をして――」

「呪いが解けたの？」ジェーンが顎を上げた。「魔法のおまじないでも使ったのかしら？

わたしにマッカリック家のお守りを首にかけろとでも言うの?」

「おれが言いたいのは、あそこに書いてあることをおれたちは誤解していたということだ。アナリアが妊娠しているのを見たときにわかった」

「わけがわからないわ! あなたは呪いのせいで、わたしを妻として受け入れなかった。それなのに今度は、わたしが知りもしないアナリアという人が妊娠したから、一緒になれると言っているの?」

「ばかげて聞こえるのはわかる。だが今日、おれは初めてきみとのあいだに未来があることを悟ったんだ。きみの身の安全を恐れなくてもいいのだということを」

「それだけじゃだめよ、ヒュー。もし別の何かが起こって、またわたしを傷つけることになるとあなたが思うようになったらどうするの? あなたはわたしたちがうまくいくと信じていなかった。今、わたしに信じろというのは無理よ。本の血の染みの下に書かれていることが明らかになって、それがもっと恐ろしい内容だったら?」

「コートとアナリアは、最後の二行にはその前に書かれたことを打ち消す条件が記されているのではないかと考えている。息子たちが運命の相手を見つけるのが条件だ、と。おれもそれを信じる」

「そして、わたしがあなたの運命の相手なの?」ジェーンの涙はおさまりかけていた。

ヒューは頭を後ろに引いた。「おれはそれを疑ったことはない」

「じゃあ、今ではわたしを妊娠させることもできると思っているわけね?」

「そうだ」かすれた声で尋ねる。「させていないよな？」

「ええ」彼のほっとした顔を見て、ジェーンは言った。「わたしとのあいだで子供を持つのがそんなに怖いの？」

「いいや。だがきみが痛い思いをして、命を危険にさらすことを考えると……」ヒューは体の震えを抑えた。「怖いんだ。それにおれはきみをひとり占めしたい。たとえおれたちの子供とだって、きみを分かち合いたくない」

ジェーンは頭を傾けて彼の告白を聞いていた。見上げる目が和らいでいる気がする。「でも、わたしは妊娠していないわ。それであなたの気は変わる？」

「何があっても変わらないよ」

「あなたは呪いだけの問題ではないと何度も言ったわ。どうしてわたしたちがうまくいかないか、理由をたくさん並べたてたじゃないの」

「あれはただの言い訳で――」

「つまり嘘をついていたのね？」

「いいや、おれはきみに嘘をついたことはない。あの言い訳は、きみだけでなく自分に向けたものでもあった」眉を上げた彼女にヒューは言った。「おれがあげた理由は本当だが、もうあれは関係なくなった。おれはきみが望むとおりの男になる」彼はジェーンの目に残る涙を親指でぬぐった。彼女は涙をすすったが、されるがままでいた。

「あなたが孤独を愛するのは変えられないわ。でも、わたしは違う。孤独な生活などできないのよ。わたしをウェイランド一族から遠ざけるつもり？」

「そんなことは絶対にしない。それだけがおれたちのあいだの障害になっているのなら、きみの親戚だらけの家に引っ越してもいい」

ジェーンの目がわずかに見開かれた。「本当に？」ゆっくりと言う。「本当にそうしてもいいと思っているの？」

「ジェーン、きみを自分のものにできるならそれだけでいいんだ。きみと未来を歩むか、それがだめなら未来などないほうがましだ」

「だけど……怖いわ、ヒュー。何かがあなたの信念を変えて、わたしはまたあなたを失うかもしれない」彼女は目をそらして続けた。「そうなったら三度目よ。耐えられないわ」

「ベン・アシューレンで、なぜ一緒になれないかを話し合っていたとき、おれがどんなにきみの主張に飛びつきたかったかわかるか？　それでもおれにはできなかった。あのときだって、おれはきみを帰したくなかったんだ。自分本位な話だが、あのときおれはクインを呼んでいない」

「そうなの？」

ヒューはうなずき、彼女の両肩にそっと手を置いてから、首と背中をやさしくさすった。

「おれはいつもきみを自分のものにできる方法を探してきたが、やっと見つかった。今おれを受け入れたら、きみは二度とおれから離れられなくなるぞ」

「じゃあ、あなたが今日来たのは、結婚を完全なものにするためなのね？」ジェーンは唇を噛んで言った。「一緒に暮らすためね？」

「ああ、そうだ、きみがおれを受け入れてくれるなら」ヒューはつばをのみ込み、彼女を腕に抱いた。だが、ジェーンは体をこわばらせたまま黙っている。時間が過ぎていく……。

ついに彼女が腕をまわしてくると、ヒューはほっと息をつき、初めて自分が息を止めていたことに気づいた。

ヒューは体を引いて彼女の顔を両手で包んだ。「ジェーン、前におれはいい人間ではないと言ったが――」

「わたしにはいい人になってくれるんじゃないの？」

「もちろんだ。いつだってそうだよ」

「わたしを愛してくれる？」

彼は眉をひそめ、かすれた声で言った。「死のときまで」その言葉はまるで誓いのように響いた。「きみはどうだ？　おれがしたことを知っても、それでも愛してくれるのか？」

「あなたの仕事のことは前よりも理解できるようになったわ。あなたは兵士たちの命を救ったのに、その功績は認められていない。あなたの仕事はどこへ行っても褒められたりしないでしょうけれど、わたしはあなたを誇りに思うわ」

「誇りに？」ヒューは喉を詰まらせて繰り返した。「きみに話さなければならないことを、おれがどんなに恐れていたかわかるか？」

「わたしはずっとあなたを誇りに思ってきたし、それは今も変わっていない」ジェーンは彼を見つめた。「もしわたしが男だったら、お父さまはあなたの仕事をわたしにやらせていたでしょうね」

「そうだな」ヒューはほほえんだが、すぐにまたまじめな顔に戻った。「どういうことだかわかるか？　ゆっくり考えてくれ。おれは二度ときみを手放すつもりはないから」

ジェーンは彼を見上げて言った。「二度と手放すつもりはない？　すてきな響きね」

ヒューは、今起きていることが信じられないというように瞬きを繰り返した。彼の気持ちはわかる。でも、わたしたちはついに最後の壁を乗り越えたんだわ。

不安は消えた。なぜならわたしは今、自分がいるべきところにいるのだから。

「今はおれも金がある」ヒューがまるで説得するかのように言った。「きみは好きに使っていい。それにスコットランドの海沿いの土地もある」

「あなたの海岸の家に住めるの？」

「おれたちの家だ。おれはきみのことを考えてあの家を買ったから――」

「そうなの？」驚きと喜びを同時に感じた。前にその家の話を聞いたとき、ヒューとふたりでそこに住むことを夢見た。まさか彼が同じことを考えていたとは思ってもみなかった。

「ああ。きっと気に入ると思うよ。よかったらすぐに連れていこう。今夜、発ってもいい」

ジェーンは唇を噛んだ。「でも、ここに泊まって……馬車の中でやりかけたことを最後までするのもいいかも」

「おれもそれがいいな」ヒューがあわてて言い、彼女は笑った。だが彼の唇が首に触れると、笑いはあえぎ声に変わった。ヒューの舌の感触に、ジェーンは身を震わせて彼の肩につかまった。彼女の湿った首に向かってヒューが言う。「きみをまた抱きたくてたまらない。夢に見たよ」

「わたしも……」彼はジェーンをベッドに横たえ、スカートを腰までまくり上げた。

「長いあいだ待ち続けて、ようやくきみを自分のものにすることができた」ヒューはレースの下着を脱がせて、むき出しになった彼女を見つめた。熱い手で腿の内側を触れられた瞬間、ジェーンは脚を開き、ヒューが喜びに満ちて目を閉じるのをうっとりと見つめた。「言っておくが、簡単には終わらないからな」

ジェーンは両腕を差し伸べた。「好きにしてくれていいわ」

その言葉でヒューは荒々しい表情に変わり、燃える目で彼女を見下ろした。「今夜が終わったら、二度とそんなことは言えなくなるぞ」

# 52

「おれたちの家を見る心の準備はできているかい？」生け垣に縁取られたワルドグレーブの道の突端に立ち、ヒューは言った。

ジェーンは息を切らしてうなずいた。「とっくにできているわ」日が暮れるまであとわずかという時刻で、ふたりはここに着いたばかりだった。「この一週間、楽しみにしていたんだもの！」ロンドンでさまざまな問題を解決するのに一週間かかった。ヒューが、新たにできた甥や姪《めい》たちに約束したおもちゃを探す手伝いをしてほしいと言ってきたとき、ジェーンは彼への愛を改めて確認した。

そのとき、ヒューはぶっきらぼうに説明した。「きみの親戚と仲よくやっていくための単純な戦略だ。休暇前に子供たちに賄賂を贈り、協力を募る」

ジェーンは笑いをこらえて応えた。「抜け目ないのね」

さらに彼女は時間をかけて、クローディアに旅を取りやめにした埋め合わせをした。父にはヒューと結びつけてくれたことに何度も礼を言った。ヒューはロバートのところへ話を聞きに行き、真っ赤な顔をしながら、さまざまな道具が入った箱を持ち帰った。子供を持つかどうかについては、一年後にもう一度考えようということになった。ヒュー同様、ジェーンも彼をひとり占めしたかったのだ。

今、ヒューは彼女の顎をつかんで唇に触れた。「気に入らなかったら、そう言ってくれ」

「きっと好きになると思うわ」安心させるように言ってから、ジェーンは目を細めた。彼はまったく不安がっていない。自分と同じようにわたしもここを好きになることがわかっているんだわ。つまり、ヒューはわたしをじらしているだけなのだ。彼の胸を軽く叩いて言う。「見せてくれるならね。たとえ外見がロス・クリーグみたいでも、わたしは好きになると思う」

「ロス・クリーグよりは少々不気味だが、きみはそういうのが好きだろう?」ヒューは笑った。ジェーンは改めて、ほほえんだ彼をハンサムだと思った。彼をほほえませることをわたしの目標にしよう。

ヒューは新婚旅行にどこへでも連れていってくれると言ったが、ジェーンはここに来たかった。いつかは旅をするだろうけれど、ふたりはイーサンの情報が入ることを確信していたので、イングランドまで汽車で一日で戻れるところにいたかった。それにジェーンは、ヒューの甥か姪が春に生まれるのに備えて、ベン・アシューレンの近くにいたいと思った。コートランドのことは苦手だが、ヒューがウェイランド一族の人々とつき合う努力をしてくれているのだから、自分も同じようにするつもりだ。

「それにここも改修しようか」ヒューがわざと歩調を緩めて言った。「色を塗り替えるとか

──」

「お願いよ、ヒュー、これ以上待ちきれないわ！」ジェーンは笑いながらさえぎった。「わたしたちの家を見たいの」

「きみには逆らえないよ」彼はジェーンの手を取り、道の先の開けたところに連れていった。

ひと目見て彼女は息をのみ、めまいを覚えた。涙が浮かぶ。ヒューが手を強く握った。

「何か言ってくれ」

「まるで……夢みたい」屋敷は美しさも大きさも目をみはるものがあった。濃いクリーム色の煉瓦造りで、古風な黒いよろい戸と海に面した大理石のバルコニーがついている。雄大な崖を下るように広がるその土地は絵画のようだ。そして波が……。ジェーンは息をのんでささやいた。「本当に、波のあいだから太陽が沈むのが見えるのね」

彼女の言葉にヒューは誇らしげだった。「気に入ってくれてよかった。中を見ようか？」

「太陽が完全に沈むまで見ていていい？」

「もちろん」彼はジェーンを自分の前に引き寄せて後ろから抱きしめ、彼女の頭に顎をのせた。

日没を見つめながら、ジェーンは言った。「でも、修繕するところがないのは残念ね」

「そうだな」ヒューは低く笑った。彼が笑う機会はまだ少ないが、それでも少しずつ増えている。ジェーンは彼の笑い声を聞くのが好きだった。「今もおれと結婚してうれしいと思っているかい？」

「ちょっとだけね」ジェーンが答えると、ヒューは彼女を自分と向き合わせた。「初めて会った日から、ずっとこのときを待っていたわ。あなたがスコットランド訛りで〝お嬢ちゃん〟とわたしを呼んだ日よ」

「覚えているよ。あのときおれは、きみがおとなになったらどこかの男に追いかけられるだろうと思った」ヒューはあたたかい胸にジェーンを抱き寄せ、彼女の髪に唇を押しつけた。

「まさか、追いかけるのが自分になるとは思いもしなかったけどね」

# 訳者あとがき

〝娘と結婚してもらう〟

何年間もひそかに思い続けてきた女性の父親に突然そんなことを言われたら、男性はどうするでしょう？　今まで気持ちを伝えずに彼女を避けてきたのには理由があり、諸手《もろて》をあげて喜ぶわけにはいきません。彼女のほうも同じく彼を思ってきましたが、こちらは一度捨てられたと信じているため、やはり喜ぶ気にはなれません。本書はそんな葛藤を抱えた男女の恋の行方を描いています。

スコットランド北部ハイランド地方の名家、マッカリック家の三兄弟を主人公とする三部作〝The MacCarrick Brothers Trilogy〟。その二作目にあたる本書で主人公となるのは次男のヒューです。一〇年間もひとりの女性、ジェーンを思い続けてきましたが、一家に伝わる呪いを恐れるあまり、彼女とは距離を置いてきました。一方のジェーンも、いとこたちと遊びまわりながらも、ヒューのことを忘れられずにいます。ところがジェーンの命が狙われていることがわかり、ヒューの上司にあたる彼女の父が、結婚してロンドンを脱出しろとふたりに命じます。思いもよらぬ命令に、最初は抵抗するふたりでしたが……。

一〇年分の秘めた思いを抱えながらも、相手に対する思いやりゆえにお互いに素直になれないヒューとジェーンに、読者は最後の最後まではらはらさせられどおしです。ふたりの恋がどのように展開していくのか、ぜひ見届けていただきたいと思います。

本作品の見どころはいくつかあるのですが、際立っているのがヒーローとヒロインの性格の違いです。物静かで孤独を好むヒューと、家族や友人に囲まれて陽気に騒ぐのが好きなジェーン。整理整頓が得意で乱雑なのが許せないヒューと、片づけが苦手でいつも部屋が散らかっているジェーン。そんなふたりが、相手にふさわしい人間になろうと自分を変えようとするところに注目してみるのもおもしろいかもしれません。

なお、本書では〝結婚の無効〟という言葉がたびたび登場しますが、これは結婚そのものが成立していなかったとする考え方です。この場合、契りが結ばれていないことを条件とします。これに対し離婚は、一度成立した結婚を解消することを指します。このふたつの言葉は明確に区別して使われていますのでご注意ください。

マッカリック家の三部作も、残すところあと一作。三作目は長男のイーサンが主人公となります。本書でも重要な役割を担っている彼の身にいったい何が起きるのか。本書をお読みになった方は、イーサンのその後が気になってしかたがないのではないでしょうか。じきに刊行される第三作目も、ぜひ楽しみにお待ちください。

二〇一一年三月

ライムブックス

かりそめの蜜月《みつげつ》

著　者　クレスリー・コール
訳　者　水山《みずやま》葉月《はづき》

2011年4月20日　初版第一刷発行

発行人　成瀬雅人
発行所　株式会社原書房
〒160-0022東京都新宿区新宿1-25-13
電話・代表03-3354-0685　http://www.harashobo.co.jp
振替・00150-6-151594
ブックデザイン　川島進（スタジオ・ギブ）
印刷所　中央精版印刷株式会社

落丁・乱丁本はお取り替えいたします。
定価は、カバーに表示してあります。
 ISBN978-4-562-04406-1　Printed in Japan